古典文獻研究輯刊

二八編

第13冊

慕思集
——文史散論(下)

杜貴晨 著

國家圖書館出版品預行編目資料

慕思集——文史散論（下）／杜貴晨 著 -- 初版 -- 新北市：
花木蘭文化事業有限公司，2023〔民 112〕
目 6+174 面；19×26 公分
（古典文學研究輯刊 二八編；第 13 冊）
ISBN 978-626-344-457-7（精裝）

1.CST：中國文學 2.CST：文學評論 3.CST：文集

820.8   112010497

ISBN-978-626-344-457-7

9 786263 444577

古典文學研究輯刊
二八編　第十三冊　　　　　　　ISBN：978-626-344-457-7

慕思集——文史散論（下）

作　　者　杜貴晨
總 編 輯　杜潔祥
副總編輯　楊嘉樂
編輯主任　許郁翎
編　　輯　張雅淋、潘玟靜　美術編輯　陳逸婷
出　　版　花木蘭文化事業有限公司
發 行 人　高小娟
聯絡地址　235 新北市中和區中安街七二號十三樓
　　　　　電話：02-2923-1455 ／傳真：02-2923-1452
網　　址　http://www.huamulan.tw 信箱 service@huamulans.com
印　　刷　普羅文化出版廣告事業
初　　版　2023 年 9 月
定　　價　二八編 18 冊（精裝）新台幣 47,000 元
版權所有 · 請勿翻印

慕思集
——文史散論(下)

杜貴晨 著

目次

《堅瓠集》隨筆——小說考證篇

　　《堅瓠集》，又稱《堅瓠小史》（《堅瓠五集》楊无咎《序》，《堅瓠續集》（孫致彌《序》），十五集六十六卷（第一至十集各四卷，續集四卷，廣集、補集、秘集各六卷，餘集四卷）。褚人獲纂輯。

　　褚字學稼，又字稼軒。號石農、沒事農夫，別署「長洲後進好事儒者」。長洲（今江蘇蘇州）人。《堅瓠集》中說：「予家西白塔巷祖居東首有大光祿牌坊。」（《八集》卷一《大光祿牌坊》）又說：「余居後門，在（靈鷲寺）橋之西。」（《九集》卷四《魚王石》）據此當可考見其祖居和本人居家在蘇州之大體位置。家世業儒，祖、父皆飽學之士，但均科舉不利。《堅瓠集》中說「先嚴七預棘闈，皆以數奇不偶」，僅得崇禎丙子鄉試副榜，《補集》卷一首載即其父作《關社引》。其叔祖九皋字香茒，與同郡周順昌、姚希孟等同榜萬曆四十一年（1613）壬子科進士。（《八集》卷一《改題見用》）其生年，據《六集》沈宗敬序說「歲甲戌夏五，余同年生孫太史松坪自吳門寓書於余，命作《岡陵圖》祝褚稼軒先生六十壽」，又同集張泠寫於康熙乙亥的序中說「余客歲祝稼軒六十詩」，客歲即沈序所稱康熙甲戌（三十三年，1694）。二者互證，可知褚人獲生於明崇禎八年（1635）乙亥。褚人獲自幼攻書，《堅瓠集》中有記「韓德溫先生諱汝玉，予幼年受業師也。工書，尤善臨摹」（《堅瓠四集》卷三《秋興》），但從其《堅瓠集引》和友人諸序涉及其生平看，他早年科名不利，中年後即棄舉子業，故終生未仕，而「素以文行，為鄉閭推重」（《六集》顧貞觀《序》）。所交多一時名士，僅為《堅瓠集》作序者即有毛宗崗、毛際可、顧貞觀、洪昇、尤侗、張潮等。家有四雪草堂，平居雅好著述，除纂輯本書外，還著有《隋唐演義》《退佳瑣錄》《讀史隨筆》《聖賢群輔錄》《鼎甲考》等，卒年不詳。《隋唐演義》是

長篇章回小說，《堅瓠集》則是其筆記小說最重要的編纂。

《堅瓠集》因「甘瓠可食，康瓠可寶，五石之瓠可容，惟堅瓠無可用，故取以名編」，所謂「以無用為用，乃得受用」。但友人謂其「不用於時，不惜以此編為世用」，非僅「好事」而已（《堅瓠集引》）。作者《堅瓠集引》寫於康熙二十九年（1690），其纂始或在其前一年，至康熙四十二年（1703）張潮作《堅瓠餘集序》標誌全書纂輯完成，前後約有十五個年頭。其「平日所纂輯，每百頁為一編。字必端楷，卷帙且數十。皆有關正學，足以羽翼名教」（《堅瓠二集》彭榕序）。又約為每年一集，隨編隨刊，似漫無體系。其實洪昇《堅瓠補集序》云：「茲《補集》所載，專收有韻之文，較之前集為尤備。」各集所收條文內容都似有所偏重，而每集之內條文編排也略以類相從，可知其雖隨編隨刊，但全書仍有一定體例，尚待進一步研究。

《堅瓠集》資料來源主要是歷代筆記、詩話、詞話等各類雜著，尤以採錄明代和清初人著作為多。所以這是一部抄錄而成的書，但也不乏少量自撰包括某些評論。加以卷帙浩繁，至今其所引書有不少亡佚了，卻賴此集存有吉光片羽，從而彌足珍貴。

我因《全清小說》主編歐陽健教授約，邀與盛志梅教授共同校點此書，每為其卷帙浩繁、琳琅滿目而讚歎欣喜，又有所啟發者輒記之，得百餘條。今整理其中可資小說考證者臚列或並略論析如下，以為隨筆之一，聊備參閱。〔註1〕

一、《奇計卻敵》與諸葛亮「罵陣」

《堅瓠餘集》卷三《奇計卻敵》：

> 古人以兵力寡弱遇強敵猝至而能卻之，最奇者有三。諸葛亮在陽平，魏兵二十萬奄至，孔明大開四門，焚香灑掃，而走司馬懿。劉琨在晉陽，胡騎圍之，琨乘月登樓清嘯，中夜奏胡笳，賊流涕，棄圍而去。此二事人皆知之。《夢溪筆談》載宋一事更奇。元豐中，夏寇之母梁氏遣將引兵卒至保安軍順寧寨，圍之數重。時寨兵甚少，人心危懼。有老娼李氏得梁陰褻事甚詳，乃掀衣登陴，抗聲罵之，盡發其私。夏人皆掩耳，並力射之，莫能中。李言愈醜，夏人度李終不可得，又恐梁之醜跡彰著，遂託以他事，中夜解去。雞鳴狗盜，皆有所用，信然。

────────

〔註1〕〔清〕褚人獲《堅瓠集》，杜貴晨、盛志梅校點，北京：文物出版社，2023年。本文引此書均據此本。

按此條列「奇計卻敵」「最奇者有三」：一是諸葛亮「空城計」，二是劉琨「吹笳退敵」，三是宋代老娼李氏罵揭夏寇之母陰私退敵事，被認為最奇。這些「奇計」無論真實或有所虛構都有一個共同特點，就是用計者能準確把握敵人心理，以某種非武力手段攻其意識中最薄弱之點，使之頓生疑懼而止步，或直接喪失戰鬥意志而退兵。

以此而論，歷史記載與小說描寫中這類使詐使罵以攻心「奇計」成功者尚多，姑舉數例如下。

一是《史記・陳丞相世家》載，高祖「至平城，為匈奴所圍，七日不得食。高帝用陳平奇計，使單于閼氏，圍以得開。高帝既出，其計秘，世莫得聞。」杜預注引桓譚《新論》：

> 或云：「陳平為高帝解平城之圍，則言其事秘，世莫得而聞也。此以工妙踔善，故藏隱不傳焉。子能權知斯事否。」吾應之曰：「此策乃反薄陋拙惡，故隱而不泄。高帝見圍七日，而陳平往說閼氏，閼氏言於單于而出之，以是知其所用說之事矣。彼陳平必言漢有好麗美女，為道其容貌天下無有，今困急，已馳使歸迎取，欲進與單于，單于見此人必大好愛之，愛之則閼氏日以遠疏，不如及其未到，令漢得脫去，去，亦不持女來矣。閼氏婦女，有妒媚之性，必增惡而事去之。此說簡而要，及得其用，則欲使神怪，故隱匿不泄也。」劉子駿聞吾言，乃立稱善焉。〔註2〕

二是嘉靖壬午本《三國志通俗演義》（以下引此書均據此本）卷之九《張益德據水斷橋》寫張飛單騎退敵：

> 卻說文聘引一枝軍到長阪橋，撞見張飛，飛取盃持於馬鞍前，橫槍立馬於橋上，倒豎虎鬚，圓睜環眼。又見橋東樹林背後塵頭大起，又見樹影裏有精兵來往，文聘勒住馬……使人飛報曹操……曹操其心生疑，親自來看。飛乃屬聲大叫曰：「吾乃燕人張翼德在此！誰敢與我決一死戰？」聲如巨雷……又叫曰：「吾乃燕人張翼德！誰敢與吾決一死戰？」曹操聞之，乃有退去之心。飛見曹操後軍陣腳挪動，飛挺矛大叫曰：「戰又不戰，退又不退！」說聲未絕，曹操身邊夏侯傑驚得肝膽碎裂，倒撞於馬下。操便回馬，諸軍眾將一齊望西奔走。

〔註2〕司馬遷《史記》，北京：中華書局，1998年，第715頁上。

　　這裡寫張飛以個人的威名和諸葛亮、關羽背後的加持為依託，大喝三聲，以致對方疑忌的攻心戰術成功退敵，其計之「奇」實可媲美於諸葛亮「空城計」。故毛宗崗批評贊曰：

> 前回寫趙雲，此回寫張飛。寫趙云是幾番血戰，寫張飛只是一聲叱喝。天下事亦有虛聲而可當實際者，然必其人平日之實際足以服人，而後臨時之虛聲足以聳聽：所以張飛之功與趙雲等。非若今人之全靠虛聲，渾無實際也；人吃盡老力，我只出一張寡嘴也。〔註3〕

又進一步分析其成功遠因說：

> 翼德喝退曹軍，若非有雲長昔日誇獎之語，曹操當時未必如此之懼也。不但此也。翼德橫矛立馬於橋上，而曹兵疑為誘敵之計，若非有孔明兩番火攻，驚破曹兵之膽，當時曹操又未必如此之疑也。則非翼德之先聲奪人，而實則雲長之先聲足以奪人；又非雲長之先聲奪人，而實則孔明之先聲足以奪人耳。

　　三是罵退敵兵者，當以《三國志通俗演義》卷之十九《孔明祁山破曹真》寫「諸葛亮罵死王朗」為最「奇」，茲不繁引，僅述其結局是「王朗聽罷，大叫一聲，氣死於馬下……後人有詩讚孔明曰：『兵馬出西秦，雄才敵萬人。輕搖三寸舌，罵死老賊臣。』」然後魏將曹真退兵。此寫諸葛亮似乎並未用計，而王朗之被罵死雖屬虛構，但情理上乃可認為是急火攻心，導致「腦卒中」之偶然，但看二人對「罵」之初，「孔明暗忖曰：『王朗必下說詞也。』」而對罵之中，又寫「孔明默然不語。蜀陣上參軍馬謖自思曰：『昔季布罵漢高祖，曾破漢兵。今王朗用此計也！』」表明諸葛亮、馬謖即已猜透王朗心思。所以諸葛亮乃打定主意，以「罵」對「罵」取勝。從而雖非主動用計以致其死，但以口舌戰勝之計，實已成竹在胸，而又非如《堅瓠集》載李氏之「雞鳴狗盜，皆有所用」也。

　　讀《奇計卻敵》而縱觀文史，可知戰爭之道，唯危唯微，神鬼莫測，而兵不厭詐，攻心為上，為千古不易之理。

二、《詩意相類》與《水滸傳》「殺盡不平」

　　《堅瓠五集》卷三《詩意相類》載：

〔註3〕陳曦鍾、宋祥瑞、魯玉川《三國演義會評本》，北京：北京大學出版社，1986，第529頁。本文以下引毛評均據此本。

　　《輟耕錄》有詩云：「天遣魔軍殺不平，不平人殺不平人。不平
人殺不平者，殺盡不平方太平。」又《唐詩節要》有詩云：「中原不
可生強盜，強盜纔生不可除。一盜既除群盜起，功臣多是盜根株。」
二詩語意相類，後義尤佳，郎仁寶云：前首第三句即第二句意，欲
易「不平原是難平者。」後首第二句「不可除」背理，欲易「強盜纔
生大盜俱」，尤覺精彩。

　　《輟耕錄》全稱《南村輟耕錄》，元代陶宗儀（1329～1412？）撰。陶字
九成。號南村。台州黃岩（浙江省台州市黃岩區）人。元末明初文學家、史學
家。引詩出《輟耕錄》卷二十七：

　　　《扶箕詩》：「天遣魔軍殺不平，不平人殺不平人。不平人殺不
　　平者，殺盡不平方太平。」此扶箕語，驗之今日，果然。〔註4〕

　　扶箕，即扶乩，又稱扶鸞、請仙等，是古代民間的一種迷信活動。其法大
略以盛有細沙或灰土的木盤，製筲箕圈、竹圈或鐵圈插乩筆於其上，乩人以木
架扶乩筆，口念某某神靈附降於自身，作不自主狀在沙盤上畫字，後經唱生依
字跡唱出，記錄成詩詞或文章，以其中訊息判斷吉凶。「天遣魔軍」詩既為扶
箕作品，則自生於民間。其時間當不晚於元代（1279～1368）中葉，作者或為
當時民間憤世欲起事者，而無可考證了。

　　《堅瓠集》本條意在賞析，見褚氏對此類涉「盜」詩興復不淺，茲不具論。
而欲特別指出，此《扶箕詩》實為吾國武俠小說「路見不平，拔刀相助」思想
早期直接的來源或重要體現，尤突出於《水滸傳》一書的描寫。換言之，《水
滸傳》所強烈表達的「路見不平，拔刀相助」思想的源頭，當直接與本條引《扶
箕詩》相關。

　　《水滸傳》引用或化用「路見不平，拔刀相助」的表達非止一處。如百回
本《水滸傳》（以下引此書均據此本）第三回《史大郎夜走華陰縣，魯提轄拳
打鎮關西》末曰：

　　　有分教：魯提轄剃除頭髮，削去些髭鬚，倒換過殺人姓名，薅
　　惱殺諸佛羅漢，直教：禪杖打開危險路，戒刀殺盡不平人。」

　　其他僅引用「路見不平」者在九回書中出現十四次，如第十七回《花和尚
單打二龍山，青面獸雙奪寶珠寺》寫魯智深告於楊志：

　　　魯智深道：「一言難盡！洒家在大相國寺管菜園，遇著那豹子頭

〔註4〕〔元〕陶宗儀《南村輟耕錄》，北京：中華書局，1999年，第343頁。

林沖被高太尉要陷害他性命。俺卻路見不平,直送他到滄州,救了他一命。」

第三十回《施恩三入死囚牢,武松大鬧飛雲浦》中寫道:

酒至數碗,武松開話道:「眾位高鄰都在這裡。小人武松,自從陽穀縣殺了人,配在這裡,聞聽得人說道:『快活林這座酒店,原是小施管營造的屋宇等項買賣,被這蔣門神倚勢豪強,公然奪了,白白地佔了他的衣飯。』你眾人休猜道是我的主人,我和他並無干涉。我從來只要打天下這等不明道德的人!我若路見不平,真乃拔刀相助,我便死了不怕!……」

第三十八回《及時雨會神行太保,黑旋風展浪裏白條》中寫道:

戴宗道:「這廝本事自有,只是心粗膽大不好。在江州牢裏,但吃醉了時,卻不奈何罪人,只要打一般強的牢子。我也被他連累得苦。專一路見不平,好打強的人,以此江州滿城人都怕他。」

第四十四回《錦豹子小徑逢戴宗,病關索長街遇石秀》中寫道:

正鬧中間,只見一條大漢挑著一擔柴來,看見眾人逼住楊雄動撣不得。那大漢看了,路見不平,便放下柴擔,分開眾人……一拳一個,都打的東倒西歪……兀自不歇手,在路口尋人廝打。戴宗、楊林看了。暗暗喝采道:「端的是好漢!此乃『路見不平,拔刀相助。真壯士也!』」……向前邀住……問道:「壯士高姓大名?貴鄉何處?」那漢答道:「小人姓石,名秀,祖貫是金陵建康府人氏,自小學得些槍棒在身,一生執意,路見不平,便要去相助,人都呼小弟作拚命三郎……」

以上引《水滸傳》與《堅瓠集》引《輟耕錄》載《扶箕詩》對照可知,《扶箕詩》就是如上《水滸傳》「路見不平,拔刀相助」情節描寫的根據。甚至由「天遣魔軍殺不平」句聯想,可以認為《扶箕詩》「天遣魔軍……殺盡不平方太平」,正是《水滸傳》總體構思從「洪太尉誤走妖魔」到「三十六天罡」「七十二地煞」先後走上梁山描寫的思想依據。假如這首詩的流行不晚於元代中葉,則《水滸傳》受其影響成書就應該是元代末年,即陶宗儀所說「此扶箕語,驗之今日,果然」之際。總之,這首詩於《水滸傳》創作與閱讀的關係不小,應當予以重視。

順便說到近百餘年來《水滸傳》研究,學者多肯定「路見不平,拔刀相助」

的俠義精神，嘉許其「殺盡不平方太平」的奮鬥理想，誠有強權統治下草民因無可奈何而激為極端的原因。但是，若從人類——即使只從中國人近三千年歷史看，單靠殺人並不能造就「太平」。世世代代，征戰殺伐，殺來殺去，不過旋起旋滅了二十餘家帝王，但是除了受苦受難倒楣最大的總是世世代代的老百姓，直至晚清國門被迫開放以前，不唯社會並沒有進步，連殺人的工具也還是從石器時代就有了原型的「刀」。可見雖然「刀」至今未廢，還要發揮起應有作用，包括偶而「路見不平，拔刀相助」，但是無論如何創造太平盛世之路，決不能繼續是一條用刀殺出的血路，而應該努力通過經濟文化的交流、理解、融和、發展加以實現。在這個意義上，中國儒家「孔孟之道」不尚武力，以「講信修睦」「仁者無敵」為治世正途，才可能真正實現人類「地球國」的「大同」社會理想。

三、《三國演義》《水滸傳》資料補遺四則

《堅瓠集》中又有朱一玄、劉毓忱《三國演義資料彙編》〔註5〕或《水滸傳資料彙編》〔註6〕漏輯數則補輯如下。

（一）《堅瓠九集》卷四《字帶刀鋒》

> 馬仲履（大壯）《天都載》：桃源縣三義廟在河岸，夏文愍（言）赴召，艤舟瞻謁，手書「天地正氣」一扁，又書聯曰：「王業於今非蜀土，英靈到處是桃源。」刻於廟中。後一御史見之，驚曰：「字帶刀鋒，公殆不免乎？」未幾，果被刑。

（二）《堅瓠九集》卷四《韓、彭報施》

> 《通鑑博論》：漢高祖取天下，皆功臣謀士之力。天下既定，呂后殺韓信、彭越、英布等，夷其族而絕其祀。傳至獻帝，曹操執柄，遂殺伏後而滅其族。或謂獻帝即高祖也，伏後即呂後也，曹操即韓信也，劉備即彭越也，孫權即英布也，故三分天下而絕漢。雖穿鑿疑似之說，然於報施之理，似亦不爽。

（三）《堅瓠九集》卷四《饅頭》

> 《事物紀原》：孔明征孟獲，人曰蠻地多邪術，須禱於神，假陰

〔註5〕 朱一玄、劉毓忱編《三國演義資料彙編》，天津：百花文藝出版社，1983 年。
〔註6〕 朱一玄、劉毓忱編《水滸傳資料彙編》，天津：百花文藝出版社，1981 年。

兵以助之。必以人首設祭，神則享之，為出兵也。孔明雜用羊豕之肉而包之以面，像人頭以祀，神亦享之，為出兵。後人由此為饅頭。

《因話錄》云：饅字不知當時音義如何，適與欺瞞同音。孔明與馬謖誠有神妙之謀，非列寓言也。

《三國演義資料彙編》已輯《堅瓠秘集》卷之六《饅頭》「蠻地以人頭祭神」條，但漏收此條：

（四）《堅瓠秘集》卷六《中郎有後》

《晉書·羊祜傳》：祜，蔡邕外孫，討吳有功，將進爵，上乞以賜舅子蔡襲。詔封襲為關內侯，則中郎未嘗無嗣。而《蔡克別傳》亦云：克祖睦，蔡邕孫也。克再傳為司徒謨。則中郎後裔且蕃盛於典午之代，何得云無嗣哉？

《代醉篇》：羊祜父道先娶孔融女，生子發，後娶蔡邕女，生承及祜。適發與承俱病，度不能兩存，乃專心養發，承竟病死。邕女之賢如此，而《後漢·蔡邕傳》無聞，《列女傳》止載文姬沒胡中，生二子，贖歸，重嫁董祀事，而亦不及羊道之婦。史失去取，甚矣。

（五）《堅瓠廣集》卷一《宋江、畢四》

宋徽宗時，山東賊宋江等三十六人聚眾橫行，官軍莫敢攖其鋒。周公謹載其名贊於《癸辛雜志》。又元順帝時，花山賊畢四等亦三十六人，聚集茅山，出沒無忌，官軍不能收捕。二賊相類，又皆三十六人。宋江中有一丈青、花和尚，而畢四中亦有一婦一僧最勇健，豈真上合天罡之數耶？

四、《卓稼翁詞》與《金瓶梅》影響

《堅瓠一集》卷四《卓稼翁詞》：

三山卓田字稼翁，嘗賦詞云：「丈夫隻手把吳鉤，欲斷萬人頭。因何鐵石打成心性，卻為花柔。君看項籍並劉季，一怒使人愁。只因撞□虞姬戚氏，豪傑多休。」

此條孤立，無出處，無考論。但熟悉明清小說者都知道，這首詞曾先見於宋元話本《刎頸鴛鴦會》入話詩後詞曰：

丈夫隻手把吳鉤，欲斬萬人頭；如何鐵石打成心性，卻為花柔？

君看項籍並劉季，一怒使人愁；只因撞著虞姬戚氏，豪傑都休。

右詩、詞各一首，單說著「情」「色」二字。此二字，乃一體一用也。故色絢於目，情感於心；情色相生，心目相視。雖互古迄今，仁人君子，弗能忘之。晉人有云：「情之所鍾，正在我輩。」慧遠曰：「順覺如磁石遇針，不覺合為一處。無情之物尚爾，何況我終日在情裏做活計耶？」

如今則管說這「情」「色」二字則甚？且說個臨淮武公業……〔註7〕

後又見於《繡像金瓶梅詞話》第一回《景陽岡武松打虎，潘金蓮嫌夫賣風月》詞曰：

丈夫隻手把吳鉤，欲斬萬人頭。如何鐵石打成心性，卻為花柔？

請看項籍並劉季，一似使人愁；只因撞著虞姬戚氏，豪傑都休。

此一隻詞兒，單說著情色二字，乃一體一用。故色絢於目，情感於心，情色相生，心目相視。互古及今，仁人君子，弗合忘之。

晉人云：「情之所鍾，正在我輩。」如磁石吸鐵，隔礙潛通。無情之物尚爾，何況為人終日在情色中做活計一節……

說話的，如今只愛說這情色二字做甚？……如今這一本書，乃虎中美女後引出一個風情故事來。〔註8〕

由上引兩書文字對比可知，《繡像金瓶梅詞話》文字襲自《刎頸鴛鴦會》，而「丈夫隻手把吳鉤」詞則除個別字有異外，都原本卓稼翁詞。

卓稼翁（1203 年前後在世），名田。字稼翁。號西山。建陽（今福建省南平市建陽區）人。開禧元年（1205）進士。生卒年並事蹟均不詳，約宋寧宗嘉泰中前後在世。能詞賦，南宋黃昇編《花庵詞選》錄其詞三首，無此作，《全宋詞》輯其詞七首，格調偏於豪放。此作題為《眼兒媚·題蘇小樓》：

丈夫隻手把吳鉤。能斷萬人頭。如何鐵石打作心肺，卻為花柔？

嘗觀項籍並劉季，一怒世人愁。只因撞著虞姬戚氏，豪傑都休。〔註9〕

蘇小，即古代名妓蘇小小，身世無考。其形象最早見於《玉臺新詠》中的《錢塘蘇小歌》：「妾乘油壁車，郎騎青驄馬。何處結同心，西陵松柏下。」

〔註7〕程毅中輯注《宋元小說家話本集》，濟南：齊魯書社，2000 年，第 462～463 頁。

〔註8〕〔明〕蘭陵笑笑生著《金瓶梅詞話》，北京：人民文學出版社，1985 年。本文引此書無特別說明，均據此本，說明或括注回數。

〔註9〕唐圭璋編纂；王仲聞參訂；孔凡禮補輯《全宋詞》（簡體增訂本）（第四冊），北京：中華書局，1999 年，第 3175～3176 頁。

　　卓田作品傳世不多，此詞之廣為人知，當賴《金瓶梅》《刎頸鴛鴦會》兩小說傳播，以致引人注目。上引《堅瓠集》錄此詞不記出處，全書涉卓田記事也僅此一條，《花庵詞選》未錄，《全宋詞》注自「《古今合璧事類備要外集》卷五十七」錄出，但仍難斷定褚氏為從此書還是當時可見之卓氏著作，抑或自《金瓶梅》等小說引用錄出。

　　但是，自其確知詞為卓田所作看，其自卓氏著作或《古今合璧事類備要外集》之類選本錄出的可能性較大，但從與《堅瓠集》《金瓶梅》《刎頸鴛鴦會》第四句均作「打成心性」而與《古今合璧事類備要外集》作「打成心肺」這一關鍵句有異看，褚氏更有可能是知道此詞的作者為卓田，但其選入《堅瓠集》的文本卻來自《金瓶梅》或《刎頸鴛鴦會》，而因此以為不便出記，故隱去出處，而單列之。

　　《堅瓠集》中條文單列者多有，但不著出處又無著評如本條者不多，可見褚氏著錄此條僅僅出於對此詞的興趣而已。這興趣或即來自他讀《金瓶梅》等小說襲用此詞的啟發，從而此條是《金瓶梅》等通俗小說影響於詩詞傳播之一例。但此詞影響所及不僅有褚人獲這樣的文士，甚至晚清重臣李鴻章著名的《入都》詩其一也用了「丈夫隻手把吳鉤」起句。其詩云：

　　　　丈夫隻手把吳鉤，意氣高於百尺樓。一萬年來誰著史，三千里
　　外欲封侯。定須捷足隨途驥，那有閒情逐野鷗。笑指蘆溝橋畔路，
　　有人從此到瀛洲。

　　李詩之用此詞雖僅一句，而且並未說到「鐵石」「花柔」「虞姬戚氏」方向上去，但畢竟其有意無意用此一句，就與《金瓶梅》等小說曾經的引用有了干係，故以順便提及。

五、《柳敬亭》與王敦的「狠角色」

　　《堅瓠秘集》卷五《柳敬亭》：

　　　　泰興柳敬亭以說平話擅名，吳梅村先生為之立傳。順治初，馬
　　進寶鎮海上，招致署中。一日侍飯，馬飯中有鼠矢，怒甚，取置案
　　上，俟飯畢欲窮治膳夫。進寶殘忍酷虐，殺人如戲。柳憫之，乘間
　　取鼠矢啖之，曰：「是黑米也。」進寶既失其矢，遂已其事。柳之宅
　　心仁厚，為人排難解紛，率類如此。

　　然而，人之不同有甚於人之與禽獸者，《世說新語·排調》載：

石崇每要客燕集，常令美人行酒。客飲酒不盡者，使黃門交斬美人。王丞相與大將軍嘗共詣崇。丞相素不能飲，輒自勉強，至於沉醉。每至大將軍，固不飲，以觀其變。已斬三人，顏色如故，尚不肯飲。丞相讓之，大將軍曰：「自殺伊家人，何預卿事！」

這是王敦一貫的作風。《晉書·王敦傳》：

王敦，字處仲，司徒導之從父兄也。父基，治書侍御史。敦少有奇人之目，尚武帝女襄城公主，拜附馬都尉，除太子舍人。時王愷、石崇以豪侈相尚，愷嘗置酒，敦與導俱在坐，有女伎吹笛小失聲韻，愷便歐殺之，一坐改容，敦神色自若。他日，又造愷，愷使美人行酒，以客飲不盡，輒殺之。酒至敦、導所，敦故不肯持，美人悲懼失色，而敦傲然不視。導素不能飲，恐行酒者得罪，遂勉強盡觴。導還，歎曰：「處仲若當世，心懷剛忍，非令終也。」洗馬潘滔見敦而目之曰：「處仲蜂目已露，但豺聲未振，若不噬人，亦當為人所噬。」

石崇、王愷、王敦皆晉人，臭名昭著，自不待言。馬逢知（？～1660），原名進寶，山西隰州人。明安慶副將、都督同知。順治二年降清。曾任金衢總兵、蘇松提督鎮松江，賜改名逢知。錢謙益曾游說其反清，陳寅恪《柳如是別傳》第三、四、五章多有涉及。後終乃因通臺灣鄭成功事泄被殺。《清耆獻類徵選編卷五（上）》載：「總兵馬進寶駐金華，性驕縱；部兵抑買民物，官吏緘口莫敢問。」是明清之際首鼠兩端的一個悍匪、害民賊與狠角色。其上溯歷史就與晉代的石崇、王愷、王敦為一路貨色！

讀此三事，乃知魯迅說中國一部二十四史密密麻麻就寫著「吃人」二字，還是輕了——應該說「殺人」二字，包括著「殺人」果腹和「殺人」取樂！從而中國的歷史，一面是「人相食」的所謂「治世」，一面是「人相殺」的「亂世」。「治」「亂」間的切換，就主要靠一個「殺」字，即元人《扶箕詩》曰「天遣魔軍殺不平，不平人殺不平人。不平人殺不平者，殺盡不平方太平」〔註10〕的極端思想：先是掌握了權力的人動輒以「殺人」為事，甚至以「殺人」為樂，後是被殺不盡又不甘被殺的起來「殺盡不平方太平」的報復。結果當然就是從王敦、石崇到馬進寶之流「殺人」者，結末也都被人殺。從而中國三千年政治始終就沒有走出治亂循環的歷史怪圈，高牆與保鏢的盛行標誌了世世代代、上

〔註10〕〔元〕陶宗儀《南村輟耕錄》，北京：中華書局，1999 年，第 343 頁。

上下下都生活在被「吃」被「殺」恐懼之中的根本原因無他，就在缺乏對人道的敬畏和對生命的尊重！

讀此三事，乃見如馬進寶、石崇、王敦輩之以「殺人」為事、為樂者，絕非儒家中人物。而柳敬亭雖僅一說書人，卻能忍辱含垢，自食鼠矢為膳夫掩過，救其一命，此後留名篇箬。乃至王敦族兄王導居然也略能有不忍之心，此所以當時能夠「馬、王共天下」而王導終稱「名臣」。

王敦之惡在美人為石崇所殺，即是為王敦所殺，更是為王敦所濫殺！世間慘忍，莫甚於此，故王敦之惡，豺狼不若，乃真正遺臭萬年之「狠角色」也！

六、《隱軍字》記《儒林外史》本事辨異

《堅瓠十集》卷一《隱軍字》：

> 袁籜庵先生自金陵來吳過訪……因知先生久有「軍」字隱語也。

又聞先生在武昌時，某巡道謂曰：「聞貴府衙中有二聲：棋子聲，唱曲聲。」先生對曰：「老大人也有二聲：天平聲，竹片聲。」某默然。未幾，先生遂掛彈章。

幾乎同樣而又有明顯差異的記載見於尤侗《艮齋雜說》卷五：

> （袁）籜庵守荊州，一日，謁某。卒然問曰：「聞貴府有三聲，
> 謂圍棋聲、鬥牌聲、唱曲聲也。」袁徐應曰：「下官聞公亦有三聲。」
> 道詰之，曰：「算盤聲、天平聲、板子聲。」袁即以此罷官也。〔註11〕

兩書記載同為袁籜庵與某官對話言及衙門之聲，但大而明顯的差異是一作「二聲」、一作「三聲」。而無論以尤侗（1618～1704）比褚人獲（1635～1682）生年為早，或儒典以「三而一成」〔註12〕又俗說「事不過三」下判斷，朱一玄、劉毓忱編《儒林外史資料彙編》據《艮齋雜說》收此軼事，以為《儒林外史》第八回寫蘧公孫與王太守問對說衙門「三樣聲息」故事的來源，而不取《堅瓠集》所記，都是恰當的。但是，這裡仍有一個問題，即袁與某官的問答到底是「二聲」還是「三聲」呢？這個問題沒有旁證，就只好憑兩書記載孰為更可靠下判斷了。

〔註11〕朱一玄、劉毓忱編《儒林外史資料彙編》，天津：南開大學出版社，1998年，第19～20頁。

〔註12〕董仲舒曰：「三而一成，天之大經也。」〔漢〕董仲舒《春秋繁露義證》，蘇輿撰，鍾哲點校，北京：中華書局，1992年，第216頁。

這要從袁、尤、褚三人關係和尤、褚各如何得知其事看。按袁籜庵即袁于令（1592～1672），號籜庵，與尤、褚三人同為蘇州老鄉和當地名士，尤侗為《堅瓠集》作過序，《堅瓠集》中亦記有袁籜庵事，彼此是過從頗密的朋友。從而尤、褚二人同所記應該同樣可信。

但是，也有一點很是不同，即依《堅瓠集》記，此事乃「袁籜庵先生自金陵來吳過訪」後「又聞先生」云云有「二聲」事，且地點在「武昌」、某官為「巡道」，聽後「默然。未幾，先生遂掛彈章」等，都更具體，又語出倉促，隨口說「二聲」甚易，而說「三聲」不唯多費思量，而且「三聲」中「算盤聲、天平聲」皆隱言貪賄，意義實有重複。袁籜庵作為風流才子，或不致堆疊如此。筆者故以《堅瓠集》記「二聲」可能更符合實際。而無論如何，研究者實事求是，知此本事有尤、褚二人記「二聲」與「三聲」的不同，當非無益。

七、《拜石》與《紅樓夢》「石兄」

《堅瓠七集》卷之四《拜石》載：

> 米元章平生好石。守濡須日，聞有怪石在河壖，命移至州治，設席下拜曰：「吾欲見石兄二十年矣。」言者坐是為罪，罷去。竹坡周少隱過郡，見石感而賦詩，其略曰：「喚錢作兄真可憐，喚石作兄無乃賢。望塵雅拜良可笑，米公拜石不同調。」

米元章即米芾（1107～1157），字元章，別號米襄陽、米南宮等。祖籍山西，生於湖北襄陽，宋徽宗詔為書畫學博士，與蔡襄、蘇軾、黃庭堅合稱「宋四家」。愛石成癖，開我國玩石風氣之先。米芾「拜石」故事早見於宋人費袞《梁溪漫志》，題曰《米元章拜石》：

> 米元章守濡須，聞有怪石在河壖，莫知其所自來，人以為異而不敢取。公命移至州治，為燕遊之玩。石至而驚，遽命設席，拜於庭下曰：「吾欲見石兄二十年矣！」言者以為罪，坐是罷去。其後竹坡周少隱過是郡，見石而感之，為賦詩，其略曰：「喚作錢兄真可憐，喚石作兄無乃賢？望塵雅拜良可笑，米公拜石不同調」云。〔註13〕

後世元、明間流傳甚廣，為《堅瓠集》本條之所出，明清小說尤其《紅樓夢》稱「石兄」所祖。

〔註13〕〔宋〕費袞撰，駱守中注《梁溪漫志》，西安：三秦出版社，2004年，第198～199頁。

　　自上古石器時代逐漸形成的靈石崇拜，固然以女媧煉石補天故事最早也影響最大，但以石為有生命體進而人格化最早並較為典型者當推「生公說法，頑石點頭」故事，而以稱「石Ｘ」者，則有《太平廣記》卷二七八《皇甫弘》：

　　　　皇甫弘應進士舉，華州取解，酒忤於刺史錢徽，被逐出。至陝
　　州求解訖，將越城關，聞錢自華知舉，自知必不中第，遂東歸。行
　　數程，因寢，夢其亡妻乳母曰：「皇甫郎方應舉，今欲何去？」具言
　　主司有隙。乳母曰：「皇甫郎須求石婆神。」乃相與去店北，草間行
　　數里，入一小屋中，見破石人，生拜之。乳母曰：「小娘子婿皇甫郎
　　欲應舉，婆與看得否？石人點頭曰：「得。」乳母曰：「石婆言得，
　　即必得矣。他日莫望報賽。」生即拜石婦謝，乳母卻送至店門。遂
　　驚覺曰：「吾夢如此分明，安至無驗？」乃卻入城應舉。錢侍郎意欲
　　挫之。放雜文過，侍郎私心曰：「人皆知我怒弘，今若庭辱之，即不
　　可。但不予及第即得。」又令帖經。及榜成將寫，錢心恐懼，欲改
　　一人換一人，皆未決。反覆籌度，近至五更不睡，謂子弟曰：「汝試
　　取次，把一帙舉人文章來。」既開，乃皇甫文卷。錢公曰：「此定於
　　天也。」遂不改移。及第東歸，至陝州，問店人曰：「側近有石婆神
　　否？」皆笑曰：「郎君安得知？本頑石一片，牧牛小兒，戲為敲琢，
　　似人形狀，謂之石婆耳，只在店二三里。」生乃具酒脯，與店人共
　　往，皆夢中經歷處。奠拜石婦而歸。〔註14〕

　　注出《逸史》。《逸史》，唐盧肇撰。《新唐書・藝文志》小說家類著錄時，列在《盧子史錄》之後，注：「大中時人」，三卷。可見我國文人「拜石」故事至晚始於唐宣宗大中（847～859）間前後，乃皇甫生科舉拜「石婆神」而如願以償的靈異故事。這與後來米芾「拜石」之對象、目的固然大異其趣，但是，拜「石婆」與拜「石兄」之都為「拜石」則後先相望，庶幾可謂之一脈相承。

　　《逸史・皇甫弘》皇甫生之因科舉拜「石婆神」故事，後世似影響不大，而米芾「拜石」故事不僅當時成為佳話，而且成為元、明、清詩人、畫家創作的熱門題材，留下不少作品，至今《拜石圖》還是繪畫創作與研究一大熱點〔註15〕。但是，人們有所忽略的是米芾「拜石」故事對小說的影響更為深

〔註14〕〔宋〕李昉等編《太平廣記》（六），北京：中華書局，1961年，第2206～2207
　　　　頁。
〔註15〕參見段延斌《〈拜石圖〉圖式的形成與衰亡》，《流行色》2020年第5期。

廣。這方面的表現，即使不說以《水滸傳》寫「石碣」、《西遊記》寫孫悟空為「石猴」等可視為「拜石」——「石兄」故事旁系之流變，那麼《肉蒲團》寫未央生在回頭向善的關頭，「自取法名叫做『頑石』。一來自恨回頭不早，有如頑石；二來感激孤峰善於說法，使三年不點頭的頑石依舊點起頭來。從此以後，立意參禪，專心悟道」〔註16〕的描寫，則與「拜石」故事曲徑相通，進而影響《紅樓夢》作為把「石兄」——賈寶玉——置於全書中心、集「三千寵愛在一身」的唯一大書。

筆者曾論《肉蒲團》對《紅樓夢》的影響甚巨〔註17〕，今再補充說《肉蒲團》第二回寫未央生的師父是「括蒼山中，有一個頭陀，法名正一，道號孤峰」，後至第二十回乃在孤峰和尚警悟之下自號「頑石」，這二人構成未央生「括蒼山中……孤峰」之下「頑石」，既種下了《紅樓夢》寫棄在「大荒山無稽崖……青埂峰下」之「頑石」的因子，又隱含了後來《紅樓夢》中「一僧一道」與「頑石」始於「青埂峰下」、終於「青埂峰下」之貫穿全書關係的格局。而更顯然者，《紅樓夢》首尾兩回書中各稱「頑石」即賈寶玉之真體為「石兄」，至其書本名即為《石頭記》即「石兄記」，則其作者豈非又一「石顛」？其書豈非米芾「拜石」——「石兄」精神的嫡傳，其「大旨談情」又豈非與「生公說法，頑石點頭」破「頑」破「癡」之義一脈相承？在這個意義上，米芾「拜石」——「石兄」故事至《紅樓夢》乃大放異彩！這恐怕是褚人獲選錄此條入書時所夢想不到的，令人拍案驚奇！

八、《金釵十二》與《紅樓夢》「十二釵」

《堅瓠三集》卷一《金釵十二》：

唐人詩多用金釵十二，如白香山《酬牛思黯》詩：「鍾乳三千兩，金釵十二行。」十二行或言六鬟耳。齊肩比立，為釵十二行。然梁武帝《河中之水》歌云：「洛陽女兒名莫愁，頭上金釵十二行。」是以一人帶十二釵也。又《南史》載：齊周盤龍伐魏有功，高帝送金釵十二枚，與其愛妾杜氏，手敕云：「餉周公阿杜。」此事甚佳，罕有用者。

〔註16〕（清）情癡反正道人《肉蒲團》，日本寶永刊本，第20回。
〔註17〕杜貴晨《試論〈紅樓夢〉所受〈肉蒲團〉「直接的影響」》，《南京師大學報》2013年第2期。

　　按此條表明，「十二釵」之說起於南朝齊高帝賞周盤龍軍功，給周之愛妾「金釵十二枚」，有「周公阿杜」一妾當「十二釵」之意；至於梁武帝《河中之水》歌言莫愁女『頭上金釵十二行』，是以一人帶十二釵」雖亦有誤，但二者以「十二釵」或「十二行」均指一人，與後世《紅樓夢》之「金陵十二釵」指十二女子絕無關係。

　　以「十二釵」為指多人始於白香山《酬牛思黯》詩：「鍾乳三千兩，金釵十二行。」但上引《堅瓠集》釋以「或言六鬟耳。齊肩比立，為釵十二行」，未有旁證，其實是臆猜錯會了。

　　「或言六鬟」的實質是以金釵「十二行」為「十二隻」，每人插戴兩隻為兩「行」，共「十二行」。但這顯然是錯誤的。

　　按釵以「只」或「支」為量詞，而「行」即行列，以釵成「行」則至少一「行」應該有兩隻釵，則「十二行」以一女兩釵計，當為十二女前後相隨為一列，每女雙鬟各簪一釵，從側面看兩釵為一行，這樣十二女共十二行二十四釵。

　　古代女子雙鬟簪釵，見於唐代溫庭筠《懊惱曲》云：「兩股金釵已相許，不令獨作空城塵。」（《全唐詩》第二一卷）是說兩鬟所簪帶之雙股釵已取其一贈男方為定情之物；又韋應物《長安道》詩：「麗人綺閣情飄颻，頭上鴛釵雙翠翹。」（《全唐詩》第一九四卷）王建《宋氏五女》詩：「素釵垂兩髦，短窄古時衣。」（《全唐詩》第二九七卷）更是明確說一女頭飾兩釵，以「釵」言為雙，以「行」言為一，「十二行」絕非「言六鬟」，而是指十二位女子。

　　因此，論者每舉白居易詩「金釵十二行」句為《紅樓夢》「十二釵」所本，雖然言十二女子之數是正確的，但是畢竟「金釵十二行」不等於「十二釵」，從而不能順理成章。

　　其錯誤在於釵之為一「行」至少兩隻，而為「釵」則一「釵」就是一隻，代指一女子本人。也就是說《紅樓夢》「十二釵」以一「釵」代指一女，是說十二個女子。若以「十二釵」等於「十二行」，雖然也是指十二女子，但「十二行」金釵之數是「十二釵」的兩倍，必須經一女兩釵解釋的過渡，讀者才可以明白。

　　因此，《紅樓夢》「十二釵」雖然未必不是從白詩「金釵十二行」受有啟發，卻一定不是直接從「金釵十二行」脫化而來，當然更與齊高之「十二釵」、梁武之「十二行」無關。

　　因此，《紅樓夢》「十二釵」或另有所本。筆者檢索其出處仍在唐詩，當即

長孫佐輔《宮怨》詩,詩長不錄,中有句云:「三千玉貌休自誇,十二金釵獨相向。」(《全唐詩》第二〇卷、第四六九卷)

長孫詩寫宮中與「「三千玉貌」屬對之「獨相向」的「十二金釵」,無疑是指后妃中的十二位女子。這裡「十二金釵」與十二位女子的正相對應,當即《紅樓夢》「金陵『十二釵』」之稱的直接來源。

雖然無法證明《紅樓夢》作者確係採上引長孫詩句以成其「金陵十二釵」的命名,但其學識淵博,能知有長孫此詩此句是大概率的事,而至少此詩此句與《紅樓夢》之「金陵『十二釵』」恰相符合,是「紅學」上應該有的知識。

當今數字化存在的時代,這個有關「金陵十二釵」來源的發現信手拈來,如此之易,以致筆者頗疑當有先我得之者,而恐怕有以無知為知之嫌。但是無論如何,今有學者以「十二行」為「十二金釵」的成見,應該得到破除和糾正。

九、《白土書門》與《歧路燈》風俗

《堅瓠九集》卷一《白土書門》

> 《暖姝由筆》:今人訪友偶無名帖及乏紙筆,輒取土墼或石灰書其家壁板「某人來拜」,此俗事耳。吾子行《閒居錄》云:蔣洎字景裴,居葛嶺寶勝寺東廡,名公士夫多器之。每一入城終日,歸而白土書門者又滿矣。

《暖姝由筆》,現存萬曆刊《藏說小萃》本為三卷。徐充纂輯。充字子擴,號兼山。江陰(今江蘇江陰)人。《閒居錄》一卷,元代吾子行(1268～1311)撰。子行名丘衍,號貞白處士。錢塘(今浙江杭州)人。子行學問淹通,藝尤精妙,遍讀經史百家之書,每有心得,隨筆剳記,此書即其剳記手稿,生前未刊。後由陸友仁得於吾丘衍從父家,抄錄流傳。由此可見,「白土書門」是元、明江浙風俗。以「十里不同風,百里不同俗」之說,未必北方亦有此俗。

然而不然。清乾隆、嘉慶間河南人李綠園著《歧路燈》寫開封事,第八十九回《譚觀察叔侄真誼,張秀才兄弟至情》寫浪子回頭的譚紹聞拒絕一班匪類勾引,閉門讀書,但仍有張繩祖等前來打擾:

> 譚紹聞每日下學回來,後門上便有石灰字兒,寫的「張繩祖叩喜」一行。又有「王紫泥拜」一行。又有「錢克繩拜賀」一行,下注「家父錢萬里,字鵬九」。又有用土寫的,被風吹落了,有字不成文,也不曉的是誰。總因譚紹聞在新買房子內念書,沒人知曉,不然也

就要有山陰道上，小小的一個應接不暇。〔註18〕

這裡寫用石灰或土作字留言，也就是「白土書門」了。可見降至清代，此俗在北方城市也已有流行的記載了，雖不知其始終如何，但已可斷定其在元代以後至現代通訊手段引入之前，曾經是一流行吾國南北民間的交際手段。此雖歷史細節，但亦可資多聞。

十、《吏三十六子》與小說不寫雙胞胎

《堅瓠廣集》卷一《吏三十六子》：

> 《近事存疑》載：康熙中，江南某府吏鄭某，立心忠樸，為郡守所信任，分外厚遇。一日升堂呼之，見其衣服破弊，因叱之曰：「我另眼看你，你為何袍子不做，裝窮如此？」吏云：「吏乃真窮，非詐也。」守叩問所以窮之故，吏云：「小吏養子三十六人，只吃飯著衣，也要窮死。」守笑問曰：「如何婢妾之多？」吏云：「小吏只夫婦兩口，子皆妻子所生。」守又笑問：「你年紀不上四十，難道三、四歲就養兒子麼？」云：「小吏十八歲完娶，一年一胎，子皆雙生，所以今年三十六歲，有子三十六人。」守問皆存活否，云：「皆現在。」守命領來看。吏歸，使大兒抱幼兒，中兒攜小兒，擁擠一堂，守笑不止。取庫銀百兩賞之，申文報司撫。司撫異之，各有所贈。張文玖述此，真異事云。

雖然如今互聯網的時代信息暢通，古今中外此類多子故事已不足為奇，但「一年一胎，子皆雙生」者實所未聞。因此，當此吾國結婚率、生育率下跌堪憂的今天，讀此條乃不覺欣喜：一旦放開而國人又有條件保持正常結婚、生育意願的話，人口數穩定並適度增長的預期或不難實現。進而想到我國古代小說寫帝王將相，皇親國戚，士農工商，各類家庭，無不重視子嗣，以多子為多福，並多寫及兄弟者，如《水滸傳》《儒林外史》等。但也許是筆者孤陋寡聞，未見有寫雙胞胎者，覺得好奇。

令人好奇的是，如《吏三十六子》記生活中「一年一胎，子皆雙生」雙胞胎現象雖所僅聞，但普通雙胞胎現象並不罕見，文藝或體育項目中尤其常見，但筆者既未見古今中外小說中寫雙胞胎人物，則相信這類描寫一定不多，又該是什麼原因呢？

─────────────

〔註18〕〔清〕李綠園著《歧路燈》，欒星校注，鄭州：中州書畫社，1980年。

這必非偶然。若做一個猜想，大概是文體活動中多見雙胞胎因是用其體貌、性格極似而易於配合，方便訴諸現場表演中視覺的美感；而小說人物形象以文字描寫訴諸讀者閱讀想像力的再創造，實難在同中求異。故金聖歎評曰：「《水滸》所敍，敍一百八人，人有其性情，人有其氣質，人有其形狀，人有其聲口。夫以一手而畫數面，則將有兄弟之形；一口吹數聲，斯不免再唉也。」就是說寫普通性情、氣質、形狀、聲口人物形象尚且難於各有不同，則一手畫雙胞胎而欲使其個性分明，不是難於上青天了嗎？所以是古今中外小說藝術一大難題！

十一、《金錠》與《小豆棚‧金駝子》

《堅瓠五集》卷四《金錠》引《桐下聽然》載金駝子故事，這個故事為清乾隆、嘉慶間曾衍東《小豆棚‧金駝子》所襲：兩篇人物全同，基本情節無異。《金錠》標點本 675 字，《金駝子》標點本 1061 字，僅略有演繹並稍加點染而已。如《金錠》開篇：

> 洞庭東山金駝子背曲如弓，人稱為金錠。人家有吉事，必邀金錠到門，以為佳讖語。遇吉日，遠近爭致之，得者為幸。駝一一至其家，莫不奉金錢饋酒食，欣然醉飽，盈袖而歸。

《金駝子》襲改為：

> 洞庭東山金駝子，背曲如弓，心性靈敏，人多愛之，肖其形呼為「金元寶」。人家有喜慶事，總得金元寶到門，以為佳讖。金復能為諛詞祝焉，故遠近爭致之。金一一至其家，莫不釀金錢、具酒食，欣然醉飽，盈袖而歸。

又如《金錠》：

> 數年，家漸裕，有田二十餘畝。故膏壤，里中有力某者久欲之而未遂，一旦為駝所得，意甚恨，陰中駝役訟，傾其囊，田歸於有力者。而駝遂貧，即有慶賀事，亦無人延致矣。

《金駝子》襲改為：

> 數年，家漸裕。有田二十畝，皆膏腴地，旱潦無虞，鄉人號曰「米囤」。裏有某甲，富而貪，涎之，求售於駝，駝不賣。諺曰：「鄉里老兒生得怪，越貴越不賣。」甲意甚恨，輾轉尋思，乃與役勾，使人訟駝。駝傾囊，遂欲鬻田。甲賤得之，價不及半也。駝自此貧，

無有再問「元寶」來者。即自送「元寶」上門，而人亦視為楮鏹也。

以《金駝子》之襲改對比《金錠》原文，雖依傍之跡甚明，但是增加了「金元寶」「米囤」「諺曰：鄉里老兒生得怪，越貴越不賣」及若干諷世語，無疑使人物形象更加鮮明，故事情節更加生動。《金駝子》之抄化《金錠》全篇如此，可見其襲用固然不足為訓，然作者似亦有知當「青出於藍而勝於藍」，是一定程度上也做到了，而總體成色大增。其雖襲用，但有所再造之功，亦不當一概抹殺。

十二、《姚學士》與《小豆棚‧少霞》

《堅瓠一集》卷三《姚學士》：

> 元學士姚燧字希聲，致政家居。年八十餘，夏日沐浴，侍婢在側，因私焉。婢前拜曰：「主公年老，賤妾倘有娠，家人必見疑，願賜識驗。」學士捉其圍肚，題詩曰：「八十年來遇此春，此春遇後更無春。縱然不得扶持力，也作墳前拜掃人。」學士卒後，此婢果生子。家人疑其外通，婢出詩遂解。聞雲間陸平泉事亦類此。

故事的關鍵在老夫少妻，父為幼子留詩以證其為繼承人。其源頭似可追溯至東漢應劭《風俗通義》載：

> 沛郡有富家公，資二千餘萬，小婦子年裁數歲，頃失其母，又無親近，其大婦女甚不賢；公病困，思念惡聲爭其財，兒判不全，因呼族人為遺令云：「悉以財屬女，但遺一劍與兒，年十五，以還付之。」其後兒大，姊不肯與劍，男乃詣郡自言求劍。謹案：時太守大司空何武也，得其辭，因錄女及聲，省其手書，顧謂掾史曰：「女性強梁，聲復貪鄙，其父畏賊害其兒，又計小兒正得此財，不能全護，故且俾與女，內實寄之耳，不當以劍與之乎？夫劍者，亦所以決斷也；限年十五者，度其子智力足以自活，此女聲必不復還其劍，當聞縣官，縣官或能證察，得以見伸展也。凡庸何能思慮強遠如是哉！」悉奪取財以與子，曰：「弊女惡聲溫飽十五歲，亦以幸矣。」於是論者乃服，謂武原情度事得其理。〔註19〕

這個故事當然更為複雜，而《姚學士》記元學士姚燧事或屬實，但無論其

〔註19〕〔漢〕應劭撰、王利器校注《風俗通義校注》，北京：中華書局，2010年，第588頁。

真假，其寫姚學士留詩之意，溯源可接上引《風俗通義》載富家公留劍以為幼子長成後索還家產之用心，二者乃上下千載，一脈相傳。但《風俗通義》此事更全面的脫化是明末馮夢龍編訂《古今小說》中《滕大尹鬼斷家私》，讀者多能熟悉，就此略過。

《姚學士》的真正影響是曾衍東《小豆棚·少霞》。《少霞》故事除沿襲了《姚學士》老夫、少妻、幼子模式外，也是留詩以證，其詩曰：

> 七十年來又一春，此春度後更無春；只愁風木秋凋後，恐有同根釜泣人。

以此詩對照《姚學士》「八十年來遇此春」詩，可見二者確有後先模擬關係。

但是，兩詩也有明顯不同，即《姚學士》中詩僅為破他人懷疑非其親生而作，《少霞》中詩另有為幼子爭取遺產繼承公道之意。這顯然是由於《少霞》增加了長子為惡霸占財產、欺侮幼弟的內容，從而詩中暗含了其亡父的擔憂，為後來縣官為其主持公道作了鋪墊。這一部分情節包括增加了幼子長成後應試科舉的內容，總體雖屬於創造，但是其中由賢邑宰椐亡父遺志為幼子主持公道的情節，有遠祖《風俗通義》載富家公留劍故事的成分，主要還是直接模擬了《滕大尹鬼斷家私》寫官斷兄弟爭產故事。

古代老夫少妻，身後遺產分配，在有長兄的情況下，少妻、幼子往往不得公道，遂自漢至清，絡繹不絕，多有此類故事發生，也多被寫入小說戲劇，是彼時社會人生一大悲劇。其個中人為老夫者之煞費苦心，死不瞑目，或使今之為老夫少妻者，亦細思極恐，所謂「遺安煞是費精神」[註20]。

十三、《飄揚金箔》與《小豆棚·呂公子》

《堅瓠餘集》卷一《飄揚金箔》載：

> 劉五城《雜錄》：有一豪富子弟張某，其父歿，昆仲析居之，次有餘資千金，各不欲存為公家事以滋擾，願一創舉，散之頃刻。遂貨金箔，約值此數，至絕高山頂，乘風揚舉。或飄舞長空，或黏綴林木，或散處水草，總成黃金世界。數里之內，人皆驚詫若狂，疑為天雨黃金，婦女兒童競為爭逐，終無所得。一時傳為異事。而張氏親黨莫不

─────────────

[註20]　〔清〕李綠園著《歧路燈》，欒星校注，鄭州：中州古籍出版社，1980年，第10頁。

稱為豪舉。較之隋煬帝於景華宮徵求螢火數斛，夜出遊山放之，螢光遍於山谷，反覺鄙陋。但煬帝富有四海，奢侈過度，尚且不能令終，此一富有之民，乃暴殄財貨，取快一時，不知其人作何究竟也。

劉五城《雜錄》不詳，待考。此條敘事簡略，當為乾隆中曾衍東《小豆棚‧呂公子》本事。但《呂公子》為之生死肉骨，踵事增華，實有化腐朽為神奇之功。如其開篇曰：

> 武進呂公子，父為宮保，家財盈溪壑。父死，公子享其豐，不能安，謂人曰：「人之所少，我何為而多？彼之所無，我何為而有？是以高明之家，鬼瞰其室。我時凜厚亡之懼，而惕焚身之戒！」於是輕財好施，求無不與，時人呼之為「小春申」。而揮霍任意處，雖曰豪舉，皆出奇想，蓋以速貧為愈也。

以此對比《飄揚金箔》開頭介紹「有一豪富子弟張某……願一創舉，散之頃刻」云云，是同為散財之事，但不僅人物、家庭有變，而且散財之原因由「不欲存為公家事以滋擾」（即貪腐事發）招致多藏厚亡之禍，而有生欲速貧之計，從而與其所本事大異其趣，可謂模擬出新、似而不是者。

其他，《呂公子》移用《飄揚金箔》情節有作「呂嘗遊瞰江山，令多人撒放金箔於峰頭。呂坐松風臺，置酒臨江，玩其迷漫炫爛之景，號為『金雪』，自辰及申，猶霏霏不止」，沿襲之跡甚明，但《飄揚金箔》才237字，《呂公子》達816字。其議論亦迥然不同於前者，曰：

> 嘻！如呂氏之所為，豈呂氏之所能自為？蓋誠有大力者驅而為之，以深明夫聚斂附益之為作牛馬於兒孫者，徒為多事。是呂氏之散金遊戲，其智不在中人下。說者多愚之。孰智孰愚，必有能辨之者！

魯迅論唐傳奇對前志怪小說的超越說：「施之藻繪，擴其波瀾，故所成就乃特異，其間雖亦或託諷喻以紓牢愁，談禍福以寓懲勸，而大歸則究在文采與意想，與昔之傳鬼神明因果而外無他意者，甚異其趣矣。」〔註21〕移以為《呂公子》對《飄揚金箔》的繼承與超越亦庶幾近之。

十四、《義猴》與《小豆棚‧猴訴》

《堅瓠餘集》卷一《義猴》：

〔註21〕魯迅《中國小說史略》，北京：人民文學出版社，1973年，第54頁。

《聞見略》：萬曆中，毘陵有乞兒，日係一猴至街坊施技索錢。積數歲，約有五六金。偶與同伴一丐飲，醉中誇詡。丐忽起謀心，置毒於酒，強灌之而死。取其所藏，瘞屍於野外，無人知覺。獨猴不順從，丐日加捶楚，猴勉隨之。一日，忽失所在。時縣尹張廷傑初下車，升堂瞥見一猴突入，跌坐丹墀，向令叫號。張異之，命一隸隨其去向。猴竟至養濟院，覓丐不獲，復扯隸行，沿途乞糕餅與隸點心。行至大市橋，遇丐。雙手拽住，跳上丐肩，批頰抓面，丐不能脫。隸擁至縣，張鞠問再三，丐始伏辜。令隸押丐取銀，包裹宛然，仍於野外扒開浮土，將屍入棺火厝。煙焰方熾，猴向隸叩頭，跳入火中焚死。隸覆命，張驚異，因作《義猴記》，刻石以垂不朽。

篇末有評點語曰：「按王慎旃《聖師錄》中，志汪學使尹金華，一猴訴冤，與此相類。」清初張潮《虞初新志》載王言（慎旃）《聖師錄・猿猴》中一則云：

汪學使可受，初尹金華。有丐者行山中，見群兒縛一小猴而虐之。丐者買而教之戲，日乞於市，得錢甚多。他丐忌且羨，因酒醉丐者，誘至空窯，椎殺於窯中。異日繩其猴，復使作戲。而汪公呵導聲遽至，猴即齧斷繩，突走公之前，作冤訴狀。公遣人隨而往，得屍窯中。亟捕他丐鞫問，伏法。闔邑駭而悼之，買棺焚丐者屍。烈焰方發，猴哀叫躍入，死矣。

此與上引《堅瓠餘集》卷一《義猴》錄《聞見略》為同一事，彼此皆簡略。至清乾隆中曾衍東《小豆棚・猴訴》，義猴形象乃更加豐富圓滿，生動感人：

潮州刺史署大門，檻、柱皆刻木猴而飾，不知其故。古梅楊夫子告余曰：

「先是，市中有蓄猴丐者，豫章人，飄零韓水。嘗養一猴，教傀儡鈴索，以給朝夕。食則與猴共器，寢則與猴共處。村煙墟雨，淒其之況，憐猴者丐，而知丐者猴，兩兩相依，知己正在不言之表。丐有贏餘，積傀箱中，猴若為守虜者然。

「一日，有無賴丐扳飲。猴見之，即變面作吼，怒形聲色。丐斥之，回顧指畫，若識其不可與接者。丐固耽曲糵，一杯入手，便刺刺成心腹交。後，二丐寢處合之，猴終不釋然。嘗同往村落戲乞，餘錢則二丐卯飲醺醺，從此丐亦不復更有餘資也。每日牽擔同行。

忽至一荒原，前後市廛較遠，山凹松杉，蔽翳道左。二人同行，無賴丐袖石撲丐，丐應聲中顛而僕。復挈擔連揮數十，丐遂殞。猴乘隙斷鎖，緣松頂。無賴丐恨指猴曰：『毛團狡甚，幸生汝！』乃掘浮土瘞其屍，荷擔而去。蓋其醉後，曾告其箱有儲也。

「無賴丐去遠，猴下樹，悲鳴欲絕。入村人戶中，長跪淒淒，俯首墮淚。人與之食，食畢復號。又去他村，如前村狀。人習而憐之，皆不忍羈繫，聽其往來。暫隨鄉人入城市，市人始異之，繼亦憐而飼之。人終不知其故。會太守出，輿過，猴忽攔輿嘶號，若有所指。隸人鞭扑，猴嘶益厲。守止之曰：『毋！』令人隨之，猴悲而先導，人止則猴若招之狀。十里許，至松間浮土處，旋繞捶胸如躄踴。隸標返，告諸守。守詣其地，挖而見屍，猴哀不勝。驗畢返署，而殺人者毫無蹤跡。

守素神明，亦一時計無所出。即牽猴問之，猴不能言。守沉思之，曰：『古人覆盆之下，尚為雪冤，況屍證在前，凶身豈難緝獲？』因類以求，緣情而起，遂呼吏胥於附近會賽處牽猴縱往，聽其到。一月之間。而無賴丐以丐余資又弄一猴，即以是猴之箱、之傀儡、之鈴索而招搖於市。猴見，眥裂，前攫，豕啼而人躍，爪牙交錯於丐人衣履之間。捕者就而縛焉，無賴丐曰：『我猴戲者，何冤我？』捕曰：『有戲猴冤者，故及汝。』繫至庭，一訊而服罪，以抵。

「太守令牽猴至前，問之曰：『汝仇報矣，盍歸乎山林？』猴乃取向時傀儡衣，衣之；冠，冠之，如人鞠躬俯伏畢，復登大門揭陽樓之頂，長號數聲，墜地以死。太守哀之，郡人義之，葬於揭陽樓下。故至今檻角樓頭，不飾以獅象而猴之者，形其義也。」

以上《堅瓠餘集·義猴》291 字，《聖師錄·猿猴》157 字，《小豆棚·猴訴》891 字。此所以不避繁引諸篇全文，既為省讀者翻檢之勞，也為便於《猴訴》與《義猴》《猿猴》所記對照一目了然，知此同一故事所衍生之不同文本，因創作手法之異，而思想藝術之高下，乃判若雲泥。讀之可悟小說藝術，首先是故事，但其終極品位之優劣高下，更在人物形象言語行動之描寫，在這個意義上也可以說是「細節決定成敗」。

細節描寫既是紀昀所謂「才子之筆」與「著書者之筆」〔註22〕的區別，也

〔註22〕〔清〕張友鶴輯校《聊齋誌異會校會注會評本》，上海：上海古籍出版社，196

是我國古代筆記與傳奇小說之間最明顯的分野。俄羅斯作家岡察洛夫的長篇名著《奧勃洛摩夫》，其開篇以中譯文百餘頁的篇幅寫奧勃洛摩夫的起床，則是世界小說藝術重在描寫成功的顯例。上述自《義猴》《猿猴》至《猴訴》藝術的演進，則是這一成功經驗的中國證明。

十五、《土地夫人》與《小豆棚·湘潭社神》

《堅瓠十集》卷三《土地夫人》：

> 正德中，顧東橋（璘）知台州府。有土地祠設夫人像，顧曰：「土地豈有夫人？」命撤去之。郡人告曰：「府前廟神缺夫人，請移土地夫人配之。」顧令卜於神，神許，遂移夫人像入廟。時為語曰：「土地夫人嫁廟神，廟神歡喜土神嗔。」明年郡人復曰：「夫人入配一年，當有子。」復卜於神，神又許之，遂設太子像。時又語曰：「期年入配今生子，明歲更教令愛生。」顧既撤夫人像，又聽其入配塑子，益見民之易惑而神不足信也。

這個故事說顧東橋為知府，深通「神道設教」之術，奪土地夫人的神像改嫁府廟神為夫人，一年後又據郡人之言為府廟夫人配一子，於廟中再設府神太子像。似處處順應民意，實際是以自己都不信之「神」忽悠民眾，以收拾民心。這位顧知府的做法固不足為訓，但其做法本身所暴露統治者「神道設教」的虛偽有啟民智的意義。此外，上所論及曾衍東《小豆棚》不乏取材《堅瓠集》者，因思此故事中顧知府移土地夫人改嫁為廟神夫人情節，似亦為《小豆棚》所化用。

《小豆棚》這個疑似化用《土地夫人》情節的小說即《湘潭社神》。這篇小說的主旨是諷刺官員賭博，其故事核心情節是湖南湘潭鎮秀才尹某為「北郭福社」神，與湘潭社神賭輸，請張姓能走無常者邀冥司肩夫石五共輿夫人以償賭債。至則先是遭湘潭社神的拒絕而回，後因「北郭福社」神夫人惱羞成怒，堅持以身抵債，仍「呼輿」再赴湘潭社：

> 張苦其煩，躲隱處，逸而歸。窺時天已曙，聞鎮上人傳社神增一夫人塑像。張至祠視之，果然，乃告曰：「此北郭之社夫人也。北社神與我社神博，北社負，窮不能償，以夫人抵。」後，北郭人來舁以歸，至夜，其像仍返，屢舁屢返。今湘鎮社主，齊人也，而北

年，《各本序跋題辭》第 15 頁。

郭之神猶鰥焉。

按篇末作者識語曰:「余于役彝陵,合郡守掾至丞尉,莫不從事於博。其勝者,雖屬吏亦傲上臺;負者,即長官且氣沮於末僚,將不至北郭社神之去妻償債也不止,呵呵!」證明本篇為刺時之作。但其託於一神夫人改嫁為另一神夫人的模式與《堅瓠集·土地夫人》無二,很可能是《小豆棚》作者曾衍東從本條受到了啟發,待考。

十六、《行情》與《小豆棚·柳孝廉》《越州趙公救災記》

《堅瓠八集》卷一《行情》:

> 商賈貿易,物價貴賤曰行情,不曰理與勢者,可見不能使價之畫一,悉隨時為低昂,故曰情。昔趙清獻知越州,兩浙旱蝗,米價騰貴,諸州皆禁增價,公獨榜通衢,有米者增價糶之。於是商賈輻輳,價遂頓減,民賴以安。若以勢禁之,則商賈裹足,米愈少,必至於亂。當事者不可不知也。

我國自古雖以農為本,但歷史上不乏荒年,給民生帶來極大傷害,乃至有流民演為起義者,如漢代黃巾、綠林、赤眉,明末張獻忠、李自成等。故救荒賑災為歷代朝廷與地方政要大事,而雖千方百計,仍難有萬全之策,從而也是古代小說家們熱心關注的社會政治問題。《小豆棚》一書作者曾衍東曾長期做幕和任職縣令,親歷荒年和救荒之苦況艱難,書中多有涉及。其中《柳孝廉》寫青州府諸生柳鴻圖,夫妻完娶不久,逃荒途中,不得已賣妻,以圖各自存活。其後,夫妻先後單獨為同一富室收留,而因柳中舉,得再續鸞膠,破鏡重圓,極盡悲歡離合之致。故事固引人入勝,但同樣引人注目的是故事因災荒而起,當時官府救荒之無術,導致如柳生之人生波折,故作者於篇末論曰:

> 憶自五十、五十一兩年,東省各府旱荒,苗枯棉槁,杼柚為空,民皆束手待斃。國家蠲免之令、賑濟之事、備禦之策,靡不周詳,較之前古,實所未有。而野中餓莩為狗鳶食者,仍相望不絕。嗚呼!「救荒無善策」,誠哉是言也!又復鬻妻賣女,比比皆是,官府知之而不禁,蓋鬻之則妻女去,而父母與其夫獲生,否則終為溝壑鬼耳!是時草根荄蔓,每斤十錢。市中有貨食者,輒搶而奔,比追及,已入口矣。又有數十為群,沿村奪食,夜則放火。故日未晡即錮戶,通宵不得安靜。如柳生之幸,誠千萬中之一耳!

其曰「救荒無善策」，固然誠懇之言，但也只能是說沒有手到病除、頓起沉屙的絕對「善策」，故本條《行情》值得一讀，而其所根據「昔趙清獻知越州」故事更值得研究。

趙清獻即趙抃（1008～1084），字閱道，號知非子。衢州西安（今浙江省衢州市柯城區）人。北宋名臣，有「鐵面御史」之譽。歷官至右諫議大夫、參知政事，以太子少保致仕。卒後追贈少師，諡號「清獻」。其知越州救荒事詳《曾鞏集》卷十九《越州趙公救災記》曰：

> 熙寧八年夏，吳越大旱。九月，資政殿大學士知越州趙公，前民之未饑，為書問屬縣災所被者幾鄉，民能自食者有幾，當廩於官者幾人，溝防構築可僦民使治之者幾所，庫錢倉粟可發者幾何，富人可募出粟者幾家，僧道士食之羨粟書於籍者其幾具存，使各書以對，而謹其備。

此言大旱之後，於「前民之未饑」即調查情況，做好賑災預案。又曰：

> 州縣史錄民之孤老疾弱不能自食者二萬一千九百餘人以告。故事，歲廩窮人，當給粟三千石而止。公斂富人所輸，及僧道士食之羨者，得粟四萬八千餘石，佐其費。使自十月朔，人受粟日一升，幼小半之。憂其眾相蹂也，使受粟者男女異日，而人受二日之食。憂其流亡也，於城市郊野為給粟之所凡五十有七，使各以便受之而告以去其家者勿給。計官為不足用也，取吏之不在職而寓於境者，給其食而任以事。不能自食者，有是具也。能自食者，為之告富人無得閉糶。又為之官粟，得五萬二千餘石，平其價予民。為糶粟之所凡十有八，使糶者自便如受粟。又僦民完城四千一百丈，為工三萬八千，計其傭與錢，又與粟再倍之。民取息錢者，告富人縱予之而待熟，官為責其償。棄男女者，使人得收養之。明年春，大疫。為病坊，處疾病之無歸者。募僧二人，屬以視醫藥飲食，令無失所恃。凡死者，使在處隨收瘞之。

此言趙公之千方百計，處置周詳，而《行情》所稱讚乃其中「能自食者，為之告富人無得閉糶。又為之官粟，得五萬二千餘石，平其價予民。為糶粟之所凡十有八，使糶者自便如受粟」一法。此法之重要在於「公獨榜通衢，有米者增價糶之。於是商賈輻輳，價遂頓減，民賴以安」，即發揮今所謂「市場經濟」的作用，吸引周邊商賈輸入，既打擊了當地商賈囤積居奇，又增加了市場

供給,平抑物價,使饑民即使賣兒賣女,也至少不至於無糧可糴,從而達到減輕災情、穩定局勢的目的。「若以勢禁之,則商賈裹足,米愈少,必至於亂」,誠哉,斯言也!《越州趙公救災記》又曰:

> 法,廩窮人盡三月當止,是歲盡五月而止。事有非便文者,公一以自任,不以累其屬。有上請者,或便宜多輒行。公於此時,蚤夜憊心力不少懈,事細巨必躬親。給病者藥食多出私錢。民不幸罹旱疫,得免於轉死;雖死得無失斂埋,皆公力也。

> 是時旱疫被吳越,民飢饉疾癘,死者殆半,災未有巨於此也。天子東向憂勞,州縣推布上恩,人人盡其力。公所拊循,民尤以為得其依歸。所以經營綏輯先後終始之際,委曲纖悉,無不備者。其施雖在越,其仁足以示天下;其事雖行於一時,其法足以傳後。蓋災沴之行,治世不能使之無,而能為之備。民病而後圖之,與夫先事而為計者,則有間矣;不習而有為,與夫素得之者,則有間矣。予故採於越,得公所推行,樂為之識其詳,豈獨以慰越人之思,半使吏之有志於民者不幸而遇歲之災,推公之所已試,其科條可不待頃而具,則公之澤豈小且近乎!

此言趙公知越州救荒之敢於擔當,善於擔當,堪當大任,堪稱表率而有千古,故其終篇乃云:

> 公元豐二年以大學士加太子少保致仕,家於衢。其直道正行在於朝廷,豈弟之實在於身者,此不著。著其荒政可師者,以為《越州趙公救災記》云。

曾鞏(1019~1083),字子固,世稱「南豐先生」。建昌南豐(今屬江西)人。嘉祐二年(1057)進士。北宋政治家、散文家,「唐宋八大家」之一。其為《越州趙公救災記》以「著其荒政可師者」,意在推廣此救荒之法並以自勉。當此四海擾攘、新冠疫情如野火燎原之際,有司與防治從業者正在宵衣旰食、冒險犯難,筆者雖非「實在於身者」,但讀此《行情》,仍不免感慨當今之事,頗有如臨《柳孝廉》「救荒無善策」之境,而傾心想慕有如趙清獻之能擔當者並有相應「善策」,故隨筆以記之。

十七、《上大人》與《孔乙己》注

《堅瓠九集》卷四《上大人》:

　　　　小兒初習字，必令書「上大人，丘乙巳。化三千，七十士。爾
小生，八九子。佳作仁，可知禮也。」天下同，然不知何起。《水東
日記》言：宋學士晚年喜寫此，必知所自。又《說郛》中亦記之，大
抵取筆劃稀少，童子易於識認耳。祝枝山《猥談》云：「此孔子上其
父書也。」「上大人」為一句，「丘」為一句，乃孔子名也。「乙巳化
三千七十士爾」為一句，乙、一通，言一身所化士有如此。「小生八
九子佳」為一句，蓋八九乃七十二也，言三千中七十二人更佳。「作
仁可知禮也」為一句，作猶為也，仁、禮相為用，七十子善為仁，
其於禮可知也。

魯迅小說《孔乙己》注曰：

　　　　描紅紙：一種印有紅色楷字，供兒童摹寫毛筆字用的字帖。舊
時最通行的一種，印有「上大人孔（明代以前作丘）乙己化三千七
十士爾小生八九子佳作仁可知禮也」這樣一些筆劃簡單、三字一句
和似通非通的文字爾小生八九子佳作仁可知禮也」這樣一些筆簡單、
三字一句和似通非通的文字。它的起源頗早，據明代葉盛的《水東
日記》卷十所載：「上大人丘乙巳……數語，凡鄉學小童臨仿字書，
皆昉於此，謂之描朱。」大概在明代已經通行。又《敦煌掇瑣》（劉
復據敦煌寫本編錄）中集已有「上大人丘乙巳……」一則，可見唐
代以前已有這幾句話。〔註23〕

《孔乙己》注「描紅紙」與上引《上大人》記為同一事。又《堅瓠補集》
卷一《糖擔聖人》上半曰：

　　　　《支頤集》有《糖擔聖人》詩，惜失其名：「曾記少時八九子，
知禮須教爾小生。把筆學書丘乙巳，惟此名為上大人。忽然糖擔挑
來賣，換得兒童錢幾文。豈知玉振金聲響，僅博糖鑼三兩聲。」

其中也用及「上大人」云云，並可參考。又《堅瓠一集》卷三《盜竊書》：

　　　　有人借郎仁寶《詩林廣記》《楞嚴經》。其家為盜入，因犬吠而
所竊無幾。明日，仁寶訪之，其人曰：「並子之書失去矣。」仁寶作
一詩云：「西廂月黑夜沉沉，盜入君家犬吠紛。卻把《詩林》經卷去，
始知盜賊好斯文。」

郎仁寶（1487～1566），名瑛，字仁寶。仁和（今浙江杭州）人。明藏書

〔註23〕《魯迅全集》（一），人民文學出版社，1981 年，第 438～439 頁。

家。因體病不仕，潛心學問，著有《七修類稿》等。本條寫其被盜失書，卻寫詩嘉許盜亦「好斯文」，頗見其好學心性。魯迅著作多引用《七修類稿》，而《孔乙己》中寫道：

> 孔乙己一到店，所有喝酒的人便都看著他笑，有的叫道，「孔乙己，你臉上又添上新傷疤了！」……「你一定又偷了人家的東西了！」孔乙己睜大眼睛說，「你怎麼這樣憑空污人清白……」「什麼清白？我前天親眼見你偷了何家的書，吊著打。」孔乙己……爭辯道，「竊書不能算偷……竊書！……讀書人的事，能算偷麼？」〔註24〕

其寫孔乙己爭辯「竊書不能算偷」云云，或即從《盜竊書》故事郎瑛詩末句提煉化出。由此可知魯迅為中國現代小說的開山鼻祖，但其創作的立意與描寫，往往有從他所更為熟悉的古代典籍中化出〔註25〕，為研究魯迅所宜知。

原載歐陽健等主編《全清小說論叢》第一輯，
北京：文物出版社，2022 年

〔註24〕《魯迅全集》（一），北京：人民文學出版社，1981 年，第 435 頁。
〔註25〕杜貴晨《魯迅文學與古典傳統——以《狂人日記》為例》，《山東師範大學學報（人文社會科學版）》2004 年第 6 期。

《聊齋誌異‧考城隍》等九篇「數理批評」——「杜撰」理論的《聊齋》文本解讀

引言

　　「數理批評」〔註1〕是本人提出（「杜撰」）的一個學術概念。這一概念廣義上指從「數理」角度出發的一切研究，當然包括文學研究。鑒於此說從文學研究提出並至今還只有文學研究中的嘗試應用，從而作為文學研究的論文，這裡的「數理批評」猶如文學研究中流行的「現實主義」「敘事學」「闡釋學」等概念同類，實是「文學數理批評」的略稱。這是閱讀指正本文必須俯就瞭解的一個新的話語體系（恕我大言了），否則便很難建立有效的對話。

　　拙說「數理批評」自千禧年（2000年）前後揣摩提出，20餘年來，有好之者與本人多方應用於古今中外文學研究，除本人有在中國大陸與臺灣出版兩本有關論文集之外，從「中國知網」能檢索到的也已有幾十篇文章，產生了一定影響。以致有學者賞重，譽為「最富創造性、堪稱獨步的研究」〔註2〕，或高稱為「杜貴晨先生的文學數理批評」，「其方法與術語的獨到性與便利性卻是不容置疑的，文學數理批評之路還剛剛開始，其理論建設和批評實踐任重道

〔註1〕杜貴晨《中國古代文學中的重數傳統與數理美——兼及中國古代文學的數理批評》，《中國社會科學》2002年第4期。
〔註2〕袁世碩《序》，杜貴晨《數理批評與小說考論》，濟南：齊魯書社，2006年。

遠」〔註3〕，等等。但畢竟流行未廣，知之者不多。所以至今凡有應用，總感覺需要作一番表白，也就是先有如下有關「數理批評」的簡介。當然，很希望能盡快走出這種作繭自縛的困惑。

簡單地說，「數理批評」就是把文學文本看作「形象」與「數理」如「靈」與「肉」之軀體圓滿自足的生命體，而從「數理」角度對文學文本進行剖析與評判的研究。這一理論固然有基於中國《周易》學「象數」理論的一面，但古希臘哲人柏拉圖也曾有過世界萬物都是「神用型與數來塑造它們」〔註4〕的認識與主張。所以，即使「象數」理論為中國《周易》和「易學」所專有，但「數理」也很早就是人類共通的與「形／型」共生的理念。唯是千百年來，古今中外文學研究多注重文本描寫之具象特徵的「形象批評」〔註5〕，而往往忽略了這些具象內外建構之數理根據的探討。例如最明顯之例，中國小說研究多有關注的「三顧茅廬」(《三國演義》)、「三打白骨精」(《西遊記》)、「七擒孟獲」(《三國演義》)、「一百八英雄」(《水滸傳》) 等數，以及「四大奇書」何以為「一百回」或「一百二十回」等，傳統上無論教材與研究專著中就都僅列現象，而缺乏深入明白的解讀，就是有關研究中忽略「形象」之「數理」機制及其「數理美」探討的證明。「數理批評」就是為補文學研究傳統上片面注重「形象批評」之失，而相應於文學創作「形象思維」與「邏輯思維」交融並作的過程，建立起「形象」與「數理」的批評相輔相成、并駕齊驅的文本研究模式，以圓滿實現文學審美的一種理論與方法。

「數理批評」的「數」，廣義上是計算和哲學與宗教的概念，從而包括某些數字的神秘意義。這種數字如中國《周易》的「天地之數」(《繫辭上》)、《老子》的「道生一，一生二，二生三，三生萬物」(第四十二章) 之數，以及「有」「無」「太極」「單」「雙」「奇」「偶」「方」「圓」等字詞所代數；在歐美則就

〔註3〕蘇文清、熊英《〈哈利～波特〉的第三空間及其意義——兼論文學數理批評》，《江南大學學報》2012 年第 2 期；蘇文清、熊英《「三生萬物」與〈哈利-波特——三兄弟的傳說〉——兼論杜貴晨先生的文學數理批評》，《廣州大學學報》2012 年第 4 期。

〔註4〕〔古希臘〕《柏拉圖全集》第 3 卷 (《蒂邁歐篇》)，王曉朝譯，北京：人民出版社，2017 年，第 305 頁。

〔註5〕這種批評的主要依據之一，是對黑格爾《美學》所認為「人的完整的個性，也就是性格」，「性格就是理想藝術表現的真正中心」(商務印書館，1981 年，第 1 卷第 300 頁)，以及「理想的完整中心是人」(同前第 313 頁) 等論述的片面理解。

是古希臘畢達哥拉斯學派所說「『數』乃萬物之原。在自然諸原理中第一是『數』理……萬物皆可以數來說明」〔註6〕等等的一切「數」。

　　「數理批評」的思想與實踐來源甚古。據漢董仲舒《春秋繁露》載，中國早在春秋末就有「孔子曰：『書之重，辭之復。嗚呼！不可不察也，其中必有美者焉。』」〔註7〕揭示文學中的「重複」即同象復現之次數對美之表達的作用與意義。古希臘畢達哥拉斯學派重要人物之一的波里克勒特更明確指出：「（藝術作品的）成功要依靠許多數的關係，而任何一個細節都是有意義的。」〔註8〕後又有亞里士多德認為：「美的主要形式『秩序、勻稱與明確』，這些唯有數理諸學優於為之作證。又因為這些（例如秩序與明確）顯然是許多事物的原因，數理諸學自然也必須研究到以美為因的這一類因果原理。」〔註9〕乃至馬克思強調說：「一門科學只有當它達到了能夠運用數學時，才算真正發展了。」〔註10〕

　　拙說「數理批評」就是意在直接推動文學研究向「一門科學」發展的努力。所以長期以來，筆者雖未專注於此，但念念不忘，時斷時續，樂此不疲。今乃就蒲松齡《聊齋誌異》〔註11〕卷一之《考城隍》等九篇再試，以圖表見「數理批評」之為一種隨在可以嘗試的有益的文學批評理論與方法。至於此九篇之數，作為《聊齋》「數理批評」的嘗試，筆者有意不先從中選取典型之作，而是從其卷一數起，乃得至此卷《妖術》之前的 24 篇中，就有九篇是拙見以為「倚數」編撰特點突出者，從而本文對《聊齋》「數理批評」的選目本身，已先預示了此書適用此一理論的研究，乃是大概率和大有前途的一個課題。

〔註6〕〔古希臘〕亞里士多德《形而上學》，吳壽彭譯，北京：商務印書館，1959 年，第 12 頁。

〔註7〕〔西漢〕董仲舒著《春秋繁露義證》，蘇輿撰，鍾哲點校，北京：中華書局，1992 年，第 442 頁。

〔註8〕轉引自《朱光潛全集》第六卷，合肥：安徽教育出版社，1990 年，第 388 頁。

〔註9〕〔德〕黑格爾《形而上學》，吳壽彭譯，北京：商務印書館，1959 年，第 265～266 頁。

〔註10〕轉引自胡世華《質和量的對立統一和數學》，《哲學研究》1979 年第 1 期。又譯作：「一種科學只有在成功地運用數學時，才算達到了真正完善的地步。」見〔法〕保爾・拉法格等《回憶馬克思恩格斯》，馬集譯，北京：人民出版社，1973 年，第 7 頁。

〔註11〕張友鶴輯校《聊齋誌異》（會校會注會評本），上海：上海古籍出版社，1986 年。本文以下引《聊齋》原文、評語凡無特別說明均據此本。

一、《考城隍》之「一人二人，有心無心」

此《聊齋誌異》開卷第一篇也。是篇寫冥間開考選拔城隍故事，無多波瀾，但每有曲折，皆具「數」度。

故事說宋公被召赴冥間試，主考「十餘官」，有「一帝王像者」當即閻羅；又有「關壯繆」，一稱「關帝」。「赴試」者二人：一秀才張生，一即故事主人公宋燾〔註12〕。試題「一人二人，有心無心」〔註13〕。試畢，宋以「文中有云：『有心為善，雖善不賞。無心為惡，雖惡不罰。』諸神傳贊不已」得優勝，擬選任河南某地城隍。而宋公以母七旬待養請辭，遂起波瀾。

波瀾之起在於人壽幾何，冥間有「數」，記在簿冊。儘管宋公將有冥間城隍之任，但宋母尚「有陽算九年」待其奉養，生死異路，遂成矛盾。解決之道，乃由關帝提出：「不妨令張生攝篆九年，瓜代可也。」故事遂緣此邏輯發展，可謂神人以和，通情達理。

篇後但明倫評曰：「《考城隍》，寓言也。自公卿以至牧令，皆當考之。考之何？以仁孝之德，賞罰之公而已。」是重在其立意正大，而未及其寓言構造之妙在「數」之運用。

按此篇雖亦志怪小說之「神道設教」（《周易·觀卦》），描寫中宋公無論選任城隍或得「給假九年」，皆因其「仁孝」感動神心；而宋公之命運直接由「一帝王像者」和「關帝」等神道主宰，亦志怪小說敘事之常。唯一特異處是諸神之裁斷非僅以意為之，而且還要根據於宋公母子壽「數」的考量。

按「關帝」所設，宋公又要做城隍、又要奉母「陽算九年」的兩全其美之道，即「不妨令張生攝篆九年，瓜代可也」。而「瓜代」需有可以為替代之人，遂因宋公一人「仁孝」而使同考之張生偶得此冥間「攝篆九年」城隍的幸運。此即「一人二人」，而體現「一生二」（《老子》第四十二章）之道也。

不僅如此，故事又寫宋公還陽後，「問之長山，果有張生於是日死矣」。乃知此篇之作，雖為寫宋公一人，但設此「張生」同考，也不僅為替代宋公「攝篆九年」的「備胎」，還有寫張生得有「攝篆九年」為城隍之幸運，雖因宋公「仁孝」之帶挈，但觀篇中存其「有花有酒春常在，無燭無燈夜自明」兩句，

〔註12〕宋燾（1572～1614），字岱倪，號繹田，又號青岩。山東泰安汶陽鎮宋家孝門村（今肥城宋家孝門）人，「泰山五賢」之一，茲不具論。

〔註13〕關於「一人二人，有心無心」的釋義，見杜貴晨《齊魯文化與明清小說》，濟南：齊魯書社，2008年，第484～487頁。

可知其既非可有可無之人，也非尋常庸俗之輩。其不期而中，實因兩句所體現其為人淡泊，所謂「有心無心」之報。

由此可悟故事之前半寫宋公「入府廨」先見諸神，後見「先有一秀才坐其末」云云有「隔年下種、先時伏著之妙」〔註14〕；而至寫其還陽後「問之長山，果有張生於是日死矣。後九年，母果卒，營葬既畢，浣濯入室而沒……為神」云云，則知張生與宋公生死異路、九年「瓜代」之命運交集，又誠所謂「一陰一陽之謂道」（《周易·繫辭上》）也。

因此，《考城隍》試題「一人二人，有心無心」之說「仁」說「心」，看似理學空洞話頭，實則有「象」有「數」。其象即宋公、張生與諸神及其互動，其「數」則主要是上述老子「一生二」之數。

這就是說，作為《考城隍》編撰之「倚數」，是以「一生二」為樞紐，集中表現為一是冥間注定之「命數」可以有「攝篆……瓜代」的可能，從而有「一人二人」即宋公「仁孝」帶挈張生之幸的「一生二」之機；二在宋公、張生以「張生攝篆九年，瓜代」的「九年」交集為黏連，形成兩人一主一輔之「一陽一陰」的雙線結構；三是「老母七旬」「給假九年」「卒已三日」等用「七」「九」「三」等「數」，雖似信手拈來，亦實亦虛，但與「一生二」和「一陽一陰」的參伍錯綜，乃收致《周易》所謂「參伍以變。錯綜其數。通其變。遂成天下之文。極其數。遂定天下之象」（《繫辭上》）的藝術效果。故曰《考城隍》「倚數」深隱，作用實大。

二、《屍變》之「身四人出，今一人歸」

這是卷一第三篇。「屍變」俗又稱「乍屍」，傳為人死後屍體忽如生時能自主活動之現象。未知虛實，但山東舊時人死後成殮之前，需有人「守靈」，大概即有防「乍死」之意，從而是《屍變》故事的背景。但是，自古傳說中這一現象罕見進入小說，即使本篇有記，也除了有民俗史的一點價值可觀之外，似亦別無可稱道。所以從來少有人論及。其實未必，即其故事之令人驚竦窒息的「恐怖美」一點，就值得注意。

《屍變》敘事的「恐怖美」固然由於鬼擾人故事本身的性質和作者虛構的高明，但其虛構之道，卻主要基於「倚數」編撰、設為「身四人出，今一人歸」

〔註14〕〔清〕毛宗崗《讀三國志法》，載陳曦仲、宋祥瑞、魯玉川輯校《三國演義會評本》，北京：北京大學出版社，1986年，《各本序言總論》第15頁。

的數理設置，從而支撐全部人物、故事或活躍生動，或曲折跌宕，收致震撼人心之「恐怖美」的藝術效果。

首先，《屍變》倚用《周易》「四」「一」「三」之數。其所寫「身四人出，今一人歸」的悲劇，換一種說法即「去三人死，歸一人生」，可知其明用「四」「一」之數，而暗中乃用「三一」之數理。《周易》曰：「天一，地二，天三……」（《繫辭上》）「三」作為陽數之一主生。《老子》云：「道生一，一生二，二生三，三生萬物。」（第四十二章）「三」作為陽數又是「一」與「一」為「二」成陰、「二」與「一」陰陽和合，為「天地交而萬物通」（《周易·泰卦》）即「三生萬物」之始。換言之，萬物至「三」而生。故《春秋繁露》曰：「三而一成，天之大經也。」〔註15〕由此可見，本篇以一婦之「乍屍」「遍吹臥客者三」，致三男死，又一男幾乎不免，雖殺不過三人，但對於歷史積澱有「事不過三」傳統文化心理的中國讀者來說，已能造成「乍屍」殺人無算的恐怖氣氛了。

其次，《屍變》「去三人死，歸一人生」的情節過程中迭用「三而一成」。其第一層是寫「乍屍」致三客死之後，又欲害第四客，客與「乍屍」周旋之經過為「三而一成」，即第一，「客大懼，恐將及己……遂望邑城路極力竄去」；第二，「至東郊……因以樹自障……庇樹間」；第三，「屍暴起，伸兩臂隔樹探撲之。客驚僕。屍捉之不得，抱樹而僵」。其第二層是寫「乍屍」第一次加害於第四客：

> 客大懼，恐將及己，潛引被覆首，閉息忍咽以聽之。未幾女果來，吹之如諸客。覺出房去，即聞紙衾聲。出首微窺，見僵臥猶初矣。//客懼甚……顧念無計，不如著衣以竄。才起振衣，而察察之聲又作。客懼復伏，縮首衾中。覺女復來，連續吹數數始去。//少間聞靈床作響，知其復臥。乃從被底漸漸出手得褲，遽就著之，白足奔出。屍亦起，似將逐客。比其離幃，而客已拔關出矣。屍馳從之。客且奔且號……遂望邑城路極力竄去。

或以上引文字寫「乍屍」三次逐客的劃分（以「//」標識，下同）為強作解會，實乃不然。從寫「乍屍」之「女果來」「女復來」到「屍亦起……馳從之」等用語的關聯性，就明顯可見作者雖揮灑自如，但其敘述與描寫自有內在的邏輯與節奏，即其似有意模仿劉義慶《幽明錄》「新鬼覓食」、吳均《續齊續

〔註15〕〔漢〕董仲舒著《春秋繁露義證》，蘇輿撰、鍾哲點校，北京：中華書局，1992年，第216頁。

記》「陽羨書生」、《三國演義》「三顧茅廬」、《水滸傳》「三打祝家莊」之類「三復情節」〔註16〕，是作者「倚數」編撰「三而一成」的表現。

其三，《屍變》故事之結尾一波三折，並得「團圓之趣」。具體說先是第四客得拒納其入寺之道人救助而瀕死得生，繼之以道人報案、「乍屍」經官斷由翁家昇歸、第四客終於甩脫與「乍屍」之關係，最後第四客雖得生還，但恐無以取信鄉里，由「宰與之牒，齎送以歸」，一一照應前情。此正毛宗崗評《三國演義》所謂「首尾大照應，中間大關鎖……一篇如一句」〔註17〕，或李漁所稱戲曲之終局應「無包括之痕，而有團圓之趣」〔註18〕，即合於「形／型數」「圓」之理。

最後，《屍變》寫第四客瀕死而生是其「倚數」編撰之關鍵。漢董仲舒《春秋繁露》云：「吾聞聖王所取儀金天之大經，三起而成，四轉而終，官制亦然者。」〔註19〕以此對照本篇主寫第四客一人，而以四人出、三人死，妙用「天三，地四」之數和「三而一成」，即當從「金天之大經，三起而成，四轉而終」作新的理解。具體來說，此四客遭遇「乍屍」以致「去三人死，歸一人生」之悲劇結局，必先有「去三人死」而後才得「歸一人（即第四客）生」，從而其敘事寫人合於「三起而成，四轉而終」的「金天之大經」，以體「三生萬物」和「天（三）地（四）感，而萬物化生」的「天地之心」（《周易・復卦》）。

總之，《屍變》倚「四」「一」「三」之數，主用「身四人出，今一人歸」的數理結構，輔以「三而一成」的迭用，使情節既大幅延展，又節奏緊促，所敘本為魍魎伎倆無聲無息之事，卻有緊鑼密鼓、驚天動地之致，又首尾圓合，可謂一篇謊到家文字，恐怖小說佳作。

或以為如上「數理批評」為穿鑿附會或誇大其辭，但《春秋繁露》曰：「以此見天之數，人之形，官之制，相參相得也，人之與天多此類者，而皆微忽，不可不察也。」〔註20〕又曰：「道必極於其所至，然後能得天地之美

〔註16〕杜貴晨《古代數字「三」的觀念與小說的」三復情節」》，《文學遺產》1997 年第 1 期。
〔註17〕〔清〕毛宗崗《讀三國志法》，陳曦仲、宋祥瑞、魯玉川輯校《三國演義會評本》，北京：北京大學出版社，1986 年，《各本序言總論》第 17 頁。
〔註18〕〔清〕李漁《閒情偶寄》，杭州：浙江古籍出版社，1985 年，第 58 頁。
〔註19〕〔漢〕董仲舒著《春秋繁露義證》，蘇輿撰，鍾哲點校，北京：中華書局，1992 年，第 214 頁。
〔註20〕〔漢〕董仲舒著《春秋繁露義證》，蘇輿撰，鍾哲點校，北京：中華書局，1992 年，第 218 頁。

也。」〔註21〕《聊齋誌異》多「倚數」編撰,《屍變》「身四人出,今一人歸」之結構既亦為「數理」跡象,則讀者審美亦當不使有買櫝還珠之憾。況且文學欣賞之道,作者未必然,讀者何必不然?我故探賾索隱,為此「數理批評」以抉發表彰其「恐怖美」,並以拂拭舊以此篇為無多價值之蒙塵。

三、《瞳人語》之「合二而一」與「一目了然」

這是卷一第五篇。《瞳人語》主語詞是「瞳人」。「瞳人」為人體器官,又稱「瞳子」「瞳神」「瞳仁」「眸子」等,即眼珠,或僅指眼珠中央的圓孔即瞳孔。

本篇寫「瞳人」有二義:一指「瞳子」「瞳神」,即把眼球人(神)格化了;二指「瞳仁」「眸子」,前者寄寓道德的評價即「仁」。《說文解字》:「仁,親也。從『人』從『二』。」〔註22〕後者用典,《孟子·離婁上》:「孟子曰:『存乎人者,莫良於眸子。眸子不能掩其惡。胸中正,則眸子瞭焉;胸中不正,則眸子眊焉。聽其言也,觀其眸子,人焉廋哉?』」〔註23〕眊,眼睛看不清楚。廋,藏匿。孟子的話大意說眼睛是人心靈的窗口,人心善惡從眼睛就能看得出來。故孔子曰:「非禮勿視。」(《論語·顏淵》)即不該看的不看。《瞳人語》敘事寫人之數理,即從上述兩義綜合脫化而來,並有源流蹤跡可尋。

首先,故事開篇寫士子方棟有才而為人輕薄,「每陌上見游女,輒輕薄尾綴之」。這是犯了「非禮」而視的過錯,所以遭行路「芙蓉城七郎子新婦」主婢怒斥。婢且「掬轍土揚生。生眯目不可開」,以致方生眼中生翳失明。翳,眼角膜上所生障礙視線的白斑。此「尾綴……胡覰」女性情節,當由《古尊宿語錄》載并州承天(智)嵩禪師語曰:「只為眾生不了,迷己認他,便乃塵勞擾擾,妄想攀緣,即相離真,迷己逐物。都為一念不覺,便見空裏花生,不覺眼中有翳。」〔註24〕和「一隻眼」〔註25〕喻,以及上引《孟子》「胸中不正,則眸子眊焉」等語揉和敷衍化出,為以下寫方生「過而能改,善莫大焉」(《左

〔註21〕〔漢〕董仲舒著《春秋繁露義證》,蘇輿撰,鍾哲點校,北京:中華書局,1992年,第219頁。

〔註22〕〔漢〕許慎《說文解字》,北京:中華書局,1963年,第161頁下。

〔註23〕楊伯峻《孟子譯注》,北京:中華書局,1960年,第177頁。

〔註24〕〔宋〕賾藏主編集《古尊宿語錄》(上),北京:中華書局,1994年,第168頁。

〔註25〕一隻眼,此為佛家術語,與所謂頂門眼同,真正見物之一個眼也。《碧巖錄八則》:「具一隻眼,可以坐斷十方,壁立千仞。」轉引自丁福保編《佛學大辭典》,上海:上海書店出版社,1991年,第35頁中。

傳・宣公二年》）起因發緣之張本。

其次，二「瞳人」之設置，據寫方棟誦經懺悔眼疾有緩解之機後，其妻從所「見有小人，自生鼻內出……如蜂蟻之投穴者」描寫可知，「瞳人」為二，自然是由於人目為雙，但亦合於「仁，從『人』從『二』」之義，則與《考城隍》試題「一人二人」（即「仁」）相參觀，可知其有「道生一，一生二」之數理，而為作者所熟諳並信手拈來。

第三、方棟之一目復明為其誦經懺悔之報，於數理則為「得一」。據寫方棟被「迷目」之後：

> 以經宿益劇，淚籁籁不得止；翳漸大，數日厚如錢；右睛起旋螺。百藥無效，懊悶欲絕，頗思自懺悔。聞《光明經》能解厄，持一卷浼人教誦。初猶煩躁，久漸自安。旦晚無事，惟趺坐撚珠。持之一年，萬緣俱淨。

其曰誦《光明經》為「持一卷……持之一年，萬緣俱淨」，實以體佛教「一切即一，一即一切」〔註26〕，「持一」則可以得「萬」，即《老子》所說：「昔之得一者：天得一以清，地得一以寧，神得一以靈，谷得一以盈，萬物得一以生，侯王得一以為天下正。」（第三十九章）

最後，「瞳人」合二而一為方生「得一」之象徵。見於故事的結局：

> （方棟）遂覺左眶內隱似抓裂。少頃開視，豁見幾物。喜告妻，妻審之，則脂膜破小竅，黑睛熒熒，才如劈椒。越一宿，翳盡消；細視，竟重瞳也。但右目旋螺如故。乃知兩瞳人合居一眶矣。生雖一目眇，而較之雙目者殊更了了。由是益自檢束，鄉中稱盛德焉。

這裡《瞳人語》中「數理」的表達，即在兩「瞳人」居處為合二而一，在方棟兩目留一為「重瞳」也是合二而一。而且「重瞳」即一隻眼有兩個瞳孔，上古虞舜及秦漢間項羽皆「重瞳子」，乃非凡之相，故「（方）生雖一目眇，而較之雙目者殊更了了」，得所謂一目了然，是不幸，亦不幸中之大幸。

對此，清人但明倫評曰：「誠心懺悔，萬緣俱靜，胸中既正眸子自然復明。」僅點出其用《孟子》「胸中正，則眸子了」語，卻不知其曰「生雖一目眇」云云，實有為方生慶幸人生修為「得一」而「鄉中稱盛德焉」，正所謂「過而能改，善莫大焉」（《春秋左氏傳・宣公二年》），故稱其名曰「方棟」——方正之棟樑也。

〔註26〕丁福保《六祖壇經箋注》，一葦整理，濟南：齊魯書社，2012年，第89頁。

綜上考論，《瞳人語》以佛濟儒，行孔子「非禮勿視」之教，更嘉其「不遷怒，不貳過」「過而能改」之德，雖文中幾乎不露痕跡，但其敘事寫人暗倚「一」「二」之數理，乃古代小說形象與數理的完美融和。雖然此融和或因化用典故本身有之，而未必出作者的故意，但畢竟作者心知其意，妙手得之，功屬創造。

四、《畫壁》之「一生二，二生三」

這是卷一第六篇。《畫壁》寫江西孟龍潭與朱孝廉客都中，遊佛寺，有老僧引導隨喜，朱因殿「東壁畫散花天女，內一垂髫者」美色誘惑，身入畫壁幻境，歷經與「垂髫者」歡合悲離，終被老僧彈壁喚回，「飄忽自壁而下，灰心木立，目瞪足軟……視拈花人，螺髻翹然，不復垂髫矣……即起，歷階而出」。結末異史氏曰：「『幻由人生』，此言類有道者。人有淫心，是生褻境；人有褻心，是生怖境」云云。

本篇大旨所謂「人有淫心」四句出《佛說四十二章經》：「人從愛欲生憂，從憂生怖；若離於愛，何憂何怖？」〔註27〕後有唐釋義靜譯《妙色王因緣經》演為《求法偈》云：「由愛故生憂，由愛故生怖，若離於愛者，無憂亦無怖。」〔註28〕故事即據此義虛構敷衍，雖為短篇，但敘事寫人，情節跌宕，曲折變化，有「錯綜其數」之特點。

首先，故事總體構思寫朱孝廉「幻由人生」，出入「真」「幻」，乃體「一陰一陽之謂道」（《周易・繫辭上》）。其過程約略如下：

1. 開篇寫江西孟龍潭與朱孝廉客都中，造訪蘭若，由老僧引導入殿隨喜，見「東壁畫散花天女，內一垂髫者」是「真」；

2. 從「朱注目久，不覺神搖意奪，恍然凝思；身忽飄飄如駕雲霧，已到壁上」，至「蓋方伏榻下，聞叩聲如雷，故出房窺聽也」是「幻」；

3. 從「遂飄忽自壁而下」至「朱氣結而不揚……即起，歷階而出」是「真」。

結末異史氏曰「幻由人生」，即「幻由心生」。按《古尊宿語錄》曰：「心生則種種法生，心滅則種種法滅。」〔註29〕這兩句被《西遊記》引用作「心生，

〔註27〕尚榮譯注《佛說四十二章經》，賴永海主編，北京：中華書局，2010 年，第 64 頁。

〔註28〕〔唐〕釋義靜譯《佛說妙色王因緣經》，轉引自大藏經刊行會編《大正新修大藏經圖像》第三卷《本緣部上》，台北：世樺印刷企業有限公司，1994 年，第 391 頁。

〔註29〕〔宋〕頤藏主編集《古尊宿語錄》（上），北京：中華書局，1994 年，第 41 頁。

種種魔生；心滅，種種魔滅」〔註30〕。據此可以判定：1→2 由「真」入「幻」
為「心生」，2→3 由「幻」歸「真」為「心滅」，而「生」「滅」即「幻」「真」
之間，都由於一「心」的作用，故曰「一生二」。「二」即「幻」與「真」，即
「陰」與「陽」。《畫壁》藝術之「幻」──「真」的二元對立與統一，本質上
就是或說可以看作是《周易》「一陰一陽之謂道」之藝術表達。

其次，人物設置與情節設置倚「三而一成」〔註31〕之道，表現有四：

一是「三極建構」〔註32〕。體現於作為全篇大框架的「真」境中人物有
三，即江西孟龍潭與朱孝廉和老僧；作為自「真」境而「心生」的「幻」境人
物，先是朱孝廉與「垂髫女」及其女伴（作為一方）鼎立為三，後又為朱孝廉
與「垂髫女」和「一金甲使者」鼎立為三。

二是「三變節律」〔註33〕。一方面從形式上看，上述「真」→「幻」→「真」
是「三變」，另一方面從朱孝廉之「身心」看，異史氏說「人有淫心，是生褻
境；人有褻心，是生怖境」，實已道出其所經歷乃「淫」→「褻」→「怖」三
階段。

三是朱孝廉在「幻」境所歷時雖不明確，但「如此二日」後所寫當為又一
日，共三日而自「幻」返「真」。

四是「三復情節」〔註34〕。其一即：

少間，似有人暗牽其裾。回顧，則垂髫兒囅然竟去。履即從之，
過曲欄，入一小舍，朱次且不敢前。//女回首，搖手中花遙遙作招狀，
乃趨之。//舍內寂無人，遽擁之亦不甚拒，遂與狎好。

其二即：

忽聞吉莫靴鏗鏗甚厲，縲鎖鏘然，旋有紛囂騰辨之聲。女驚起，
與朱竊窺，則見一金甲使者，黑面如漆，綰鎖挈槌，眾女環繞之。

〔註30〕〔明〕吳承恩著《西遊記》，李卓吾、黃周星評，濟南：山東文藝出版社，1996
年，第 156 頁。
〔註31〕〔漢〕董仲舒著《春秋繁露義證》，蘇與撰，鍾哲點校，北京：中華書局，1992
年，第 216 頁。
〔註32〕杜貴晨《中國古代文學的重數傳統與數理美──兼及中國古代文學數理批
評》，《中國社會科學》2002 年第 4 期。
〔註33〕杜貴晨《「三而一成」與魯迅小說的敘事藝術──兼及中國現代文學的數理批
評》，《清華大學學報》（哲學社會科學版）2003 年第 2 期。
〔註34〕杜貴晨《古代數字「三」的觀念與小說的「三復」情節》，《文學遺產》1997 年
第 1 期。

使者曰：「全未？」答言：「已全。」//使者曰：「如有藏匿下界人即共出首，勿貽伊戚。」又同聲言：「無。」//使者反身鶚顧，似將搜匿。女大懼，面如死灰，張皇謂朱曰：「可急匿榻下。」乃啟壁上小扉，猝遁去。

綜上所述論，《畫壁》構思之理即「數」基於佛教禪宗「心法」之學，由「心」之「生」「滅」引發「幻」與「真」對立統一的「一陰一陽之謂道」為框架，錯綜複雜以敘事寫人中「三而一成」情節的運用，構成《畫壁》形象體系的數理機制，是本篇藝術的一大特點。

由此可見者有二：一是蒲松齡固儒者，但其《聊齋自志》稱「每搔頭自念，勿亦面壁人果吾前身耶」云，非僅自嘲，實亦於佛家有誠心念之。二是《畫壁》之美既在形象的描繪，又在數理的建構。二者水乳交融，相輔相成，成就一篇藝術之妙。

就《畫壁》藝術之妙而言，文學乃至一切自然人文形象之美皆在其「象」與「數」的和諧。美在「和諧」的本質是美在「象數」，即「形象」與「數理」之美。形象之美在道德倫理、情感智慧、風神氣韻，數理之美在結構組織、比例節奏、錯綜變化等。二者譬如人之靈與肉之一而二、二而一密不可分，而可統稱為「象數美」。「象數」是古代中國易學概念，用為「美」的概括還需要更多轉化性闡釋，茲不贅論。

最後還須申明，本篇雖借禪宗「心法」〔註35〕、「幻有」〔註36〕為徑，但如唐以後大多學人作家一樣，蒲氏學佛、知佛而並未棄儒從佛，所以篇中寫朱孝廉自「幻」歸「真」「氣結而不揚」，並沒有「言下大悟，披髮入山」，甚至已與孟龍潭無異，「共視拈花人，螺髻翹然，不復垂髫矣」。也就是朱孝廉畢竟儒者，一旦從「幻」中走出，即刻看清「拈花人」已「螺髻」出嫁為他人之婦，而非待嫁之「垂髫」女，從而褻念頓消。其先之視「螺髻」婦為「垂髫」女，只不過偶而「老婆心切」而「傳情入色」罷了。

因此，《畫壁》故事又可能是由佛教「十二入」之「色入」〔註37〕起見，但

〔註35〕〔宋〕賾藏主編集《古尊宿語錄》（上），北京：中華書局，1994年，第41頁。

〔註36〕〔宋〕賾藏主編集《古尊宿語錄》（上），北京：中華書局，1994年，第284頁。

〔註37〕色入，見（唐）慧能《六祖壇經》云：「入是十二入，外六塵色聲香味觸法，內六門，眼耳鼻舌身意是也。」載丁福保《六祖壇經箋注》，一葦整理，濟南：齊魯書社，2012年，第222頁。

其因應佛理，僅寫至「傳情入色」，以至於「怖」，未至於「自色悟空」〔註38〕
一發不可收拾。從而朱孝廉畢竟只是一「偶涉」蘭若之俗儒，所以能自聞老僧
「以指彈壁……叩聲如雷」（相當於「棒喝」）而驚醒，仍能還其「好德」不如
「好色」者之俗人面目。故本篇用心終乃為俗人說法，而非為癡情人寫意，可
與《瞳人語》諷刺「非禮勿視」之描寫相參觀。

五、《王六郎》之「三而一成」和「一與多」

這是卷一第十二篇。「三而一成」是古典小說敘事的「俗套」〔註39〕。「一
與多」是數理哲學的命題之一，用項廣泛。據說美國國徽和硬幣上都印著美國
的國訓「E PLURIBUS UNUM」三個拉丁字，意思是「一出於多」或者「合眾
為一」〔註40〕。也被用為文學批評概念，程千帆先生《古典詩歌描寫與結構中
的一與多》〔註41〕一文用「一與多」研究中國古典詩歌，實為較早的文學數理
批評。但「三而一成」錯雜「一與多」之數理運用，卻以敘事文學中為多，《聊
齋誌異・王六郎》也有這樣的特點。

《王六郎》敘事「三而一成」中錯雜「一與多」的特點，體現於全篇寫以
許姓漁人與王六郎交往為中心連續發生的三件事。

第一件是開篇寫許姓酒人兼漁者與溺死鬼王六郎結交：

> 許姓，家淄之北郭，業漁。每夜攜酒河上，飲且漁。飲則酹酒
> 於地，祝云：「河中溺鬼得飲。」以為常。他人漁，迄無所獲，而許
> 獨滿筐。

此後「一夕方獨酌，有少年來徘徊其側。讓之飲」，少年飲許姓之酒，報
以於河之下游為許驅魚，「魚大至矣……舉網而得數頭皆盈尺」，遂「以為常」。
後少年自道其姓字曰「姓王，無字，相見可呼王六郎」。「如是半載，忽告許

〔註38〕〔清〕曹雪芹、高鶚《紅樓夢》，脂硯齋評，濟南：山東文藝出版社，1993年，
　　　　第6頁。
〔註39〕杜貴晨《論〈水滸傳〉「三而一成」的敘事藝術》，《明清小說研究》2001年第
　　　　3期；杜貴晨《「三而一成」與魯迅小說的敘事藝術——兼及中國現代文學的
　　　　數理批評》，《清華大學學報》2003年第2期。
〔註40〕《百度百科》：「『合眾為一』（拉丁語原文：E pluribus unum，英語直譯：Out
　　　　of Many, One）意為團結統一，是美國國徽上的格言之一，出現在國徽的正面。
　　　　該格言由皮埃爾-尤金・迪西默蒂埃（Pierre Eugene du Simitiere）提議，於1776
　　　　年被加入美國國徽，並於1782年經一項美國國會法案決議採用。」
〔註41〕載程千帆《古詩考索》，上海：上海古籍出版社，1984年。

曰⋯⋯今將別，無妨明告：我實鬼也。素嗜酒，沉醉溺死數年於此矣。前君之獲魚獨勝於他人者，皆僕之暗驅以報醑奠耳」云云。

此節敘事寫人之「數理」，一是故事發生在河上即水邊，「水」為陰；又溺死鬼「王六郎」，其象為一人，其數則「六」。《周易正義》曰：「六為老陰，文而從變。」〔註42〕《說文解字》：「陰變於六。」〔註43〕而「許姓」世人為「一陽」，與「王六郎」成「一陽」與「六陰」〔註44〕之「一與多」的對立統一。此其一。

又此節敘「許姓⋯⋯每夜攜酒河上，飲且漁。飲則醑酒於地，祝云：『河中溺鬼得飲。』」因此「他人漁，迄無所獲，而許獨滿筐」。可見「許姓」與「他人」暗中亦構成「一與多」之對立統一。此其二。

第二件是溺死鬼王六郎「明日業滿，當有代者，將往投生」，但「代者」為「女子渡河而溺者」。許往視之，果有婦「抱兒」投河，「當婦溺時，意良不忍，思欲奔救；轉念是所以代六郎者，故止不救。及婦自出，疑其言不驗」，而王六郎乃不得「投生」：

> 抵暮，漁舊處，少年復至，曰：「今又聚首，且不言別矣。」問其故。曰：「女子已相代矣；僕憐其抱中兒，代弟一人遂殘二命，故捨之。更代不知何期。或吾兩人之緣未盡耶？」許感歎曰：「此仁人之心，可以通上帝矣。」由此相聚如初。

此節寫王六郎所不忍之「代弟一人遂殘二命」之數理關係，廣義上亦屬「一與多」。此其三。

第三件是王六郎因不忍「代弟一人遂殘二命」之「一念惻隱，果達帝天。今授為招遠縣鄔鎮土地，來日赴任」，邀「許姓」漁人「倘不忘故交，當一往探⋯⋯再三叮嚀而去」。後許姓漁人依約「製裝東下」，至則得王六郎神多方護佑，託夢「居人⋯⋯朝請暮邀⋯⋯爭來致贐，不終朝，饋遺盈橐」，以致「許歸，家稍裕，遂不復漁」云云，則「許姓」因王六郎報恩之神助，得「一往探」而「家稍裕」，亦可謂別樣之「一與多」。此其四。

〔註42〕《周易正義》，十三經注疏本，北京：中華書局，1979年，第13頁中。
〔註43〕〔漢〕許慎《說文解字》，北京：中華書局，1963年，第307頁下。
〔註44〕此屬「一陽」與「六陰」對比的組合，但多作一男六女，筆者稱為「『六一』模式」，見拙文《中國古代小說婚戀敘事「六一」模式述略——從〈李生六一天緣〉〈金瓶梅〉等到〈紅樓夢〉》，《學術研究》2018年第9期。

　　如上《王六郎》寫三件事，從先後皆為「許姓」所經見看，其敘事寫人明
顯為三個階段即「三而一成」〔註45〕。而從王六郎作為溺死鬼因「一念惻隱」
成神的過程看，則為一波三折的所謂「三變節律」〔註46〕。

　　《王六郎》之「三變節律」還進一步表現為第三件事的過程，包括王六郎
「業滿」赴任與「許姓」道別並預約、「許姓」赴約至招遠縣鄔鎮得已為土地
神的王六郎暗中照顧、「許姓」返鄉時王六郎託於旋風相送等。這一古代另類
「人鬼情未了」〔註47〕過程的互動節奏，明顯表現為始→中→終三次變化，亦
屬「三變節律」。

　　綜上所述論，《王六郎》「倚數」敘事，一是全篇「三而一成」，尤多體現
為「三變節律」；二是「三而一成」的大結構中四用「一與多」之對立，其「一」
的具體表現雖各不同，但如許姓漁人和王六郎之都得善報，其共通之處即一以
貫之者，是他們「一念惻隱」的「仁人之心」。

　　「惻隱」是儒學重要理念。《孟子‧公孫丑上》曰：「由是觀之，無惻隱之
心，非人也……惻隱之心，仁之端也。」「一念」即「一心」，即《考城隍》
中「一人二人」所暗含之「仁」人之心。而篇中借「許姓」之口贊王六郎說「此
仁人之心，可以通上帝」，語意本於《尚書‧君奭》載聖德「格於皇天」〔註48〕
之說，即「一德格天」〔註49〕，但以其為生死輪迴故事，「此仁人之心」正無
殊於佛典之「一念」。

　　「一念」是佛典重要概念，其義項雖多，但在本篇對應實指一善念。《六祖
壇經》曰：「自性起一念惡，滅萬劫善因。自性起一念善，得恒沙惡盡。」〔註50〕
《碧巖錄》曰：「萬法皆出於自心。一念是靈，既靈即通，既通即變。」〔註51〕

〔註45〕〔漢〕董仲舒著《春秋繁露義證》，蘇輿撰，鍾哲點校，北京：中華書局，1992
　　　　年，第 216 頁。
〔註46〕杜貴晨《論〈水滸傳〉「三而一成」的敘事藝術》，《明清小說研究》2001 年第
　　　　3 期；杜貴晨《「三而一成」與魯迅小說的敘事藝術》2003 年第 2 期；杜貴晨
　　　　《「三而一成」與中國敘事藝術述論》，《南都學壇》2012 年第 1 期。
〔註47〕最早為美國電影片名，由傑瑞‧扎克執導，1990 年 7 月 13 日在美國上映，大
　　　　獲成功，影響後來世界多國都有同名影片、小說、戲劇等。
〔註48〕《尚書》，曾運乾注，黃曙輝校點，北京：中華書局，2015 年，第 200 頁。
〔註49〕「一德格天」，出〔元〕脫脫等撰《宋史‧高宗本紀》：「冬十月乙亥，帝書「一
　　　　德格天之閣」賜秦檜，仍就第賜宴。」後世雖因秦檜構陷殺害岳飛為世所惡，
　　　　此詞近廢，但用以說明王六郎之善實為恰當。
〔註50〕丁福保《六祖壇經箋注》，一葦整理，濟南：齊魯書社，2012 年，第 145 頁。
〔註51〕〔宋〕圓悟禪師編《碧巖錄》，北京：華夏出版社，2009 年，第 557 頁。

《古尊宿語錄》曰：「一念成佛。」〔註52〕因此，本篇「一與多」之「一」亦儒亦道亦釋，乃宋元以後「三教合一」的常態。

這就是說，本篇以「三而一成」錯綜「一與多」之「數」的強烈對比和終歸於「一」的必然性強化了故事的勸善力。而作為關鍵的「一」，本篇雖重在寫「王六郎」之「一念成佛（神）」，但其肇始於「許姓」酹酒及「河中溺鬼得飲」之「一念」的陰德，而因緣有「王六郎」之「一念」及彼此在陰陽各得善果，故作者擬漁人之姓曰「許」──贊許之義也。而「許姓」與「王六郎」之「一與六（多）」之組合，又為《周易》「七日來復」之象，乃「王六郎」之「六陰」得「許姓」之「一陽」推動變化而致「一陽來復」之利。當然，這裡也似乎隱有溺死鬼而自呼「王（亡）六郎」的緣故。

綜上所述論，《王六郎》之主題乃寫因果報應、人鬼之義，雖淑世情殷，卻乏新意，但其敘事寫人，「倚數」編撰，合「七日來復」與「一與多（二、六）」等為「三而一成」之總體建構，使全篇陰陽兩隔之生命互動，成起伏跌宕，明結暗扣，又節奏鮮明，蒼涼悲壯，有餘音繞梁之致，此孔子所謂「數之理也」。

六、《勞山道士》之「三而一成」

這是卷一第十五篇。《勞山道士》敘事主構也是「三而一成」，包括兩個「三變節律」、兩個「三極建構」、一個「三事話語」和一個「三復情節」〔註53〕。

首先，兩個「三變節律」。一是指全篇敘事主構為起、承、轉、合：自開篇「邑有王生，行七，故家子。少慕道，聞勞山多仙人，負笈往遊」為起；自「登一頂，有觀宇甚幽。一道士坐蒲團上……請師之……遂留觀中」為承；自「授一斧，使隨眾採樵……過月餘，手足重繭，不堪其苦，陰有歸志」，至求得道士授「破壁」之術，「助資斧遣歸」為轉；自「抵家……效其作為……頭觸硬壁，驀然而踣……漸忿，罵老道士之無良而已」為合。清代金聖歎《西廂記讀法》曰：「有此許多起、承、轉、合，便令題目透出文字。」然而，起、承、轉、合，雖曰四端，實為三段，即起與承為第一段，轉為第二段，合為第三即最後一段，乃一「三變節律」。

二是指篇中寫王生留觀學道至請辭歸為「三變」，即自「授一斧，使隨眾

〔註52〕〔宋〕賾藏主編集《古尊宿語錄》（下），北京：中華書局，1994年，第911頁。
〔註53〕杜貴晨《「三而一成」與中國敘事藝術述論》，《南都學壇》2012年第1期。

採樵」至「過月餘，手足重繭，不堪其苦，陰有歸志」為第一變即「起」與「承」；自見識道士諸般仙術展演，至「竊欣慕，歸念遂息」為第二變，即「轉」；自「又一月，苦不可忍，而道士並不傳教一術。心不能待」，至求得道士授「破壁」術「助資斧遣歸」為第三變，為王生在勞山學仙之終即「合」。

至於王生「抵家……效其作為……頭觸硬壁，驀然而踣……漸忿，罵老道士之無良而已」，則為其學仙「三變節律」之餘波，乃「三起而成，四轉而終」〔註54〕之致。

其次，兩個「三極建構」。一是指全部故事以王生為中心，包括道士和王生之妻之三人關係的設置。二指王生初留道觀所見道士與其友一主二客飲樂鬥法之「三足鼎立」：

　　一夕歸，見二人與師共酌……三人大笑……三人移席，漸入月中。眾視三人，坐月中飲，鬚眉畢見，如影之在鏡中。

其三，一個「三事話語」。即在寫王生所見道士為其友一主二客剪紙為「月明輝室，光鑒毫芒」之背景上，而三客各演一術：

　　一夕歸，見二人與師共酌，日已暮，尚無燈燭。師乃剪紙如鏡黏壁間，俄頃月明輝室，光鑒毫芒。諸門人環聽奔走。//一客曰：「良宵勝樂，不可不同。」乃於案上取酒壺分賚諸徒，且囑盡醉……//俄一客曰：「蒙賜月明之照，乃爾寂飲，何不呼嫦娥來？」乃以箸擲月中。見一美人自光中出，初不盈尺，至地遂與人等。纖腰秀項，翩翩作「霓裳舞」……

至「又一客曰：『今宵最樂，然不勝酒力矣。其餞我於月宮可乎？』三人移席，漸入月中」為席中表演之收束，乃其上「三變節律」之餘波，亦「三起而成，四轉而終」之節律。其間除有關人物敘事內容各異具標誌性之外，其寫「尚無燈燭」以下依次間為「師乃剪紙」「一客曰」「俄一客曰」「又一客曰」等，即「三起……四轉」各自的節點。

其四，一個「三復情節」，是指寫道士授「破壁」之術：

　　乃傳一訣，令自咒畢，呼曰：「入之！」王面牆不敢入。//又曰：「試入之。」王果從容入，及牆而阻。//道士曰：「俯首輒入，勿逡巡！」王果去牆數步奔而入，及牆，虛若無物，回視，果在牆外矣。

〔註54〕〔漢〕董仲舒著《春秋繁露義證》，蘇輿撰，鍾哲點校，北京：中華書局，1992年，第214頁。

其中無論從寫道士或王生都明顯可見三次重複之節律：在道士即先後三命曰「入之」「試入之」「勿逡巡」，在王生即遵道士命的三次嘗試曰「不敢入」「及牆而阻」「奔而入」，為各自「三復」的節點。

總之，《勞山道士》敘述描寫，極盡「三而一成」之能事，變化多端，節奏鮮明，遂使故事生動，形象豐滿，成諷刺之名篇。

七、《蛇人》之「一生二，二生三」和「三而一成」

這是卷一第十七篇。《蛇人》故事以人、蛇之交喻世人交際之道，寫蛇人「東郡某甲」與所蓄蛇之聚合離散，某甲作為故事中心「一以貫之」（《論語·里仁》），其與蛇之聚合離散則因於「一生二，二生三」和「三而一成」（《周易·繫辭上》）之道。

前半篇寫聚合。開篇曰：「東郡某甲……蓄馴蛇二，皆青色，其大者呼之大青，小曰二青。」此即「一生二」：「東郡某甲」為「一」，其所蓄馴「大青」「二青」為「二」。否則，何必非要說其「蓄馴蛇二」？以下接寫：

> 期年，大青死，思補其缺，未暇遑也。一夜，寄宿山寺。既明，啟笥，二青亦渺……冥搜亟呼，迄無影兆……亦已絕望……聞叢薪錯楚中窸窣作響……則二青來也……視其後，小蛇從焉……與二青無少異，因名之小青。

就「蛇人」所「蓄馴蛇」總計而言，此即「二」生「三」：「二青」仍為「二」，「小青」乃為「三」。至於說「後得一頭亦頗馴，然終不如小青良」者，似以雖然又有第「四」，但不足為「數」，而恰到好處是「三生萬物」的象徵了。

以此「蛇人」與所「蓄馴蛇」和睦相處、先後相生情景的描寫，對照《莊子·齊物論》之言曰：

> 天地與我並生，而萬物與我為一。既已為一矣，且得有言乎？既已謂之一矣，且得無言乎？一與言為二，二與一為三。自此以往，巧歷不能得，而況其凡乎！故自無適有以至於三，而況自有適有乎！
> 無適焉，因是已！

由此可悟作者以《蛇人》比世人交際之道的用心。《論語》載：「曾子曰：吾日三省吾身：『為人謀而不忠乎？與朋友交而不信乎？傳不習乎？』」二青所為即踐行「忠」「信」之道，為「蛇人」代言作者所肯定：「撫之曰：『我以汝為逝矣。小侶而所薦耶？』」特表其以「薦」字，則「二青」事主之「忠」「信」

乃躍然紙上。

後半篇寫離散。自「大抵蛇人之弄蛇也，止以二尺為率，大則過重，輒更易。緣二青馴，故未遽棄。又二三年，長三尺餘，臥則笥為之滿，遂決去之」，至蛇人於深山中再遇二青，二青再見小青，其過程為四個「三而一成」。一是蛇人義捨二青：

> 一日至淄邑東山間，飼以美餌，祝而縱之。//既去，頃之復來，蜿蜒笥外。蛇人揮曰：「去之！世無百年不散之筵。從此隱身大谷，必且為神龍，笥中何可以久居也？」蛇乃去。//蛇人目送之。

二是二青囑別小青：

> 已而復返，揮之不去，以首觸笥，小青在中亦震震而動。//蛇人悟曰：「得毋欲別小青也？」乃發笥，小青徑出，因與交首吐舌，似相告語。已而委蛇並去。//方意小青不還，俄而踽踽獨來，竟入笥臥。

三是蛇人再遇二青：

> 一日，蛇人經其處，蛇暴出如風，蛇人大怖而奔。蛇逐益急，回顧已將及矣。而視其首，朱點儼然，始悟為二青。下擔呼曰：「二青，二青！」蛇頓止。//昂首久之，縱身繞蛇人如昔弄狀，覺其意殊不惡，但軀巨重，不勝其繞，仆地呼禱，乃釋之。//又以首觸笥，蛇人悟其意，開笥出小青。二蛇相見，交纏如飴糖狀，久之始開。

四是蛇人送別二青、小青：

> 蛇人乃祝小青曰：「我久欲與汝別，今有伴矣。」謂二青曰：「原君引之來，可還引之去。」//更囑一言：深山不乏食飲，勿擾行人，以犯天譴。」二蛇垂頭，似相領受。//遽起，大者前，小者後，過處林木為之中分。蛇人佇立望之，不見乃去。

以上寫蛇人與二青、小青往復來去，皆作三層出落，極盡纏綿不捨意。而「蛇人乃祝小青……謂二青曰：『原君引之來，可還引之去。』」的描寫，既見蛇人之義，又使敘事「原始反終」（《周易・繫辭上》），成「圓照之象」（《文心雕龍・知音》）。

總之，《蛇人》「倚數」編撰，既使「蛇人」持正，「一以貫之」，又因循「一生二，二生三，三生萬物」之道，「三而一成」並「原始反終」，體現了《周易》「參伍以變，錯綜其數。通其變，遂成天下之文。極其數，遂定天下之象」（《繫辭上》）的「『倚數』編撰」特點。

八、《狐嫁女》之「圓而神」與「一以貫之」

這是卷一第二十一篇。《狐嫁女》故事起於一場酒席上的打賭：

> 歷城殷天官，少貧，有膽略。邑有故家之第，廣數十畝，樓宇
> 連互。常見怪異，以故廢無居人。久之蓬蒿漸滿，白晝亦無敢入者。
> 會公與諸生飲，或戲云：「有能寄此一宿者，共醵為筵。」公躍起曰：
> 「是亦何難！」攜一席往。眾送諸門，戲曰：「吾等暫候之，如有所
> 見，當急號。」公笑云：「有鬼狐當捉證耳。」

「捉證」之「證（據）」，即殷天官從狐之婚宴席上「陰內袖中」之金爵。
此爵一物而致兩事圓滿，並破除一疑。兩事之第一即：

> 移時內外俱寂。公始起。暗無燈火，惟脂香酒氣，充溢四堵。
> 視東方既白，乃從容出。探袖中，金爵猶在。及門，則諸生先候，
> 疑其夜出而早入者。公出爵示之。眾駭問，公以狀告。共思此物非
> 寒士所有，乃信之。

由此照應開篇殷天官與諸生打賭，事乃圓滿。

兩事之第二即：

> 後公（按指殷天官）舉進士，任肥丘。有世家朱姓宴公，命取
> 巨觥，久之不至。有細奴掩口與主人語，主人有怒色。俄奉金爵勸
> 客飲。諦視之，款式雕文，與狐物更無殊別。大疑，問所從制。答
> 云：「爵凡八隻，大人為京卿時，覓良工監製。此世傳物，什襲已久。
> 緣明府辱臨，適取諸箱簏，僅存其七，疑家人所竊取，而十年塵封
> 如故，殊不可解。」公笑曰：「金杯羽化矣。然世守之珍不可失。僕
> 有一具，頗近似之，當以奉贈。」終筵歸署，揀爵持送之。主人審
> 視，駭絕。親詣謝公，詰所自來，公為歷陳顛末。

由此照應的是朱家十年前家藏世守之金爵失竊事，得圓滿破解並完璧歸
趙。

其所破之一疑，是原本狐嫁女「已而主人斂酒具，少一爵，冥搜不得。或
竊議臥客。翁急戒勿語，惟恐公聞」一事，豈狐翁甘願失此「金爵」耶？至此
由作者道破：

> 始知千里之物，狐能攝致，而不敢終留也。

雖然此「狐……不敢終留」之事理蘊於打賭，但在狐翁實是借殷之打賭以
償還此爵，故作為狐翁竊爵歸還和朱家八爵失一而復得之事，豈非也都是一個

圓滿？

總之，《狐嫁女》敘事寫人以一爵之貫串，使四事圓滿，一疑得釋，真善為小說構思「一以貫之」（《論語・里仁》）者，又得「無平不陂，無往不復」（《周易・泰卦》）之前後照應，而有「圓而神」（《周易・繫辭上》）之美，《聊齋》之筆真出神入化也！

九、《妖術》之「三事話語」與「三復情節」

這是卷一第二十四篇。《妖術》故事說卜者欲神其術攫利、三施妖術加害于公故事。敘事錯綜「三事話語」與「三復情節」。其三事，一曰紙人：

> 倏忽至三日，公端坐旅舍，靜以覘之，終日無恙。至夜，闔戶挑燈，倚劍危坐。一漏向盡，更無死法。意欲就枕，忽聞窗隙窣窣有聲。急視之，一小人荷戈入，及地則高如人。公捉劍起急擊之，飄忽未中。遂遽小，復尋窗隙，意欲遁去。公疾斫之，應手而倒。燭之，則紙人，已腰斷矣。

二曰土偶：

> 公不敢臥，又坐待之。逾時一物穿窗入，怪獰如鬼。才及地，急擊之，斷而為兩，皆蠕動。恐其復起，又連擊之，劍劍皆中，其聲不軟。審視則土偶，片片已碎。

三曰木偶：

> 於是移坐窗下，目注隙中。久之，聞窗外如牛喘，有物推窗櫺，房壁震搖，其勢欲傾。公懼覆壓，計不如出而鬥，遂劃然脫扃，奔而出。見一巨鬼……公亂擊之，聲硬如析。燭之則一木偶，高大如人。弓矢尚纏腰際，刻畫猙獰；劍擊處，皆有血出。

以上寫卜者妖術加害於公所為紙人、土偶、木偶即「三事（物）話語」，而其寫卜者之行則為「三復情節」。其一為箭射：

> 於是移坐窗下，目注隙中。久之，聞窗外如牛喘，有物推窗櫺，房壁震搖，其勢欲傾。公懼覆壓，計不如出而鬥，遂劃然脫肩，奔而出。見一巨鬼，高與簷齊。昏月中見其面黑如煤，眼閃爍有黃光。上無衣，下無履，手弓而腰矢。公方駭，鬼則關矣。公以劍撥矢，矢墮。欲擊之，則又關矣。公急躍避，矢貫於壁，戰戰有聲。

其二為刀劈：

> 鬼怒甚，拔佩刀，揮如風，望公力劈。公猱進，刀中庭石，石
> 立斷。公出其股間，削鬼中踝，鏗然有聲。鬼益怒，吼如雷，轉身
> 復剁。公又伏身入，刀落，斷公裙。公已及脅下，猛斫之，亦鏗然
> 有聲，鬼僕而僵。

其三為現形：

> 公亂擊之，聲硬如柝。燭之則一木偶，高大如人。弓矢尚纏腰
> 際，刻畫猙獰；劍擊處，皆有血出。

至此，「（于）公因秉燭待旦。方悟鬼物皆卜人遣之，欲致人於死，以神其
術也」。于公乃對卜人施以報復，亦「三復情節」：

> 次日，遍告交知，與共詣卜所。卜人遙見公，瞥不可見。//或曰：
> 「皆翳形術也，犬血可破。」公如其言，戒備而往。卜人又匿如前。
> 急以犬血沃立處，但見卜人頭面，皆為犬血模糊，目灼灼如鬼立。//
> 乃執付有司而戮之。

以此照應開篇，暴露了卜者之偽、妄、貪、殘，給人告誡，即異史氏曰：

> 「嘗謂買卜為一癡。世之講此道而不爽於生死者幾人？卜之而
> 爽，猶不卜也。且即明明告我以死期之至，將復如何？況借人命以
> 神其術者，其可畏尤甚耶！」

由此可見，《妖術》敘事張弛有度，次第井然，節奏鮮明，並圓如轉環，
實乃得力於「三事話語」與「三復情節」錯綜複雜、恰到好處的運用，孔子所
謂「物之難矣，小大多少，各有怨惡，數之理也」〔註55〕。

結語

本文以上就《聊齋誌異》卷一首篇至第二十四篇順序選擇九篇小說分別的
「數理批評」。《妖術》篇接下《嬌娜》「倚數」編撰特點更為典型，已另有專
文討論〔註56〕。此下本卷及其他諸卷亦多有可施之以「數理批評」者，全書總
計或不在200篇之下。還很可能有筆者對《聊齋誌異》的「數理批評」尚未涉
及最具典型性的篇章，可惜精力有限，後亦未必能盡窺其奧了。儘管如此，以
此一卷中之十篇之「數理批評」，已足可見《聊齋誌異》作為文言小說的代表

〔註55〕〔漢〕劉向《新序‧說苑》，上海：上海古籍出版社，1990年，第50頁。
〔註56〕杜貴晨《「數理批評」與〈嬌娜〉考論──一個初創理論的簡說與新證》（上、
　　　　下），《河北學刊》2022年第4、第5期。

作，一如其他各體各類文學可施之以「數理批評」，而「數理批評」對文學研究的普適性，也得到了新的進一步的證明。而筆者也由此對「數理批評」理論的認識亦有所加深或更新，總結如下。

（一）「數理批評」揭示「數理」與「形象」實即規律與現象的關係。這固然由常識可知，但如本文似乎反覆皆若干「數理」與文本對照的解讀，雖具體情況不同，但連篇累牘，似有機械套說之嫌。此疑似乎也有道理，但實際不然：一是古代文學源於生活，古人處世「舉措以數，取與遵理」（《呂氏春秋·論人》），「修其數行其理」（《呂氏春秋·君守》），久慣成習，本來早在生活中就程式化乃至僵化了。從而反映於文學即有如上論九篇「『倚數』編撰」的樣子，甚至有變本加厲者，如清人黃周星批評《西遊記》說：「嘗怪小說演義，不問何事，動輒以三為斷，幾成稗官陋格。」〔註57〕從而「數理批評」實事求是，只能就其實以求其真。二是古今中外日常用數包括具有神秘性的數字有限，其與文本編撰的關係猶顏色之於繪畫、音符之於音樂以簡馭繁、以少總多，乃不得不然。加以本篇所涉為一人所作各自獨立的九篇小說，故其「『倚數』編撰」之模式彼此似曾相識。但這一切的根本在於「數理批評」與偏於鑒賞的揭示具象美之表現的「形象批評」不同，偏於發現「數理」即行文內部聯繫規則的理論探討。其論述之不能如「形象批評」之賞心悅目，實因理論是「灰色」簡化甚至單一的，不如偏近於生活的形象之樹生動常青。

（二）「數理批評」是實事求是的文學研究。如上多題的研究似乎都是先有某個古代數理的概念，而後從作品中舉證，給人以理論先行、牽強附會、削足適履的錯覺。其實筆者因立說「數理批評」，即自覺警惕不犯「證實性偏差」〔註58〕的錯誤，所以具體研究如本文對諸篇的解析，必是先從文本閱讀中發現有合於某種「數理」的現象，而後拈出該「數理」為相應題目給予論證和說明，力求論從事出、實事求是。至於論文擬題或開篇往往先揭出相關「數理」，不過表達與研究過程的相反，而非以先驗「數理」的成見去套解作品。

（三）「數理批評」是哲學層次的文學審美分析。如上諸篇「數理批評」

〔註57〕〔明〕吳承恩著《西遊記》，〔明〕李卓吾、〔清〕黃周星評，濟南：山東文藝出版社，1996年，第716頁。

〔註58〕即為預設的觀點找論據，有意忽略與觀點相左之事實的認知錯誤，見《MBA智庫·百科》「證實性偏差」條。

所涉似乎只是若干古代哲學、宗教常用數字在作品中或明或暗的運用，無關宏旨。其實不然。本文對有關運用的揭示固然體現於該文中數字的表達，但對於作品本身卻是藝術形象構成之大小、高下、長短、比例、節奏等等的度量，即亞里士多德所謂「美的主要形式『秩序、勻稱與明確』」的標誌。只有明瞭這些數度的存在，才可以更好地欣賞作品內外的圓滿、各部分的和諧、情節與細節運作行於所當行、止於不可不止的自然流暢，或如之何曲徑通幽、起伏跌宕等，使藝術之美有一定程度「量化」而更便於具體的把握，進而深化或加強作品思想的理解。如上從《考城隍》之「一人二人，有心無心」的數理分析即從儒家思想之外又抉出其所受道家思想的影響，而從《妖術》敘事之「三事話語」與「三復情節」的解析，不僅使讀者能一下明白其結構與節奏，而且對卜者「借人命以神其術者，其可畏尤甚」的邪惡特點觸目驚心的同時，也提示其心中有「數」。由此可見，「數理批評」雖因「數」而起，循「數」而論，但不是就「數」論「數」，而是因「數」見「象」，並見其「理」，乃與「形象批評」相輔相成為文學藝術批評的車之兩輪、鳥之雙翼。

（四）「數理批評」普適古今中外文學、尤適用名著研究。理論上說，文學是用語言文字塑造形象的藝術，而據上引《左傳・僖公十五年》曰：「物生而後有象，象而後有滋，滋而後有數。」則有「形象」者即有「數理」，文學作品無不可以進行「數理批評」。但實際的情形是，一如形象性不夠鮮明的作品較少受到評論家們的關注，數理特徵簡淡的作品也不易引起「數理批評」的注意。因此，迄今為止，包括本文「數理批評」所涉諸篇也是從《聊齋誌異》卷一的前20餘篇中順序選出，中國古代小說乃至古今中外文學大概也只有部分經典或特別之作最適合做「數理批評」的研究。茲不繁舉例，但從中國的《詩經》《楚辭》《論語》《史記》、近體詩、詞曲到「四大奇書」、《紅樓夢》等，到西方的《聖經》《荷馬史詩》《堂吉訶德》《小癩子》《復活》《百年孤獨》《一個陌生女人的來信》《生命不能承受之輕》〔註59〕，以及《源氏物語》等等，無不在一定程度上可以作「數理批評」的探討。因此，可以認為，人類文學作品凡所稱名著為傳統「形象批評」所關注者，一般也都適合於做「數理批評」的研究。這項工作還在初創發展階段，守正創新，推廣深入，都有待學者們的共同努力，尤其寄希望於一代代新生批評家的鑒識、接受與弘揚。

〔註59〕杜貴晨《世界小說「倚數」編撰的傑作──米蘭・昆德拉〈不能承受的生命之輕〉數理批評》，《南都學壇》2022年第5期。

（五）「數理批評」之艱於推廣，除了因其是一種嶄新的理論之外，還在於它因「象」見「數」、即「數」求「理」、「象」「數」合一的審美機制，深刻植根於人類悠久的數理文化傳統，而這一傳統不僅在近世為學者所忽視，未得有效繼承與發揚，而且中外在古代社會的某個很早的階段上就被司空見慣地忽略了。例如筆者從已經「數理批評」初步檢驗過的諸書得到一個突出認識，即「倚數」編撰雖為古今中外文學一大根本特點，但由此批評文學作品的卻既少又晚，其歷史的原因是「數理」之事，在中國早在春秋戰國時期就已經被認為「其數可陳也，其義難知也」〔註60〕，故世代作者「倚數」編撰以為當然，讀者司空見慣，亦視為當然，從而罕有刨根問底深究其義者。久而久之，20年前始由筆者大膽拈出「數理批評」，雖遲遲其來根本由於「倚數」編撰傳統之精光難掩，但客觀上實由於「數字化」時代的感召，而非僅筆者偶而腦洞大開或千慮一得。而且二十餘年來，筆者既已深知立此一「名」號固然不易，但在具體實踐中因「數」求「理」，深察孔子所謂「其中必有美者」更難。至於雖已立此一「說」，但能否日久行遠，則只有天知道。我但「杜撰」，不問前程。

〔註60〕〔元〕陳澔注《禮記》，上海：上海古籍出版社，1987年，第149頁。

「數理批評」與《嬌娜》考論——
一個初創理論的簡說與新證

引言

　　「文學數理批評」〔註1〕是筆者於 2002 年提出的一個理論概念，多年來在學界有所應用而流行未廣。迄今人類科學研究千門萬戶，雖然多有或應該有關於其「數理」的研究，但都還沒有「數理批評」之說。而文學理論與批評歷來就有「現實主義」「浪漫主義」「形式主義」或「新批評」等等諸說，並還在生生不已中，則無中生有，何不就其皆不冠以「文學」，照貓畫虎，率由舊章，簡稱「文學數理批評」為「數理批評」？這是本文選題一個需要事先說明的問題。

　　這也就是說，筆者雖以「數理批評」可能適用於宇宙萬象很多乃至一切美的解析與欣賞，但在筆者作為文學研究者的興趣和力所能及的程度上，就主要是如本文「數理批評」所指的「文學數理批評」。希望這在不影響「數理批評」應該有更廣泛應用的同時，給「文學數理批評」的研究與應用以簡明直達的方便。

　　如同任何理論的成立、豐富與完善，尚在初創興起的「數理批評」需要強化理論探討和多方面應用實踐的充分證明。由此想到至今 20 年來，「數理批評」雖已在古今中外多種文學題材與體裁的作品研究中一試其效，但在中國文言小說領域幾乎未曾小試薄技。故筆者近以「數理批評」研讀《聊齋誌

〔註1〕杜貴晨《中國古代文學中的重數傳統與數理美——兼及中國古代文學的數理批評》，《中國社會科學》，2002 年第 4 期。

異》〔註2〕，但見其凡篇幅、內容、藝術手法足稱小說者，幾無不適用「數理批評」的研究〔註3〕。尤其《嬌娜》作為《聊齋》名篇之一，最似與「數理」無關，又研究者眾多，而從無學者提及其用「數」特點，卻靜水流深般偏偏是一篇「倚數」（《周易‧說卦》）編撰的傑作！從而啟發筆者撰為本文，以合「數理批評」理論的進一步探討與《嬌娜》「數理」之考論即「數理批評」之實踐個案為一體，使在同一文中實現「數理批評」理論之探討與實踐的互證。其目的一是從《嬌娜》研究為「數理批評」理論的必要與可行性得到新的證明，二是從《嬌娜》之「數理批評」為《聊齋》和文言小說研究嘗試一條路徑，三是從「數理批評」理論應用於《嬌娜》文本分析的實踐中引出有關「數理批評」的某些新認識。

雖然本文合「數理批評」理論探討與《嬌娜》小說個案研究的做法尚無可借鑑，但也因此筆者欲在理論創新與作品研究兩極有所兼顧的努力或不失為一次有益的嘗試。因量體裁衣，結撰論說如下。

一、「數理批評」簡說

（一）「數理」之名義

檢索中國古代文獻中「數理」一詞出現較晚，但從若干跡象看，有關「數理」的思想與研究發生甚早。「數理」即「數」之「理」。《管子‧明法解》曰：「凡所謂忠臣者，務明法術，日夜佐主，明於度數之理以治天下者也。」〔註4〕而「數」除了為孔門「六藝」之一外，西漢劉向《說苑》又載孔子曰：「物之難矣，小大多少，各有怨惡，數之理也。」〔註5〕孔子有此說雖未見於今存漢前文獻，但劉向（前77～前6）《說苑》多取材前代文獻傳說，從而大致可信其為孔子「六藝」中有關「數」的論述。

由上引可知，管子認為，「明於度數之理」是忠臣佐主治天下的必備條件；而孔子從教授「六藝」之「數」中深刻體會到：一是「物」皆有「數」，二是「數」必有理，三是「數之理」即「數理」就是指「物之……小大多少，各有

〔註2〕 張友鶴輯校《聊齋誌異（會校會注會評本）》，上海：上海古籍出版社，1986年。以下引《聊齋》原文、評語凡無特別說明均據此本，不另注。

〔註3〕 筆者另撰有長文《〈聊齋誌異‧考城隍〉等九篇之「數理批評」》（待發表）。

〔註4〕 〔春秋〕管仲撰《管子》，梁運華校點，瀋陽：遼寧教育出版社，1997年，第189頁。

〔註5〕 〔漢〕劉向撰，向宗魯《說苑校證》，北京：中華書局，1987年，第140頁。

怨惡」背後的原因，在他看來弄明白這個原因即通曉「物……數之理」是困難的事。由此可見，《論語》載孔子一面肯定地說「吾日三省吾身」（《學而》），一面又否定「季文子三思而後行……曰：『再，斯可矣。』」（《公冶長》）其背後都有未曾明言之當或不當即「數之理」的考慮。

「數理」一詞在今見中國文獻中晚至《〈史記〉集解》引晉代干寶曰「譙允南通才達學，精覈數理者也」〔註6〕云云才正式出現。雖然這一概念在古今中外通行中意義隨在有異，但除了一般按照計算規則用「數」的隨機以變之外，約定俗成的用「數」有一定的範圍，約簡而言之，主要是指0與1～10的整數和10以內某些數的自乘或相乘積，如9（3×3）、12（3×4）、36（6×6）、49（7×7）、64（8×8）、72（8×9）、81（9×9）、108（9×12）、100（10×10）、120（10×12），等等。此外還包括古代哲學家所謂「有」「無」「太極」「單」「雙」「奇」「偶」「方」「圜（圓）」等「形數」〔註7〕或稱「型數」〔註8〕，以及《周易》〔註9〕《老子》等儒、釋、道各種宗教之數和民間術數、習俗信仰之「數」。

當然，作為面向世界文學的「數理批評」，其所涉及「數理」也應引入以古代「數理」為源的近現代哲學研究中所常用之「一分為二」「合二而一」「一分為三」〔註10〕「一與多」〔註11〕等數理概念，而實難也不煩備舉。但是這些「數」都有一個根本共同的特點，就是其應用雖仍未免有計算的意義，但內涵主要是反映古人所認為自然界與社會生活中某種特定的神秘意義，也就是「數之理」。

〔註6〕〔漢〕司馬遷《史記》，北京：中華書局，1998年，第581頁上。

〔註7〕《關尹子・七釜》曰：「有形數者懼化之不可知也。」《黃帝內經・素問譯解》：「形數驚恐，經絡不通，病生於不仁，治之以按摩醪藥。」形，古同型。

〔註8〕〔古希臘〕柏拉圖《蒂邁歐篇》：「神用型與數來塑造它們（宇宙）。」《柏拉圖全集》第3卷，王曉朝譯，北京：人民出版社，2017年，第305頁。

〔註9〕《漢書・律曆志》云：「伏犧作八卦，由數起。」故《周易》本質是「數理」之書。

〔註10〕杜貴晨《「天人合一」與中國古代小說的若干結構模式》，齊魯學刊1999年第1期。

〔註11〕「一與多」是古希臘畢達哥拉斯學派認為的十種對立數之一，見〔美〕梯利著、伍德增補《西方哲學史》（增補修訂版），葛力譯，北京：商務印書館，2007年，第7頁；又〔德國〕黑格爾《邏輯學》，楊一之譯，北京：商務印書館，2006年，第83～85頁；程千帆《古典詩歌描寫與結構中的一與多》，載《古詩考索》，上海：上海古籍出版社，1984年，第25～26頁。

這也就是說，「數理」之「數」的意義本於歷史上哲學、宗教或習俗中用「數」的或顯或隱的意識即「義」。這種「義」設之初雖人多所知，但日久湮沒，後至《禮記・郊特牲》述周禮已說「其數可陳也，其義難知也」，則知我國上古世代相守之諸如刑、政、禮、樂、兵、法等無所不在的「數之理」，至《禮記》本篇撰寫的時代雖尚有實行，但其「義」即「理」多已失傳。則愈往後來，包括文學等各種古代文獻編撰中的「數理」，漸漸淪為百姓日用而不知的陳陳相因的「俗套」，如今所常言「好事成雙」「事不過三」等等，已罕能有人意識到並追問其緣由。從而拙說「數理批評」，就更是一個「為往聖繼絕學」的大難題。

（二）「數理批評」溯源

作為「物……數之理」的追問，「數理批評」直面的對象是「物」，也就是「形象」與「數理」的合一文學文本。關於「物」為「形象」與「數理」合一的認識，溯源可至《左傳》載：「韓簡侍，曰：『龜，象也；筮，數也。物生而後有象，象而後有滋，滋而後有數……』」〔註12〕這也就是後世學者所揭示《周易》的「象」「數」理論。同時，令人不無驚奇的是自中國古文獻《關尹子》《黃帝內經》至上引古希臘畢達哥拉斯、柏拉圖等都各有內涵略有異同的「形（型）數」理論，表明東西方先哲們都有把世界看作「象」與「數」或「形（型）」與「數」合一的意識，其各自具體的內涵固有不同，但以世界為「形象」與「數理」合一本質的認識則不約而同，進而東西方都有「物」之自「象」入手的「形象批評」和由「數」入手的「數理批評」。

由於「象」或「形／型」與「數」密不可分的一體性質，作為人類把握世界（物）的不同認知方式，「形象批評」與「數理批評」在任何情況下不可或缺，但具體操作上總不免有先後輕重之分。因此，我們看到東西方文化發生最早都是從「數」入手認識與把握世界的「數理批評」。

這一判斷體現於大概與上古「數」的發明始於結繩記事的傳統相關，中國早在商周之際或更早就已經陸續有了用於卜筮的《連山》《歸藏》和《周易》等多種卜筮之書。據研究其始很可能只是一種「數字卦」〔註13〕，在所謂「世歷三古，人更三聖」的損益演進中有了碩果僅存的今本《周易》。因此，《周易》

〔註12〕楊伯峻編著《春秋左傳注》，北京：中華書局，1990年，第365頁。
〔註13〕張政烺《試釋周初青銅器銘文中的易卦》，《考古學報》1980年第4期。

雖為卜筮之書，但其「與天地準……彌綸天地之道」（《繫辭上》）的卦爻體系，實質是一種「數理」結構。而相傳為孔子所作的《易傳》每舉「天地之數」「萬物之數」（《繫辭上》），也已表示在《易經》看來，天地萬物莫不有「數」，「數」是世界的本質。這應該是《易經》成書時代「勞心者」（《孟子·滕文公上》）們世界觀的核心意識。

「數理批評」在西方，溯源可至約與我國孔子（前551？——前479）同時的古希臘畢達哥拉斯（前580～約前490）學派理論。這種理論認為：「『數』乃萬物之原。在自然諸原理中第一是『數』理，……萬物皆可以數來說明。」〔註14〕。又此學派重要人物之一的波里克勒特更深入認為：「（藝術作品的）成功要依靠許多數的關係，而任何一個細節都是有意義的。」〔註15〕後來學者亞里士多德則說：「美的主要形式『秩序、勻稱與明確』，這些唯有數理諸學優於為之作證。又因為這些（例如秩序與明確）顯然是許多事物的原因，數理諸學自然也必須研究到以美為因的這一類因果原理。」〔註16〕而至18世紀乃有馬克思進一步認為：「一門科學只有當它達到了能夠運用數學時，才算真正發展了。」〔註17〕「數理批評」就是文學研究走向「真正發展了」的「一門科學」的必要途徑。

西方古希臘的畢達哥拉斯學派對「數」的研究和中國「六經之首」的《周易》有被稱為「宇宙代數學」的特點，不約而同地表明「數理」研究是人類歷史上最古老的學問之一。這門學問在中國至宋代邵雍集其大成。宋代張世南《遊宦紀聞》卷七曰：「天地萬物，莫逃乎數，知數之理，莫出乎易，知易之妙，惟康節先生。其學無傳，觀《皇極經世書》，概可見矣。」〔註18〕

邵雍「康節之學」的主要建樹是所謂「先天」「後天」和「皇極經世」之學，其措意乃謂宇宙萬物包括一切人事以至皇權都有「象」有「數」，其興衰更替都由天所命定之「數」所規定，而一代不如一代。這一理論，在當世受到

〔註14〕〔古希臘〕亞里士多德《形而上學》，吳壽彭譯，北京：商務印書館，1959年，第12頁。

〔註15〕《朱光潛全集》（第六卷），合肥：安徽教育出版社，1990年，第388頁。

〔註16〕〔德〕黑格爾《形而上學》，吳壽彭譯，北京：商務印書館，1959年，第265～266頁。

〔註17〕胡世華《質和量的對立統一和數學》，《哲學研究》1979年第1期。

〔註18〕張世南《遊宦紀聞》，《舊聞證誤·遊宦紀聞》，崔文印校點，北京：中華書局，1981年，第62頁。

朝野的重視。加以同時或稍後，相傳也是他所作占卜之書《梅花易數》又更為流行，從而宋以後元、明、清三代，邵雍作為易學象數派大師，同時也成為風水、命相等民間術數的鼻祖之一，常被用為小說、戲曲「倚數」編撰的招牌。如《水滸傳》開篇即引邵雍詩並曰：「話說這八句詩乃是故宋神宗天子朝中一個名儒，姓邵，諱堯夫，道號康節先生所作」，句下乃有金聖歎乃批云：「一個算數先生。」袁無涯亦批云：「名儒特出邵康節。」又「是日，嘉祐三年三月三日」句下金聖歎夾批云：「合成九數，陽極於九，數之窮也。易窮則變，變出一部水滸傳來。」〔註 19〕而《西遊記》第一回開篇「蓋聞天地之數」以下數百文字為一部書引起，則全本邵雍「元、會、運、世」之說，《紅樓夢》第十八回寫妙玉也曾說「他師父極精演先天神數，於去冬圓寂了」〔註 20〕，以及清代夏敬渠《野叟曝言》幾乎生吞活剝邵雍的某些學說。如此等等，共同表明中國古代文獻——文學「倚數」編撰的傳統源遠流長，至明清小說戲曲等愈演愈烈。

但是，自古及今，無論東西方文學文本研究基本上都更重視「形象批評」〔註 21〕，其所關注主要是文本中人物、環境、故事局部及其整體建構之「形象」特徵，卻幾乎完全忽略「形象」內外建構之邏輯根據即「數理」關係，也就是沒有自覺和適當的「數理批評」。這裡先以中國文學研究為例，如先後問世流行的不下千百種《中國文學史》《中國小說史》講「四大奇書」「三顧茅廬」「三打白骨精」「七擒孟獲」的，從未見有說明其何以為「一百二十回」或「一百回」和何以為「三」、何以為「七」者，均可謂眼前有「象」而心中無「數」，更不識「數」，看不到文學文本乃「形象」與「數理」合一、共存並美、相得益彰的本質特徵，不能不說是文學批評的一個嚴重缺失。筆者故撰「數理批評」以補偏救弊，助力建設完善「形象批評」與「數理批評」相輔相成之文學文本研究的新傳統。

「數理批評」在外國文學研究中的應用，雖自筆者以往論文舉例提及發其

〔註 19〕陳曦鍾、侯忠義、魯玉川輯校《水滸傳會評本》，北京：北京大學出版社，1981年，第 39～41 頁。

〔註 20〕曹雪芹、高鶚《紅樓夢》，脂硯齋評，濟南：山東文藝出版社，1993 年，第 228頁。

〔註 21〕這種批評的主要依據之一，是對黑格爾《美學》所認為「人的完整的個性，也就是性格」，「性格就是理想藝術表現的真正中心」（商務印書館，1981 年，第 1 卷，第 300 頁），以及「理想的完整中心是人」（同前，第 313 頁）等論述的片面理解。

端，但主要是由筆者至今尚未識荊的蘇文清、熊英兩教授著文用以研究當代西方名著《哈利・波特》奠定基礎，該文稱「杜貴晨先生的文學數理批評」是一種「理論」〔註22〕，並認為已經有了一個「文學數理批評領域」，則是對「數理批評」學術理論價值的最早認定。而除了《中國社會科學》《河北學刊》《山東師範大學學報》（社會科學版）等刊對拙文的發表外，最早給予「數理批評」公開支持的是著名文學史家袁世碩教授為拙著《數理批評與小說考論》寫《序》，許為「最富創造性，堪稱獨步的研究」〔註23〕。這先後成為筆者堅持推動「數理批評」的巨大動力。

（三）「數理批評」須知

「數理批評」既為求「數之理」，則首要找到作品中作為具象構造機制的「數」。這在許多情形下顯而易見，但也有不少需要搜剔耙梳才見，迄今遇到各種複雜情形及處置之道有以下幾個方面。

其一，在文本中被寫明甚至被刻意突出的，如杜甫《絕句》四首之三：「兩個黃鸝鳴翠柳，一行白鷺上青天。窗含西嶺千秋雪，門泊東吳萬里船。」《三國演義》中「三顧茅廬」「六出祁山」「七擒孟獲」「九伐中原」，《西遊記》中的「三打白骨精」等，其中「數」字顯而易見。

其二，文本中雖未寫明卻實際應用某種數的所謂「暗扣」，如《三國演義》第四十三回寫「諸葛亮舌戰群儒」先後駁斥張昭等東吳的「七」位名士，《西遊記》第六回寫孫悟空與楊二郎鬥法先後「七」變等，其所倚「七」之數，讀者雖留心數計可得，但能留心於此者亦不多見。

其三，上舉「奇」「偶」「單」「雙」等的各種「代數」或「方」「圓」「三角」等「形數」，如《西遊記》寫佛祖的三個「金箍」、太上老君的「金剛琢」、孫悟空為唐僧劃定的「圈子」，《封神演義》中哪吒的「乾坤圈」，才子佳人小說中才子、佳人與中間撥亂者的「三角」關係，等等，皆有「圓」或「三角」的「數理」之義，而往往忽略。讀者於此類尤當警惕，並「好學深思，心知其意」〔註24〕。

其四，《周易》卦象之「數」，如《水滸傳》中多次寫及的「九宮八卦陣」，

〔註22〕蘇文清、熊英《「三生萬物」與〈哈利・波特・三兄弟的傳說〉──兼論杜貴晨先生的文學數理批評》，《廣州大學學報（社會科學版）》2012 年第 4 期。
〔註23〕袁世碩《序》，杜貴晨《數理批評與小說考論》，濟南：齊魯書社，2006 年。
〔註24〕〔漢〕司馬遷《史記》，北京：中華書局，1998 年，第 35 頁上。

清初小說《林蘭香》全部六十四回之數擬於《周易》六十四卦，以及本文以下論及《聊齋誌異‧嬌娜》敘事擬於《周易》之《屯》《蒙》《需》《訟》四卦等。

其五，「數理批評」自 2002 年前後提出至今，包括筆者在內，先後有不少學者就「四大奇書」、魯迅小說乃至古希臘神話、《小癩子》等所做「數理批評」的嘗試中，已漸次對「數理批評」理論、原則、方法等有所討論〔註25〕，同時各種專書的「數理批評」研究中也有若干理論的創造，如「三而一成」本於漢代董仲舒《春秋繁露》曰：「三而一成，天之經也。」〔註26〕其義謂萬物具象之生，無過或不及，至「三」而成。這當然不是非至「三」不可，《論語》載：「季文子三思而後行。子聞之，曰：『再，斯可矣。』」〔註27〕《孟子》載：「孟子之平陸。謂其大夫曰：『子之持戟之士，一日而三失伍，則去之否乎？』曰：『不待三。』」〔註28〕但無論中外，自古尚「三」，甚至吾國俗云「事不過三」，從而自廟堂政治、社會生活到文學藝術，「三而一成」都是極普遍的現象。文學是「作」出來的，尤多「三而一成」的設計與描寫。例如《水滸傳》寫楊志賣刀：「牛二道：『怎地喚做寶刀？』楊志道：『第一件砍銅剁鐵，刀口不卷；第二件吹毛得過；第三件殺人刀上沒血。』」〔註29〕而且「三而一成」表現形式不一，筆者研究已分別撰立「三極建構」「三事話語」「三復情節」「三變節律」〔註30〕等多種敘事寫人模式的概念，下文亦將有所涉及，是「數理批評」最重要概念之一，也是以下《聊齋誌異‧嬌娜》「數理批評」核心問題，故預先一提。

最後，「數理批評」最常遇到的難點即上述「暗扣」「代數」「形數」的發現與索解，常有疑似之處。研究者於此等處，誠望其結論為探驪得珠，鐵證如山，但又不免因人而異，見仁見智。當此之際，讀者以為不足論、不必說亦未嘗不可。但若以小說創作與閱讀皆可以遊戲三昧之視之，乃一旦自以為是，也就自見其妙、自得其樂。否則，本文不必讀矣。又本文以下自不同角度或層次說《嬌娜》，有相互關涉或交叉處，或不免重複拖沓之嫌，但請讀者諒解筆者據實說解，實不能不為遊龍戲珠，從而前後左右，盤旋穿插，而圓照全篇「得一」之旨。

〔註25〕杜貴晨《「文學數理批評」論綱——以「中國古代文學數理批評」為中心的思考》，《山東師範大學學報（人文社會科學版）》2004 年第 1 期。
〔註26〕蘇輿撰，鍾哲點校《春秋繁露義證》，北京：中華書局，1992 年，第 214 頁。
〔註27〕楊伯峻《論語譯注》，北京：中華書局，1980 年，第 50 頁。
〔註28〕楊伯峻《孟子譯注》，北京：中華書局，1960 年，第 94 頁。
〔註29〕〔元〕施耐庵、羅貫中《水滸傳》，李永祜點校，北京：中華書局，1997 年，第 148 頁。
〔註30〕杜貴晨《「三而一成」與中國敘事藝術述論》，《南都學壇》2012 年第 1 期。

二、《嬌娜》「求友」「得一」之旨

（一）「孔生」「嬌娜」的象徵意義

由《嬌娜》寫孔生投「執友」撲空，不得已而「寓菩陀寺，傭為寺僧抄錄」，至遇仙狐所化皇甫公子成「良友」實乃「至友」，進而演出與嬌娜成「膩友」的人——狐友誼，結末「異史氏曰：「余於孔生，不羨其得豔妻，而羨其得膩友也」云云一語道斷，可知全篇雖然有許多文字並敘孔生婚姻與皇甫家難，但皆非核心因素，唯孔生「得膩友」嬌娜為其終極訴求和一篇大旨。由此可以認為，《嬌娜》敘事的中心或說主題出《詩經・伐木》「嚶其鳴矣，求其友聲」，乃「求友」之道。而其「求友」的終極是「得膩友」即「嬌娜」。因此，嬌娜為一篇主題之象徵。

「嬌娜」作為人名，殆於古籍中罕見。而蒲松齡為《聊齋》人物命名多有寓意，如「嬰寧」之喻道（《嬰寧》）、陶氏姐弟暗比陶潛（《黃英》）等，「嬌娜」亦以其陰柔含剛之美體現道家的人生理想，而又被設為儒家聖裔孔生所心儀之「膩友」，即儒、道所共尊之「一」的象徵。具體到描寫，男主人公之姓「孔」當從《老子》曰「孔德之容，唯道是從」而來；而嬌娜作為作者理想中「膩友」的典型，也就是「孔（生所）得」之「道」即「一」的象徵。《嬌娜》以孔生為儒家聖裔之「一」，故敘事寫人由孔生「一以貫之」；孔生以嬌娜為「唯道是從」之「一」，故孔生「得膩友」嬌娜為「得一」（《老子》第三十九章）；孔生與嬌娜分別為「一陰一陽」，乃一而二、二而一，構成全篇敘事的主軸。

（二）孔生之「一以貫之」與「得一」

《嬌娜》敘事寫人，雖根本上如題以「嬌娜」為中心，但應是由於彼時文學上也由男權主導的性別視角所致，傳統上這類兩性敘事多因男以出女，即陽出而陰隨，從而《嬌娜》之敘事寫人仍必須由孔生「一以貫之」，卻又於孔生敘事中以嬌娜為中心，從而孔生之「一以貫之」的實質是「得膩友」的「得一」。

換言之，孔生才是《嬌娜》敘事的中心，而嬌娜是孔生敘事的中心，孔生是「無」是「道」，嬌娜是「有」是「一」；嬌娜作為孔生敘事追求之終極，必由孔生敘事引出，為「有生於無」和「道生一」。我們看其寫嬌娜之倏然來去，像極「道之為物，唯恍唯忽」（《老子》第二十一章）之狀。而孔生既得之以為「膩友」，則在孔生便不得不視為「得一」。

「得一」是得道的說法。《老子》曰：「昔之得一者：天得一以清，地得一

以寧，神得一以靈，谷得一以盈，萬物得一以生，侯王得一以為天下正。」（第三十九章）其所謂「一」，亦即《論語》載孔子曰「吾道一以貫之」（《里仁》）之「一」，皆為「道」的代數。從而《嬌娜》敘事以孔生「一以貫之」，「一」卻不僅是孔生，而且為與嬌娜一而二、二而一之「道」的總持，即《文心雕龍》論文法所謂「總一之勢」〔註31〕。

這也就是說，《嬌娜》敘事以孔生「一以貫之」，一方面說孔雪笠之婚、宦、生子和歸於林下的人生之道是《嬌娜》全篇「一以貫之」的中心線索，另一方面也是說孔雪笠「三而一成」的求友（詳後）和終得「膩友」，又是其「得一」之道。

至於以嬌娜吞吐「紅丸」，又更進一步坐實嬌娜是孔雪笠所「得一」的象徵，則使一篇敘事寫人，由模擬現實的描寫滋潤出哲學的內涵，使《嬌娜》寫孔雪笠求友之旅竟成求道「得一」的寓言。而其所取譬，當即《老子》曰「孔德之容，唯道是從」（第二十一章）云云，則詳後結合孔雪笠、皇甫氏釋名的解說，可見蒲氏學問之廣及其以學問為小說心機之深。

（三）孔生、嬌娜之「一陰一陽之謂道」

按《嬌娜》寫孔生求友途中得松娘為妻，實如今所謂「脫單」（詳後）之旅。今所謂「脫單」即成雙，在古乃「陰陽合德」（《周易‧繫辭下》），已是所謂「一陰一陽之謂道」（《周易‧繫辭上》），但有關描寫僅為一篇之中傍於敘事主軸（孔生與嬌娜）之輔線。

但是，作為《嬌娜》敘事主軸的孔生與嬌娜，其彼此三救命以結為「膩友」的過程（詳後），或合或分、分而又合，才是《嬌娜》敘事中「一陰一陽之謂道」最主要的體現。

具體說來，以孔生與嬌娜一對男女即「陰陽」彼此以心相許，卻未成婚配，和因單先生「索宅甚急」不得共處而言是「分」，以最後二人未成夫妻，卻成「膩友」，兩院往來，「時一談宴，則『色授魂與』，尤勝於『顛倒衣裳』」而言則是「合」。

然而，若僅如此說則似乎勉強，而孔生與嬌娜之「分」「合」，不僅在二人之聚散，還必須參以嬌娜與吳郎婚姻之存亡看作者之有意成全。

從《嬌娜》寫孔生娶松娘為妻後嬌娜亦婚，有「妹夫吳郎」和「吳郎家亦

〔註31〕周振甫著《文心雕龍今譯》，北京：中華書局，1986年，第277頁。

同日遭劫，一門俱沒」云云看，嬌娜在孔生已娶松娘後嫁歸吳郎，亦頗燕好。但因此而孔生「得膩友」「時一談宴」云云關係的存續卻遭遇了困難，即孔子所謂「物之難也」。

作者乃深知這個藝術上「物之難」的破解，關乎本篇「得一」大旨的圓滿，從而有了「雷霆之劫」中「吳郎」也「一門皆沒」的設計。此非作者不欲嬌娜婚姻有白頭偕老之好，而是為了孔生「得膩友」即「得一」主題的表達，不得不捨彼而就此、拆東以補西，從孔生與嬌娜之間移除「吳郎」，使孔生「得膩友」嬌娜之「得一」主題得以圓滿表達。

因此，「吳郎」之「吳」當有用其諧音「無」之意。《嬌娜》以此寫嬌娜因「吳郎」並最後「一門皆沒」的結局，使嬌娜因「無」郎以還其「單」身，有為孔生之「得膩友」而「掃盡繁花獨佔春」〔註32〕之意。從而以嬌娜與吳郎婚姻離捨的「一分為二」，成全了孔生得嬌娜為「膩友」的「合二而一」，亦《嬌娜》暗倚「一陰一陽之謂道」以輔其敘事中線之跡。

三、《嬌娜》人物設置之「三極建構」和「一與多」

（一）「三極建構」

《嬌娜》人物組合的核心有三：一是孔生，二是皇甫公子，三是嬌娜。三人之中嬌娜雖居「三而一成」的高端，但故事的主導者為孔生，在孔生與嬌娜二者間居中調節的皇甫公子。從而這三個人的關係形成故事架構的「鐵三角」，即筆者所謂「三極建構」。

這一「三極建構」的意義，一是皇甫公子自身的作為，尤其是他在孔生與嬌娜間的居中調節，使自己與孔生成為「至友」的同時也使孔生與嬌娜成為「膩友」。二是以此為核心的全部人物的互動也實現了孔生和嬌娜各自的婚姻等。從而使敘事有詳有略，既不太繁，又不太簡，「有一種恰到好處的複雜性」〔註33〕。

當然，《嬌娜》人物組合及其核心「三極建構」與《三國演義》寫「桃園三結義」的明設不同，是筆者對小說人物設置主觀認定的「暗扣」，讀者或疑

〔註32〕〔唐〕司空圖《楊柳枝壽杯詞十八首》（之九），載《全唐詩》，上海：上海古籍出版社，1986年，第1601頁上。

〔註33〕章培恒、駱玉明《中國文學史》（下卷），上海：復旦大學出版社，1996年，第178頁。

其為僅見仁見智而已,可不必認真看待,其實不然。

根據任一多邊形都可以分解為若干三角形的原理,《嬌娜》由皇甫公子居中調節的皇甫公子與孔生、嬌娜三者的互動是一顯著的「三角」關係。正是這一組關係形成《嬌娜》寫孔生從訪「執友」至得「至友」,乃至「得膩友」主題實現的動能。從而讀者若為深入而提綱挈領,以簡馭繁,必能注意到篇中此一人物設置「三角」關係的存在,而以拙說「三極建構」確有批評之實用價值。

除了孔生、皇甫公子與嬌娜明顯的「三極建構」之外,孔生與松娘和嬌娜則又構成一似乎隱蔽的「三極建構」。這一方面由於松娘與嬌娜為表姐妹和松娘為孔生之妻而嬌娜為孔生之「膩友」關係的密切,另一方面作者寫孔生在嬌娜之夫「吳郎」的「一門皆沒」之後,攜妻子並邀皇甫公子與嬌娜同歸故里,「以閒園寓公子,恒反關之;生及松娘至,始發局。生與公子兄妹,棋酒談宴,若一家然」等描寫,顯係有意突出孔生與其妻松娘和「膩友」嬌娜有「三位一體」的一面,乃隱然又一「三極建構」。

儘管以孔生與松娘和嬌娜隱蔽的「三極建構」也屬於「作者未必然,讀者何必不然」之類,但拙見仍以為《嬌娜》的閱讀與欣賞,幾乎不能不導致孔生、松娘、嬌娜三者關係的思考。若不然就辜負「異史氏曰……得此良友,時一談宴,則『色授魂與』,尤勝於『顛倒衣裳』矣」的有意對比了。

(二)「一與多」

「一與多」的對立統一是文學人物設置常見的現象,《嬌娜》亦未免此俗。《嬌娜》全篇寫除「一鬼物」不論外,出場並有名稱人物依次為孔生、皇甫公子、太翁、香奴、嬌娜、松娘、吳郎等七位成人,以及孔生與松娘之子小宦,乃可稱為「7+1」的人物組合。

這一人物組合是否作者有意之「倚數」編撰,殊難斷定,但從《水滸傳》可以看到類似現象。該書「吳用智取生辰綱」寫「七星聚義」之晁蓋七人外加白勝的組合。吳用道:「北斗上白光,莫不是應在這人?自有用他處。」〔註34〕由此可見,「吳用智取生辰綱」是「七星聚義」加一「白光」,即「7+1」得「(白)勝」故事。

筆者頗疑上述《嬌娜》「7+1」之數的人物組合,即從《水滸傳》「吳用智

〔註34〕 〔元〕施耐庵、羅貫中《水滸傳》,李永祜點校,北京:中華書局,1997年,第 187 頁。

取生辰綱」模仿而來。理由有二,一是明清以來《水滸傳》「吳用智取生辰綱」膾炙人口,蒲松齡必極熟悉,不難信手拈來。二是篇中一寫「嬌娜亦至,抱生子掇提而弄曰:『姊姊亂吾種矣。』」又寫「小宦長成,貌韶秀,有狐意。出遊都市,共知為狐兒也」,都為提點小宦亦人亦狐又非人非狐,為「七」眾分別為人、狐純種外另類(跨種屬)之數,則其地位乃相當《水滸傳》所寫「七星聚義」之「白勝」,或至少可以這樣認為。

因此,《嬌娜》出場並有名稱人物形象的「7+1」組合,就與《水滸傳》的不同,即中間又包含兩個「一與多」:

一是作為「7+1」的核心,孔生等人與狐「七」眾之中,孔生一人與皇甫氏等六狐之「一與六」之組合,乃「一陽」與「六陰」對立統一之模式,是中國古代小說人物設置從《李生六一天緣》《金瓶梅》寫男主人公一妻五妾之「六一模式」〔註35〕的傳承與發展,乃中國古典小說敘事「一與多」組合最經典的模式。但傳統「六一模式」以寫婚姻,《嬌娜》以寫友情,從而以孔生投「執友」撲「空」,卻在異類的狐中得除「豔妻」松娘之外,還得「至友」皇甫公子,更得「膩友」嬌娜,傳達了蒲氏感於人間無愛而妖狐有情、有義的心聲。

二是「小宦」作為孔生等人與狐「七」眾「一與六」組合的點綴,成為孔生「求友」而「得膩友」兼「得豔妻」的錦上添花,看似可有可無,實則平添萬事勝意之致。而佛教有二菩薩相併說,一名「勝意」,一名「喜根」〔註36〕,似即「小宦」形象取義之淵源。

總之,無論作者有意無意,如上《嬌娜》人物設置「一與多」的組合是或者可以認為是模仿揉和《水滸傳》《金瓶梅》傳統而變化出新,是這一模式的創造性發展。

順便說到,從《水滸傳》《金瓶梅》至《聊齋誌異·嬌娜》人物設置的這種「一與多」模式至今風流未盡,如當代小說陳忠實著《白鹿原》開篇第一句話即「白嘉軒後來引以為豪的是一生裏娶過七房女人」〔註37〕,紀實文學有秀靈著《李真秘密檔案——李真與六個女人》〔註38〕、先為網絡文學後出紙本有齊法海《無處牽手》稱「本書講述了一個男人與六個女人的感情糾

〔註35〕杜貴晨《中國古代小說婚戀敘事「六一」模式述略——從〈李生六一天緣〉〈金瓶梅〉等到〈紅樓夢〉》,《學術研究》2018年第9期。

〔註36〕丁福保《佛學大辭典》,上海:上海書店出版社,1991年,第2256頁上。

〔註37〕陳忠實《白鹿原》,北京:人民文學出版社,1993年,第1頁。

〔註38〕秀靈《李真秘密檔案——李真與六個女人》,北京:華夏出版社,2006年。

葛」〔註39〕。外國小說中則有法國作家居伊・德卡爾的長篇小說《七個女人》〔註40〕，寫男主人公遊歷世界先後見識七種不同類型的七位女人的故事，可見小說人物配置中「一與六」或「7＋1」之類「一與多」組合是世界文學中一個並罕見的現象，從而作為這一傳統的表現與環節，《嬌娜》人物「一與多」組合的特點值得重視。

四、《嬌娜》敘事之「形（型）數」與「時數」

在東西方各有異同的「形（型）數」之觀念上，除上論如「三足鼎立」的「三極建構」已直觀上似乎古希臘畢達哥拉斯學派所稱的「三角形數」〔註41〕之外，《嬌娜》所暗倚還有「形（型）數」之「圓」「執中」與「時數」之「四時」等。

（一）《嬌娜》敘事之「圓」

東西方均以天為「圓」為美。《周易》曰：「乾為天，為圓。」（《說卦傳》）圓，即圓。《周易》又曰：「蓍之德，圓而神。」（《繫辭上》）《論語》曰：「唯天為大，唯堯則之。」（《泰伯》）從而影響中國人文以「圓」為美。至南朝梁劉勰《文心雕龍》曰「圓鑒」（《總術》）、「圓通」（《論說》）、「事圓」（《雜文》）、「理圓」（《麗辭》）、「圓合」（《鎔裁》）、「圓照」（《知音》），等等，「圓」乃為世代國人談藝之「熱詞」。清代張英《聰訓齋語》則概論曰：「天體至圓，萬物做到極精妙者，無有不圓。聖人之至德，古今之至文、法帖，以至一藝一術，必極圓而後登峰造極。」〔註42〕表明中國人心目中圓乃為至美之象。而英國哲學家羅素正是以「圓的運動是最完美的」〔註43〕。

蒲松齡亦承此傳統，愛重「圓」象，《聊齋》中如《小翠》寫「剌布作圓，蹴蹴為笑」，《汪士秀》寫「僮汲水中取一圓出，大可盈抱，中如水銀滿貯，表裏通明」等，於以圓為美心知其意，故其小說敘事寫人亦多明循此道或暗合其形數。《嬌娜》亦然，且不止一見。其一為圓環。如嬌娜為孔生醫瘡之「金釧」

〔註39〕齊法海《無處牽手》，北京：時代文藝出版社，2004年。

〔註40〕〔法〕居伊・德卡爾著《七個女人》，嚴華、徐際春譯，北京：中國文聯出版社，1988年。

〔註41〕李斯著《畢達哥拉斯》，西安：陝西師範大學出版總社，2017年，第81頁。

〔註42〕〔清〕張英《聰訓齋語》，上海：青年協會書局，1927年，第13頁。

〔註43〕〔英〕羅素《西方哲學史》，何兆武、李約瑟譯，北京：商務印書館，1963年，第190頁。

即圓環,「安患處,徐徐按下之。創突起寸許,高出釦外,而根際餘腫,盡束在內,不似前如碗闊矣」云云;其二為圓轉,即篇中兩寫嬌娜為孔生治病續命之「紅丸」,「如彈大,著肉上按令旋轉」等,都以「紅丸」及其旋轉之為「圓」之形數。其三為圓照,即一篇首尾之照應,既以孔生離鄉尋友始、以孔生「得膩友」回歸為「事圓」,更是以孔生之回歸乃婚宦皆畢而又有子小宦為「大團圓」,皆為包裹無遺之象!

(二)《嬌娜》敘事之「執中」

「中」亦「形數」之一。《尚書·大禹謨》曰:「允執厥中。」其所影響或關聯,大至吾國稱「中」,小至無微不有「中」或無所不妥為「中」,以致古代章回小說經典敘事亦有「中點」〔註44〕。《嬌娜》雖短篇,但其敘事竟亦有「執中」之設計。

《嬌娜》之敘事「執中」體現在由單公子「索宅」導致皇甫公子送孔生出「單先生第」還鄉有關描寫:其前即「喜叩家門……及回顧,則公子逝矣。」其後即「松娘事姑孝……生一男名小宦」,這兩段文字的衝接處即一篇前後兩半的折縫或轉捩。由此而使一篇結構前後如合扇(別稱合葉、合頁、鉸鏈)式,為文言短篇小說中所少見。

至此又思其寫「松娘生一男名小宦」之「宦」諧音「換」,似以有逗透《嬌娜》敘事「執中」為作者之故意。這也許多思無益,但若參以《水滸傳》寫白勝有所謂當「北斗上白光」之用,則《嬌娜》以「小宦」有暗標敘事環境之乾坤挪移之意,也未必不然,且又何必不然,讀者但思拈花微笑可也。

(三)《嬌娜》敘事之「變通配四時」

《周易》曰:「法象莫大乎天地,變通莫大乎四時。」「廣大配天地,變通配四時。」(《繫辭上》)《論語》載:「子曰『天何言哉?四時行焉,百物生焉,天何言哉?』」(《陽貨》)《禮記》載孔子曰:「天有四時,春秋冬夏,風雨霜露,無非教也。」〔註45〕等等。作者擬用於小說,則不僅敘事寫人循於時序,而且人事吉凶盛衰繫乎時序,如後來小說《水滸傳》寫三次、《金瓶梅》寫四次元宵節,以及《紅樓夢》中寫一僧說英蓮之命運「好防佳節元宵後,便是煙消火

〔註44〕杜貴晨《章回小說敘事「中點」模式述論——〈三國演義〉等四部小說的一個藝術特徵》,《學術研究》2015年第8期。
〔註45〕陳澔注《禮記》,上海:上海古籍出版社,1987年,第283頁。

滅時」〔註46〕之類皆是。

《嬌娜》敘事以孔生至「天台」後進入正傳，時序上則大致從「大雪崩騰」（按謂冬季），經「二三月後」，「居半載」（按謂春季）至「時盛暑溽熱」（按謂夏季）患瘡，至娶松娘後即因「單公子解訟歸，索宅甚急」與皇甫一門分手，夫妻被送還鄉、出仕、生子、罷官、「偶獵郊野（按謂秋季），逢……皇甫公子」，應請救其一門於「雷霆之劫」終，雖跨度非止一年，但其顛沛流離、憂喜禍福的過程與節奏正好經歷了冬、春、夏、秋四季。

董仲舒《春秋繁露》曰：「天之道，春暖以生，夏暑以養，秋清以殺，冬寒以藏，暖暑清寒，異氣而同功……與春夏秋冬，以類相應。」〔註47〕如上《嬌娜》敘事正是倚天地「四時」之數以成「變通」之道的實現。並且從其「四時」之序與情節之冷熱溫涼、跌宕起伏相應如響，又明顯有意為之，亦不可不察。

五、《嬌娜》開篇之「有生於無」和「道生一」

《嬌娜》開篇似無奇，實或不然，乃倚用或可視為符合於《老子》「天下萬物生於有，有生於無」（第四十章）與「道生一」（第四十二章）云云之數理虛構出之，亦堪稱奇。此奇雖無明顯標示，但如「他人有心，予忖度之」（《詩經・巧言》），則深入辨析可見。

（一）「以陽動陰」與「有生於無」

《嬌娜》開篇自孔生始，其敘孔生曰：「孔生雪笠，聖裔也。為人蘊藉，工詩。」似平淡無奇，乃有不然。即《嬌娜》題曰「嬌娜」，所以必要說到嬌娜形象上去。卻不從嬌娜而從「孔生雪笠」云云說起，則何以故？

按《聊齋》故事通例，即雖以女性名篇，但開篇皆從男性引出，如《青鳳》《嬰寧》《聶小倩》《蓮香》《阿寶》《紅玉》《連瑣》《連城》《青娥》《宦娘》《阿繡》《小翠》等等無非如此。其背後深刻原因，一是《聊齋誌異》作者自然而然的男權立場，有關女性書寫必置於從屬地位，二是按《周易》所謂「乾道成男，坤道成女。乾知大始，坤作成物」（《周易・繫辭上》），其生生之道，「以

〔註46〕〔清〕曹雪芹、高鶚著，脂硯齋評《紅樓夢》，濟南：山東文藝出版社，1993年，第10頁。

〔註47〕〔漢〕董仲舒著《春秋繁露義證》，蘇輿撰，鍾哲點校，北京：中華書局，1992年，第353頁。

陽動陰」〔註48〕，故必因男寫女，從而本篇乃至多篇以女性為中心人物並名篇者，皆先出男而後出女，如本篇由孔生引嬌娜出來。

然而嬌娜之出又由「天下萬物生於有，有生於無」（《老子》第四十章）之道。何以見得？答曰《嬌娜》開篇敘事為引出嬌娜，先設一孔生，又設孔生有一「執友」為天台「令」，使招之即來，可謂「天下萬物生於有」；而又以「生往，令適卒」揮「令」即去，然後使為嬌娜先導之狐仙皇甫公子登場，又可謂「有生於無」。「有生於無」即「無」中生「有」，借孔生至「天台」後投人無著至「落拓不得歸，寓菩陀寺，傭為寺僧抄錄」的託足「空」門，以啟孔生——嬌娜故事的實際展開，恰如「風生於地，起於青蘋之末」（宋玉《風賦》），真開篇之妙。

或說這是否穿鑿附會了呢？乃謂不然。《聊齋》中的名篇包括本篇《嬌娜》皆為極精心之作，縱然非字字生義，讀者也須時時著眼。否則，其何必曰「孔生雪笠」，何必曰「聖裔」，何必曰「天台」，又何必曰「寓菩陀寺」？但如果僅此一說，則仍難祛疑，還要結合以下多方考論才可信此考索確乃「他人有心，予忖度之」，而非浪猜也。

（二）「道生一」

按《老子》哲學「無」中生「有」的初始即「道生一」，於是我們看到《嬌娜》開篇寫孔生託足菩陀「空」門之後又有奇境：

> 寺西百餘步有單先生第，先生故公子，以大訟蕭條，眷口寡，
>
> 移而鄉居，宅遂曠焉。

這裡寫及的「寺西百餘步有單先生第」頗令人深思，即其何必「寺西百餘步」而非「廟東百餘步」？又何必「單先生第」而非「方先生第」？須知此後孔生遇皇甫公子和嬌娜以及主要故事的前半，就都發生在此「第」！從而讀者披文入情，不能不想到「單」字讀 shàn 亦讀 dān，在後一個讀音上的意義即為「一」之代數。由此不能不進一步想到作者擬故事的主要發生地為佛（空門）「寺西百餘步」的「單先生第」，實有以境象之「空」示故事為「道生一」之意。當然，如果作者有意為之也可能只是故弄玄虛的戲筆，但此筆之能有「戲」則在其暗倚「有生於無」和「道生一」之數理。

〔註48〕 此為《禮記·雜記》逸文。〔清〕陳立撰《白虎通義疏證》，吳則虞點校，北京：中華書局，1994 年，第 333 頁。

　　如上《嬌娜》寫嬌娜出場倚「道生一」之數理，又可從「孔生」之稱名「雪笠」進一步推論見出。按「雪笠」脫化自柳宗元《江雪》「孤舟簑笠翁，獨釣寒江雪」〔註49〕二句。二句中曰「孤」曰「獨」，皆謂為「一」。由此推論可知，《嬌娜》寫「孔生雪笠」隻身訪「執友」於「天台」，於「大雪崩騰」之際來「單先生第」，因後來亦師亦友之皇甫公子而得睹香奴、娶「豔妻」松娘，進而「得膩友」嬌娜，其接踵而至的奇遇，乃又為《老子》「道生一」之後續「一生二，二生三」的過程。至後來與皇甫氏一門先後撤離「單先生第」，則孔生天臺訪友之途亦已兼為其婚配「脫單」之旅矣！這是否只是巧合？但以今讀之，不失諧趣！

六、《嬌娜》之《嬌娜》敘事之「變」「復」模式

　　由《嬌娜》寫孔生投「執友」撲空，不得已而「寓菩陀寺，傭為寺僧抄錄」，至遇仙狐皇甫公子成「至友」，進而演出與嬌娜成「膩友」的人──狐友誼，結末異史氏論曰：「余於孔生，不羨其得豔妻，而羨其得膩友也」云云一語道斷，可知全篇雖然多敘男、女之人事，但是並不著重在男女之婚與情，而是步步登高、曲終奏雅，推崇男與女、人與狐猶似於今「紅顏／藍顏知己」的「膩友」境界。也就是說，《嬌娜》敘事的主線是「求友」，《嬌娜》「求友」的主題是「得膩友」。《老子》曰：「孔得之容，唯道是從。」嬌娜作為作者理想中「膩友」的典型，也就是「孔（生所）得」之「道」即「一」的象徵。至於孔生與皇甫公子之亦師亦友、禍福與共以及香奴、松娘等，則皆為輔線。但無論其主線與輔線，其敘事節律皆「三變節律」或並有「參伍以變」的特點。

（一）孔生「得膩友」之「三變節律」

　　《嬌娜》敘事雖兼「設帳」（教書）及婚宦、俠義等情節，但其以訪「執友」或曰「求友」始，以「得膩友」終，從而「求友」為主線，「得膩友」為主題。因主線而出主題，則孔生先後得「益者三友」（《論語‧季氏》），並作三階出落成「三變節律」。

　　其始階曰「執友」，即開篇所謂「有執友令天台」者。執友，呂湛恩注曰：「《禮‧曲禮》：『執友，稱其仁也。』……同師之友，共執志者，故曰執友。」何體正注曰：「執友，同執一業者。」即今所稱同學。所以，孔生應「執友」

〔註49〕〔唐〕柳宗元《江雪》，《全唐詩》，上海：上海古籍出版社，1986年，第874頁中。

招的「天台」之行，卻因「令適卒」撲空乃「求友」不遇，為第一變。

其繼階曰「至友」，即孔生因過「單先生第」而結識之皇甫公子。其寫皇甫公子提議孔生「設帳」，並「願拜門牆。生喜，不敢當師，請為友」。可見兩人關係之始結為亦師亦友；後又寫皇甫公子與其太翁待孔生如家人，使嬌娜為之療瘡續命，並囑曰：「此兄良友，不啻同胞也。妹子好醫之。」又為之主婚娶妻、護送歸里。而孔生亦不嫌皇甫氏為狐，為脫皇甫一門「雷霆之劫」，仗劍守穴，死而復生；然後攜妻兒並皇甫公子兄妹同歸故里，設別院以居皇甫兄妹往來甚密。從而孔生與皇甫公子之交，實已超越一般「良友」，而至《大戴禮記》曰：「合志如同方，共其憂而任其難，行忠信而不相疑，迷隱遠而不相舍，曰至友者也。」〔註50〕，並有「出門無至友，動即到君家」〔註51〕之實。此孔生因投「執友」而得「至友」，為其「求友」之第二變。

其終階曰「膩友」。膩友，舊無箋注。朱其鎧主編《全本新注聊齋誌異》釋曰：「美麗而親昵的女友。《說文》：『膩，上肥也。』段玉裁注引《詩・衛風・碩人》『膚如凝脂』，說『凝脂』意即『上肥』。」〔註52〕所以，雖然「異史氏曰」也以「得膩友」為「得此良友」，以「膩友」為「良友」之屬，卻顯然又以「膩友」為「良友」中之極品，從而「卒章顯其志」，把嬌娜推崇至「膩友」的典型，為其「求友」之第三變，而全篇以終。

總之，《嬌娜》寫孔生「求友」，自「執友」「至友」拾級而上，至於「膩友」，終乃以「三變節律」完成全篇「求友」敘事主線，並凸顯「得膩友」之主題。

（二）孔生「得豔妻」之「三變節律」

作為「求友」輔線的孔生求偶過程亦因「三變節律」而成：

其一寫孔生思娶香奴：

> 公子已會其意，曰：「……行當為君謀一佳耦。」生曰：「如果惠好，必如香奴者。」公子笑曰：「君誠少所見而多所怪者矣。以此為佳，君願亦易足也。」

〔註50〕黃懷信主撰《大戴禮記彙校集注》，西安：三秦出版社，2005 年，第 1138 頁。

〔註51〕李咸用《訪友人不遇》，《全唐詩》，上海：上海古籍出版社，1986 年，第 1626 頁下。

〔註52〕朱其鎧主編《全本新注聊齋誌異》，北京：人民文學出版社，1989 年，第 67 頁注 71。

其二寫孔生思娶皇甫公子之妹即嬌娜：

> 生躍起走謝，沉痼若失。而懸想容輝，苦不自己……公子已窺
> 之，曰：「弟為兄物色得一佳耦。」問：「何人？」曰：「亦弟眷屬。」
> 生凝思良久，但云：「勿須也！」面壁吟曰：「曾經滄海難為水，除
> 卻巫山不是雲。」公子會其旨……

其三寫皇甫公子婉拒孔生欲娶嬌娜後薦松娘：

> 「……有姨女阿松，年十八矣，頗不粗陋。如不見信，松姊日
> 涉園亭，伺前廂可望見之。」生如其教，果見嬌娜偕麗人來，畫黛
> 彎蛾，蓮鉤蹴鳳，與嬌娜相伯仲也。生大悅，求公子作伐。公子異
> 日自內出，賀曰：「諧矣。」……合巹之後，甚愜心懷。

如此孔生求皇甫公子作媒，求如香奴者不成為第一變，求嬌娜不成為第二變，至孔生薦以松娘，經孔生相看滿意為第三變乃成婚配。而其中曰「與嬌娜相伯仲也」一語，則不啻點明敘香奴、松娘之事實為孔生「得膩友」嬌娜之陪襯與對照，以啟篇末「異史氏曰」的點題。

（三）嬌娜施救孔生之「參伍以變」

上引《周易・繫辭上》曰：「參伍以變，錯綜其數。通其變，遂成天下之文。極其數，遂定天下之象。」其所謂「參伍」即「三五」，「參伍以變，錯綜其數」本揲著求卦之法，眾說紛紜，茲不細論，但從《嬌娜》寫嬌娜為孔生醫瘡看，蒲松齡有自己的理解，即錯落下筆，並寫嬌娜與孔生兩面：一面是嬌娜之醫道先後三術（插入「//」號標示，下同）：

> 乃脫臂上金釧安患處，徐徐按下之。創突起寸許，高出釧外，
> 而根際餘腫，盡束在內，不似前如碗闊矣。//乃一手啟羅衿，解佩
> 刀……割斷腐肉……呼水來，為洗割處。//口吐紅丸如彈大，著肉上
> 按令旋轉……曰：「愈矣！」趨步出。//

另一面是隨嬌娜之到來和施治始終，孔生之感受五變：

> 少間，引妹來視生……生望見顏色，頓呻頓忘，精神為之一爽。
> //……女乃斂羞容，揄長袖，就榻診視。把握之間，覺芳氣勝蘭//。
> 女……把釧握刀，輕輕附根而割。紫血流溢，沾染床席，而貪近嬌
> 姿，不惟不覺其苦，且恐速竣割事，偎傍不久。//……女收丸入咽，
> 曰：「愈矣！」趨步出。生躍起走謝，沉痼若失。//而懸想容輝，苦

不自己。//

《周易》義理難明，更不能起蒲松齡於地下而請問之，如上以嬌娜為孔生療瘡描寫為「參伍以變，錯綜其數」，是否可備一說？尚難斷定，我但以「讀者何必不然」處之。

（四）「三復情節」

上已述及作為「求友」主軸之中心，《嬌娜》寫孔生得嬌娜為「膩友」的過程可謂主軸之中線，此中線過程經由「三復情節」完成。而上所論及《嬌娜》人物設置之「一與多」中，還有核心人物設置的「三極建構」，也很值得特別說明。

孔生「得膩友」之「三復情節」主要體現於《嬌娜》寫孔生與嬌娜終成「膩友」的過程在於彼此救命之恩，其往復有三。其一是嬌娜救孔生：

> 乃脫臂上金釧安患處⋯⋯口吐紅丸如彈大，著肉上按令旋轉⋯⋯遍體清涼，沁入骨髓。女收丸入咽，曰：「愈矣！」趨步出。

其二是孔生救嬌娜：

> 忽於繁煙黑絮之中，見一鬼物，利喙長爪，自穴攫一人出，隨煙直上。瞥睹衣履，念似嬌娜。乃急躍離地，以劍擊之，隨手墮落。
> 忽而崩雷暴裂，生僕，遂斃。

其三是嬌娜再救孔生：

> 少間晴霽，嬌娜已能自蘇。見生死於旁，大哭曰：「孔郎為我而死，我何生矣！」⋯⋯自乃撮其頤，以舌度紅丸入，又接吻而呵之。紅丸隨氣入喉，格格作響，移時豁然而蘇。

其次還見於上引寫嬌娜為孔生療瘡用「紅丸⋯⋯按令旋轉⋯⋯三周已，遍體清涼」的描寫。外此則另有「三事話語」一處，即嬌娜救孔生除用「紅丸」外，「外科手術」則先後用自身所佩物三：一「金釧」，二「佩刀」，三「金簪」。

七、《嬌娜》故事與《周易》四卦

《嬌娜》敘事以孔生「一以貫之」，自其赴「執友」約至天台、「令適卒，落拓不得歸」起，後因皇甫公子為重要支持直至終篇，幾乎全部重要情節依次並有所錯綜地擬於《周易》之第三至第六卦——《屯》《蒙》《需》《訟》四卦本事，是《嬌娜》藝術最大奧秘。分別考論如下。

（一）孔生「天台⋯⋯落拓」與《屯卦》

《周易・屯卦》中有曰：

> 屯，元亨，利貞。勿用有攸往。利建侯⋯⋯象曰：雲雷屯。君
> 子以經綸。初九，磐桓。利居貞⋯⋯六二，屯如邅如，乘馬班如⋯⋯
> 六四，乘馬班如，求婚媾，往吉，无不利。象曰：「求」而「往」，
> 明也。

如上，朱熹《周易本義》曰：

> 屯，六畫卦之名也，難也，物始生而未通之意⋯⋯其卦以震遇
> 坎，乾坤始交而遇險陷，故其名為屯⋯⋯筮得之者，其占為大亨而
> 利於正，但未可遽有所往耳。〔註53〕

又，《程傳》曰：

> 屯有大亨之道⋯⋯方屯之時，未可有所往也。天下之屯，豈獨
> 力所能濟？必廣資助，故「利建侯」也。〔註54〕

又，《周易注》：

> 利建侯。王弼注：「得主則定。」〔註55〕

以上朱熹、《程傳》總說《屯》卦所象，乃求卜筮者雖暫「遇險陷」，非「獨
力所能濟」，但「未可遽有所往」，需「磐桓」等待，施「以經綸」，「必廣資助，
故『利建侯』」，即得人「資助」主持，才可以脫離「屯如邅如」的「時方屯難」
〔註56〕。

以此對照《嬌娜》開篇敘孔生「有執友令天台，寄函招之。生往，令適卒，
落拓不得歸，寓菩陀寺，傭為寺僧抄錄」顯即「遇險陷」之「屯難」中的「盤
桓」；其後得皇甫公子拜師奉養並助成「婚媾」等又即「必廣資助，故『利建
侯』」；其中「傭為寺僧抄錄」和得為皇甫師一展其學問之才，又即「君子以經
綸」。如此等等，豈不皆與上摘《屯》卦諸辭意象數理若合符契！

（二）孔生「設帳」啟蒙與《蒙卦》

《周易・蒙卦》有曰：

〔註53〕〔宋〕朱熹《周易本義》，廖名春點校，北京：中華書局，2009年，第49頁。

〔註54〕〔清〕李光地撰《周易折衷》，李一忻點校，北京：九州出版社，2002年，第
39頁。

〔註55〕樓宇烈《王弼集校釋》，北京：中華書局，1980年，第234頁。

〔註56〕樓宇烈《王弼集校釋》，北京：中華書局，1980年，第235頁。

蒙，亨。匪我求童蒙，童蒙求我……象曰：蒙，山下有險。險而止，蒙。蒙，亨，以亨行時中也。匪我求童蒙，童蒙求我。志應也。

以此對照《嬌娜》寫孔生得為皇甫公子師之由：

少年細詰行蹤，意憐之，勸設帳授徒。生歎曰：「羈旅之人，誰作曹丘者？」少年曰：「倘不以駑駘見斥，願拜門牆。」生喜，不敢當師，請為友。」

其寫皇甫公子主動請孔生「設帳」事，豈不正似「匪我求童蒙，童蒙求我」，乃從後者模擬而來？

又，《周易折衷》論《蒙卦》「卦主」曰：

蒙以九二、六五為主，蓋九二有剛中之德，而六五應之。九二在下，師也。六五在上，能尊師以教人者也。」〔註57〕

以之對照《嬌娜》寫孔生與皇甫公子，則九二、六五，又分別相當於孔生、皇甫公子，即卦辭中「我」與「童蒙」之位。然後先看「九二」爻辭「九二，包蒙，吉。納婦，吉。子克家」，王弼注曰：

以剛居中，童蒙所歸，包而不距，則遠近咸至，故「包蒙，吉」也。婦者，配己以成德也……體陽而能包蒙，以剛而能居中，以此納配，物莫不應，故「納婦吉」也。處於卦內，以剛接柔，親而得中，能幹其任，施之於子，克家之義。〔註58〕

據以上王弼注，此爻象辭大意說，因為蒙師「以剛居中」，能「包（容童）蒙」，所以能有「納婦」得子「克家」的好處。以此對照《嬌娜》寫孔生在「單先生第」「設帳授徒」，受皇甫氏奉養甚周，師友之誼「不啻同胞」，乃至得皇甫公子姨妹松娘為妻，後又得子小宦並終「得膩友」等，皆下卦「需」之得大滿足，與《蒙卦》「九二」亦若合符契！

然後看「上九」爻：

上九，擊蒙，不利為寇。象曰：利用禦寇，上下順也。王弼注：「處《蒙》之終，以剛居上，能擊去童蒙……為之扞禦……故『不利為寇，利禦寇』也。」〔註59〕

〔註57〕〔清〕李光地撰《周易折衷》，李一忻點校，北京：九州出版社，2002年，《御纂周易折衷卷首》第19頁。

〔註58〕樓宇烈《王弼集校釋》，北京：中華書局，1980年，第241頁。

〔註59〕樓宇烈《王弼集校釋》，北京：中華書局，1980年，第241頁。

據王弼注，此爻象辭大意說，蒙師與童蒙師生相得，分手又重逢之後，還能因童蒙之請為「童蒙……扞禦（寇）」。以此對照《嬌娜》寫孔生與皇甫公子以師友之誼，因公子請為之「仗劍於門」，救皇甫一家於「雷霆之劫」並成功事，二者豈不也若合符契？而且此節若結合其下《需卦》「六四　需於血，出自穴」之象數當更容易明白（詳下）。

（三）孔生「錦衣……薦饌」等與《需卦》

按據李鏡池云，《周易·需卦》為「行旅專卦之一」〔註60〕，是一個因求友等需求的滿足而後須報答、歷經艱險而「終吉」的故事。其爻辭與本文論述相關者主要有二。其一曰：

> 九五　需於酒食。貞吉。

清代李光地《周易折衷》輯說曰：

> 《本義》　「酒食」，宴樂之具，言安以待之……則得吉也。
>
> 《程傳》　五以陽剛居中得正，位乎天位，克盡其道矣。以此而需，何需不獲？故宴安酒食以俟之，所須必得也。既得貞正而所需必遂，可謂「吉」矣
>
> 《集說》　鄭氏維岳曰：《繫辭》曰「需者飲食之道也」，《象》曰「君子以飲食宴樂」，又曰「需於酒食」。
>
> 喬氏中和曰：九五之「貞吉」也，豈徒以「酒食」云哉？險而不陷，中自持也。〔註61〕

以此對照《嬌娜》寫孔生得皇甫公子延以為師之後，供以錦衣美饌，待以酒宴歌樂，二者也若合符契。

其二曰：

> 初九　需於郊。利用恒，无咎。

《周易折衷》輯說曰：

> 《本義》　「郊」曠遠之地，未近於險之象也……「无咎」也。
>
> 《程傳》　需者以遇險，故需而後進。初最遠於險，故為「需於郊」。「郊」，遠之地也。處於曠遠，利在安守其常，則「无咎」也。
>
> 《集說》　孔氏穎達曰：難在於坎，初九去難既遠，故待於郊。

〔註60〕李鏡池語，轉引自張乘健《周易本事》，杭州：浙江古籍出版社，2014年，第159頁。

〔註61〕李光地撰《周易折衷》，李一忻點校，北京：九州出版社，2002年，第51頁。

「郊」者，境上之地，去水遠也……所以「无咎」。〔註62〕

以此對照《嬌娜》寫孔生於大戰「雷霆」之前，「（孔）生以忤直指罷官，掛礙不得歸。偶獵郊野，逢……皇甫公子也」情景，豈不又事類而神通？

其三曰：

> 六四　需於血，出自穴。

《周易折衷》輯說曰：

> 《本義》「血」者，殺傷之地。穴者，險陷之所。四交坎體，入乎險矣，故為「需於血」之象。然柔得其正，需而不進，故為「出自穴」之象。占者如是，則雖在傷地而終得出也。〔註63〕

以此對照《嬌娜》寫孔生大戰「雷霆」於「巨穴」之門情景，豈不亦事似而情同？

其四曰：

> 上六　入於穴。有不速之客三人來，敬之終吉。

《周易折衷》輯說曰：

> 《本義》陰居險極，無復有需，有陷人入穴之象……占者當陷險中，然於非意之來，敬以待之，則得終吉也。〔註64〕

以此對照《嬌娜》寫皇甫公子偶遇孔生於郊並懇求救之，得孔生以死報答，並聯繫上引王弼注「處《蒙》之終，以剛居上……為之（童蒙）扞禦」，和其後孔生與皇甫兄妹共得「終吉」，也若合符契？

綜合上舉《需卦》四爻及有關闡釋表明，該卦本事略曰占者初「需於酒食」如願以償，後於「郊」而仍遠於險，又因「陰居險極，無復有需，有陷人入穴」，而遭血光之災，但是由於《坎》上三陽（即「不速客三人」，當為施救者）的作用，占者仍得「終吉」。

以此綜合與《嬌娜》寫孔生在「單先生第」得與皇甫公子為師友宴飲歌樂，出仕後又罷職「偶獵郊野」、受請救皇甫氏於「雷霆之劫」，大戰鬼物於「高冢巋然，巨穴無底」之所，以及救嬌娜於「自穴擭一人出……崩雷暴裂，生僕，遂斃」而「終吉」等情節相對照，則可見《嬌娜》中孔生後半故事酷

〔註62〕李光地撰《周易折衷》，李一忻點校，北京：九州出版社，2002年，第55頁。

〔註63〕〔清〕李光地撰《周易折衷》，李一忻點校，北京：九州出版社，2002年，第51頁。

〔註64〕〔清〕李光地撰《周易折衷》，李一忻點校，北京：九州出版社，2002年，第51頁。

似《需卦》之演義。

當然也需要指出其中敘孔生救皇甫大戰「雷霆」事，則揉和《蒙卦》為「童蒙……扞禦」事，乃錯綜《周易》「蒙」「需」二卦相關內容脫化而成。

（四）單先生之「訟」與《訟卦》

按《周易·訟卦》象數義理說來話長，要之是一個因訴訟避地而免災獲歸復於安吉的故事。其爻辭與本文論述相關者主要有二：

> 九二：不克訟，歸而逋。其邑人三百戶，无眚。
>
> 九四：不克訟，復既命，渝。安貞，吉。

清代李光地《周易折衷》引《程傳》曰：

> 二、五相應之地，而兩剛不相與，相訟者也。九二自外來，以剛處險，為訟之主。乃與五為敵，五以中正處君位，其可敵乎？是為訟而義不克也。若能知其義之不可，退歸而逋避，以寡約自處，則能無過眚也。必逋者避為敵之地也。「三百戶」，邑之至小者。若處強大，是猶競也，能「无眚」乎？「眚」，過也，處不當也，與知惡而為有分也。〔註65〕

上引《程傳》大意謂「訟之主」由於「敵」強我弱，審時度勢，知不能勝，遂避地於「三百戶」之小邑，「以寡約自處，則能無過眚也」，也就是以退為進、以柔克剛，終能化險為夷，「解訟」而重歸故里。以此對照《嬌娜》寫單先生「以大訟蕭條，眷口寡，移而鄉居」和後又能「解訟歸」，不僅同一機杼，而且關鍵措詞幾乎一致，可見其當為受《訟卦》之影響模擬而來。

（五）《嬌娜》敘事與四卦之序

綜合以上說《嬌娜》敘事擬取《周易》之《屯》《蒙》《需》《訟》四卦意象數理之特點有二：

一是大略倚循四卦之序。《序卦》曰：

> 有天地，然後萬物生焉。盈天地之間者唯萬物，故受之以屯。屯者，盈也。屯者，物之始生也。物生必蒙，故受之以蒙。蒙者，蒙也，物之稚也。物稚不可不養也，故受之以需。需者，飲食之道也。飲食必有訟，故受之以訟。

〔註65〕〔清〕李光地撰《周易折衷》，李一忻點校，北京：九州出版社，2002年，第54頁。

以此對照《嬌娜》敘事之主杼，即孔生以「聖裔」之身，因訪「執友」於「天台」「落拓不得歸」之「屯」，得皇甫公子請為「蒙」師，奉以「飲食宴樂」、得「納婦吉」「子克家」「得膩友」，為「童蒙……扦禦」「雷霆之劫」，「血」戰於「穴」，死而復生……「得吉」。其事或主動或被動，但皆其所「需」，皆因單先生之「以大訟……宅遂曠」所提供環境而成，所謂「需……受之以訟」；皆因皇甫公子啟「蒙」請孔生「設帳」為機杼，則全部內容自「蒙者……物稚不可不養也，故受之以需」始，「需」兼「飲食男女」乃至仕宦、「子克家」尤其「得膩友」諸人生大事，而亦仿於《訟·序卦》所謂「飲食必有訟，故受之以訟」而為「飲食男女必有訟，故受之以訟」。直至孔生以死戰「雷霆」報答皇甫氏和「大團圓」結局的發展，其所倚用大略即《程傳》所謂「屯……受之以蒙……蒙所以次屯」〔註66〕「蒙受之以需，需……受之以訟」〔註67〕卦序之理。

二是錯綜揉和四卦之創造。即《嬌娜》敘事大略雖擬《屯》《蒙》《需》《訟》四卦故事但其中錯綜複雜、攝和變化亦多。如《需卦》為孔生故事之中心，但《需卦》僅言及「需於郊」「酒食」及「需於血，出自穴」等，而與孔生娶妻、得子等若相關聯之「納婦吉」「子克家」等則在《蒙卦》，而擬於《訟》之時空顯然包裹了擬於《蒙》《需》二卦的大部分內容。因此，《嬌娜》敘事之主杼，雖大略循《屯》《蒙》《需》《訟》卦序，但一定程度上也拆碎四卦各自之七寶樓臺，重裝新塑為一個統一的生氣灌注的故事了。

因此，雖嬌娜「紅丸」為篇中重要情節和意象而不見於四卦，但總體而言，《嬌娜》敘事模擬於四卦甚多甚深，不可不知，而還可於《聊齋》研究中舉一反三。唯是《周易》事本隱晦，意象零落，數理奧秘，恍惚變化，作者當年熟讀經書，此種模擬化用，或意到筆隨，信手拈來，但多已張冠李戴、脫胎換骨、點石成金，遂成今讀者匪夷所思之事，但實事求是，亦可略見其以《易》為之之迹。

八、《嬌娜》之貴「獨立」與「貴食母」

中國古代皇權重依附，而儒、道倡「獨立」。《周易》曰：「君子以獨立不懼，遁世無悶。」（《大過卦》）《老子》曰：「有物混成，先天地生。寂漠！獨

〔註66〕〔清〕李光地撰《周易折衷》，李一忻點校，北京：九州出版社，2002年，第44頁。

〔註67〕〔清〕李光地撰《周易折衷》，李一忻點校，北京：九州出版社，2002年，第49頁。

立不改,周行不殆,可以為天下母。吾不知其名,強字之曰道,強為之名曰大。」（第二十五章）又曰:「我獨異於人,而貴食母。」（第二十章）《禮記》曰:「儒……其特立獨行有如此者。」（《儒行》）《孟子》曰:「得志與民由之,不得志獨行其道。」（《滕文公下》）其各自的「獨」「獨立」也就都是「道」、是「一」（或近義者）,而《老子》所謂「母」「天下母」則是「道」之所出,從而「我獨……貴食母」乃集中表達對「道」與「道」之所出的推崇。《嬌娜》中主要人物之設就有意突出其「獨立」體「道」、貴「一」的性格。

（一）「孔雪笠」之「獨立」

按《嬌娜》開篇曰「孔生雪笠,聖裔也」,固為標榜該生出身高貴,從而綠葉紅花,為寫「膩友」嬌娜形象之如「天台」仙真烘雲托月。但不僅如此,若與上論作者設皇甫氏僦居之宅主人姓「單」之別有用心類比看,卻也未必不另有用心。《老子》曰:

> 孔德之容,唯道是從。道之為物,唯恍唯忽。忽恍中有象,恍忽中有物。真冥中有精,其精甚真,其中有信。自古及今,其名不去,以閱眾甫。吾何以知眾甫之然?以此。（第二十一章）

陳劍《老子譯注》譯文曰:

> 大德之狀,從道而行。道在物中的體現是恍惚不定,混然為一,卻又似有物象在其中。道幽深不可見,卻又真的存在,確實有憑證。從今至古,道之名不變,道之實長存,眾物之始由其出。我怎麼知道眾物之始的樣子?通過上面所說就知道。〔註68〕

其譯「孔德」同古今注家,以「孔」為大,「孔德」即「大德」,「大德」即順道而為;又其譯「道之為物,唯恍唯忽」為「道在物中的體現是恍惚不定,混然為一」,則「孔」為「大」為「一」為「獨立不懼」「獨立不改」「獨異於人」之象,而倏然來去之狐仙女嬌娜則如「道之為物,唯恍唯忽」,為「道」之象徵。

又從古人「名以正體,字以表德」〔註69〕看,《嬌娜》稱「孔生雪笠」,而「雪笠」脫化自柳宗元《江雪》「孤舟蓑笠翁,獨釣寒江雪」兩句。兩句為孤獨之釣於江雪者寫照,其曰「孤」、曰「獨」,都縮微於「雪笠」之稱為孔生傳

〔註68〕陳劍《老子譯注》,北京:中華書局,2016年,第81頁。
〔註69〕〔隋〕顏之推《顏氏家訓》,廣州:廣州出版社,2001年,第5頁。

神，而潛通於「獨立不懼，遁世無悶」「獨立不改，周行不殆」或「我獨異於人，而貴食母」之道。加以其又「聖裔也」云云，可說並得儒、道之高明。至於孔生又能知情重義、仗劍為皇甫氏捍「雷霆之劫」和救嬌娜於「鬼物」利爪之下，則為《周易》《老子》所謂「獨立」「得一」品格的進一步證明，且有劍俠之氣。

（二）「皇甫」擬自「眾甫」

上引陳劍《老子譯注》譯「眾甫」是從河上公云：「甫，始也。」王弼云：「眾甫，物之始也。」又從段玉裁謂「閱有穴之意」，引焦竑《老子翼》本章注云：「閱，自門出者，一一而數之。言道如門，萬物皆自此往也。」（第二十一章）又高亨《老子正詁》本章注云：「閱，猶出也。《淮南子・原道訓》：萬物之總，皆閱一孔；百事之根，皆出一門。」[註70] 而陳劍《老子譯注》注評又曰：

> 《淮南子》云「皆閱一孔」是自孔中出之意，焦竑解「閱」為「自門出」與之意相近……「以閱眾甫」，即眾甫自孔門中出之意。其意即如焦竑所云「言道如門，萬物皆自此往也」……《老子》往往稱出萬物者為始母……第一章云：「玄之又玄，眾妙之門。」第六章云：「玄牝之門，是為天地根。」……眾妙之門，謂微小由玄之又玄的始母生出。玄牝是始母的比喻，天地由始母所出，故而比喻為門。故而「以閱眾甫」也是始母出萬物之另一說法……「吾何以知眾甫之狀，以此」。眾甫之狀即是指萬物從道始中出，其容狀當循道始，以上說道始之恍惚窈冥之狀可知眾甫之容狀，照應本章開頭「孔德之容，惟道是從」，道之狀已明，德之狀自然就清楚了。[註71]

以此對照《嬌娜》寫皇甫氏居「單先生第」為居於「單」即「一」，後孔生罷職於延安「偶獵郊野」遇皇甫公子，造訪其居；又後來皇甫公子告孔生「余非人類，狐也。今有雷霆之劫。君肯以身赴難，一門可望生全」云云，徑稱「一門」即「皇甫一門」；又其後皇甫氏遭「雷霆之劫」，現皇甫一門所居為「高冢巋然，巨穴無底」，而包括「豔妻」松娘、「膩友」嬌娜在內，孔生所遇皆自「皇甫」之門出，則可見孔生與皇甫一門關係，正如《老子》本章「孔德」與「眾

〔註70〕陳劍《老子譯注》，北京：中華書局，2016年，第81頁。
〔註71〕陳劍《老子譯注》，北京：中華書局，2016年，第82頁。

甫」關係，而「皇甫」即「眾甫」。

這也可以從上引《老子翼》釋「眾甫」之「眾」為「萬物」，也正合於「皇甫」之「皇」可釋為「大」之義相近而得到一定證明。從而《嬌娜》寫「皇甫」一門有喻「眾妙之門」「玄牝之門」之義。其意若曰：正如《老子》謂「孔德」出於「眾甫」，這裡「皇甫」一門乃「孔生雪笠」孤獨求友之「眾妙之門」和「玄牝之門」，而「眾妙」畢集胸藏似如意珠之「紅丸」的「嬌娜」，則是此「玄牝之門」的集中代表，乃孔生敘事中「一以貫之」者，乃孔生為「一陽」之於「皇（眾）甫」為「一陰」中終極所得「一」。

又除上論外，筆者推測「皇甫」擬於「眾甫」的可能，還在於作為一個人與狐的友情故事，《聊齋》中狐方多姓「秦氏」（卷二《嬰寧》、卷六《蕙芳》、卷七《阿英》），其故鄉也多在陝西，而本篇寫皇甫公子自道「祖居陝」，並自離天臺後仍歸延安即屬陝西，但其姓氏偏與眾作「秦」為異稱「皇甫」，則此一故意有助於確認其有以「皇甫」擬於《老子》所稱「眾妙之門」「玄牝之門」的「眾甫」之用心。

總之，上論「皇甫」之取姓擬於《老子》「眾甫」應能成立，進而全篇之總構以「孔德之容」「以閱眾甫」八字可以概括。其全部描寫則近乎《老子》「我獨異於人，而貴食母」思想之演義。「貴食母」即「得一」，即歸心於道。本篇寫孔生之「膩友」嬌娜正是「道」即「一」的象徵，從而被命以體現本篇大旨的題名。若深長思之，則「孔生雪笠」與「皇甫嬌娜」的「膩友」之誼，是否又隱含作者心目中儒、道互補之意識？亦不無可能吧！

九、《嬌娜》之作者自況與理想

「孔雪笠」形象包括上論其「獨立」「得一」的性格特徵在內，有作者身心自況或理想的因素，體現於以下幾點。

（一）「異史氏曰」中作者心理之代入

《聊齋》篇末之「異史氏曰」多卒章顯志，又多以我之心褒貶人物者，如《嬰寧》：

> 異史氏曰：「觀其孜孜憨笑，似全無心肝者。而牆下惡作劇，其黠孰甚焉。至淒戀鬼母，反笑為哭，我嬰寧何常憨耶。竊聞山中有草，名『笑矣乎』，嗅之，則笑不可止。房中植此一種，則合歡、忘憂，並無顏色矣。若解語花，正嫌其作態耳。」

雖然由此對嬰寧性格之褒貶可以見作者之心，但作者之心卻非其所寫人物之心，而《嬌娜》不然。其篇末：

> 異史氏曰：「余於孔生，不羨其得豔妻，而羨其得膩友也。觀其容，可以療饑；聽其聲，可以解頤。得此良友，時一談宴，則『色授魂與』，尤勝於『顛倒衣裳』矣。」

雖然這裡直接是對孔生所「得」的褒貶，但孔生既已「豔妻」「膩友」兩全其美，其在二者之間的褒貶則已與孔生無關，而是作者代入為孔生角色的自宣，即由「異史氏曰」對孔生「得膩友」極羨，表達其對人生得「膩友」如嬌娜的價值追求。這一追求因孔生而發，卻非孔生之想，而大概率是作者蒲松齡渴求「紅顏知己」的委婉表達。

（二）孔生形象的作者身份特徵

一是孔生去外地「天臺」投友「設帳」而「得膩友」，蒲松齡也曾至江蘇寶應（今縣，屬江蘇揚州）孫蕙署中做幕，後對孫之小妾顧青霞有過袁世碩先生《蒲松齡與孫蕙》一文中所說「愛悅之情」，袁文結末引《嬌娜》「異史氏曰」認為：「這恐怕也可以用於蒲松齡與其『吟詩友』顧青霞的關係。」[註72]。《嬌娜》與「他在外邊結識了友人之小妾顧青霞……浸透著他個人的生活體驗」[註73]，正是揭示了《嬌娜》中孔生形象的作者自況因素。當然，相應嬌娜形象也有了顧青霞的影子。

二是孔生妻擬名「松娘」，頗可使讀者往其為與蒲氏松齡之妻有蛛絲馬蹟的方向上去想，而讀者確亦不妨作此想。

三是孔生與嬌娜的「膩友」關係，關鍵時刻至有嬌娜「乃撮其（孔生）頤，以舌度紅丸入，又接吻而呵之」和「時一談宴，則『色授魂與』」云云，不是夫妻而勝似夫妻，固然不必為蒲松齡有所謂「婚外情」[註74]的旁證，但是以其寫孔生與「松娘」和「嬌娜」關係看，則如張愛玲《紅玫瑰與白玫瑰》開篇所說：「振保的生命裏有兩個女人，他說一個是他的白玫瑰，一個是他的紅玫

〔註72〕袁世碩《蒲松齡與孫蕙》，載《袁世碩文集》，北京：人民文學出版社，2021年，第1冊第73頁。

〔註73〕袁世碩《憧憬「靈」與「肉」的統一——〈嬌娜〉背後的意思》，載《袁世碩文集》，北京：人民文學出版社，2021年，第2冊第156頁。

〔註74〕馬俊慧、馬琳文麗《陳淑卿與顧青霞：關於蒲松齡的寶應之戀》，《蒲松齡研究》2014年第2期、第3期。

瑰。」〔註75〕（P125）蒲老雖賢者，或亦不免有此想也。

總之，《嬌娜》寫孔生形象頗有蒲松齡自況因素，由此也證明蒲老此篇寄託甚深，乃傾心傾情之作。

十、《嬌娜》之新知與「數理批評」原則

綜上所論，本文「簡說」述舊欲以為「考論」之理論基礎，而「考論」欲以通過《嬌娜》解讀成「數理批評」理論之「新證」。雖「物之難也」，又學力所限，筆者望道未至，但千慮一得，仍自信本文在「考論」與「新證」的兩面都有所收穫。

（一）《嬌娜》之新知

其一，作為一篇含而不露似靜水流深的「倚數」編撰的傑作，《嬌娜》大量倚用《周易》《老子》等「數」為布局謀篇、人物設置、塑造形象、構織情節的「暗扣」，是一篇因典型的「倚數」編撰之作。其文本倚循多種「數」的結構，使其內涵有似於某種「數字化存在」特點，實質是中國古代數理哲學與小說藝術的融和，是一篇內蘊豐富而深刻之「象數」或「形（型）數」合一的傑作。

其二，《嬌娜》文本內涵「數字化存在」的特點使之成為「數理批評」的最佳對象之一。而本文應用「數理批評」的考論是對《嬌娜》「逆數」式的探索與解析，不僅使其總體構思所倚用《周易》《老子》數理之底裏，結構、人物、情節、細節等各所遵循之數理邏輯均卓然可見，而且深入意義的探討，即其所寫孔生求友出生入死又悲歡離合的過程，是作者作為一位農村教書人不甘沉淪與寂寞中的「白日夢」，其所寫孔生對「飲食男女」尤其是對「膩友」即「紅顏知己」的渴望與追求，體現了作者內心自然人性掙脫束縛的解放精神！

其三，《嬌娜》似「數字化」存在的特點，集中體現為《周易》所謂「錯綜其數，參伍以變」云云，亦即上引亞里士多德所說「美的主要形式『秩序、勻稱與明確』」等，是以往「形象批評」為中心的文學研究中被普遍忽略的。

其四，《嬌娜》之「倚數」編撰，雖然很可能只是作者博通經史、貫穿百家知識結構下胸有成竹的信手拈來、隨筆點染，乃厚積薄發，但或脫胎換骨，

〔註75〕張愛玲《紅玫瑰與白玫瑰》，載金宏達、於青編《張愛玲文集》（第二卷），合肥：安徽文藝出版社，1992年，第125頁。

或張冠李戴，或點石成金，尤其融以哲理，陶鑄變化，絕非普通「說話的」所能為。《聊齋》是小說之經典，更是以學問為小說之經典。

（二）「數理批評」的四個特點

「《嬌娜》考論」在新證「數理批評」之必要性、可行性的同時，筆者也深化了對「數理批評」理論的認識，可梳理為四個方面的特點。

其一，適用性。古今中外文學作品實際情況千差萬別，但有其一致之處，即除了都可作字數多寡、篇幅長短和體式大小等數理的考量並分門別類之外，也必有人物、環境、氣候、風俗等形象或意象有「象數」或「形（型）數」方面的顯現可以鑒賞。因此，儘管不是每一篇（部）作品都適合深入的數理與形象的批評，但凡有「象」有「形（型）」之作則無不可以作「數理批評」的探討。如《嬌娜》這類「倚數」編撰之典型固不多見，但也絕非特例，筆者近檢今學者「數理批評」之作，可知西方從古希臘神話、《聖經》到米蘭·昆德拉《不能承受的生命之輕》等所有作品、加西亞·馬爾克斯《百年孤獨》、J.K.羅琳《哈利·波特》等小說，中國從《周易》《老子》《論語》《詩經》《楚辭》到《史記》、唐詩宋詞、「四大奇書」、《紅樓夢》等，都是「數理批評」的極佳對象。「數理批評」天地廣闊，大有可為。

其二，務實性。這主要是指「數理批評」的操作必須做以下方面的考察：一是作者在各種情況並主要是在文本中有無表達「數」的信念。《聊齋誌異·司文郎》中有曰：「萬事固有數在」，《三國演義》卷終《古風》末有曰「紛紛世事無窮盡，天數茫茫不可逃」，捷克和斯洛伐克小說家米蘭·昆德拉《小說的藝術》一書中說「我的小說是建立在數字七基礎上的同樣結構的不同變異」，有一種「數學秩序」或曰「數學結構」，但他並不知道，「多虧看了一位捷克文學評論家的文章《論〈玩笑〉的幾何結構》我才發現」〔註76〕。諸如此類曾聲明對「數」有信仰作家的作品一定有「數理批評」的必要與可能；二是作品中除於標題、回目或其他關鍵處字面即有明示者，如「兩個黃鸝鳴翠柳，一行白鷺上青天」「三顧茅廬」之類「倚數」編撰的成分之外的「暗扣」；三是基於常識或經、史、子、集學問中「數」的替代、比喻或象徵。筆者多年閱讀古典小說漸悟一個道理，即古典小說包括其通俗一類，皆由博通經史、泛覽百家之讀

〔註76〕〔捷克〕米蘭·昆德拉《小說的藝術》，上海：上海譯文出版社，2004年，第107～108頁。

書人寫成或寫定，必如作詩文之用典，也把經史百家的學問揉和摻入到其中去，所以古典小說研究，尤其文言小說如《聊齋誌異》者，必當「『雅』觀『通俗』」，即以「『治經』式考據的態度與做法」〔註77〕鉤玄提要，深入解剖，如本文所上溯於《周易》《老子》者，亦不過「雅」觀「通俗」而已。

其三，求真性。「數理批評」的「求真」根本是對上引孔子所謂「物之難……數之理」的探析，具體是對文本「倚數」編撰現象所蘊思想內涵即上述新義、真義和深義的發現。例如以上《嬌娜》考論重在揭示諸多「倚數」編撰現象的存在，其實還應該因「數」求「理」，就這些現象本身及其在作品中意義即「數之理」進行闡釋。這主要包括兩個層面：一是有關全篇主題的表達。如上論由「三變節律」和「三極建構」所標誌《嬌娜》以「嬌娜」為題，卻由孔生「一以貫之」，非寫愛情，乃寫友誼，孔生得嬌娜為「膩友」為《老子》「得一」之象，「膩友」是《嬌娜》文學的主題，「得一」是《嬌娜》哲學的主題；二是結構、人物、情節與細節本身的意義。例如從孔生、松娘與嬌娜的「三極建構」可想「紅顏知己」之心，本篇有之，蒲松齡有之，而世人有此想者當亦多矣。

其四，審美性。《春秋繁露》載：「孔子曰：『書之重，辭之復。嗚呼！不可不察也，其中必有美者焉。』」〔註78〕重、復皆度數。可見孔子已經認識到重複即含數理之美。因此，「數理批評」雖首在揭示文學文本中各種「數」的表現、作用與意義即「審美」。但這裡與「求真」並說的審美主要是指對「倚數」編撰形成藝術特點與風格的探討，例如以上《嬌娜》考論所揭示其「倚數」編撰，至少造就有錯綜、重複、比例、節奏、對稱、象徵、圓滿等各種美的形式，共同構成一外在獨立而內在和諧之生氣貫注的藝術生命體。「數理批評」的審美就是揭示文本數理美的特徵，大致包括總體構思與結構的考量，人物形象組合之比例，敘事之節奏，以及各種「倚數」編撰及其相互錯綜複雜而又恰到好處地互動之效果等。

總之，本文《嬌娜》考論進一步證明「數理批評」有源有本、可論可行。其以務實求真，因「象」見「數」，因「數」見「理」，堪稱近百年文學理論研究少有之「中國製造」。當然「數理批評」絕不排斥貶低「形象批評」的傳統，即以《嬌娜》研究論，上引袁世碩先生《憧憬「靈」與「肉」的統一——〈嬌

〔註77〕杜貴晨《試論中國古代小說「雅」觀「通俗」的讀法——以〈水滸傳〉「黑旋風沂嶺殺四虎」細節為例》，《東嶽論叢》2012年第3期。
〔註78〕蘇輿撰《春秋繁露義證》，鍾哲點校，北京：中華書局，1992年，第442頁。

娜〉背後的意思》一文就是《嬌娜》「形象批評」的力作，而本文考論之「數理批評」則意在與如車之兩輪、鳥之雙翼，相輔相成，相得益彰，或曰殊途同歸焉。

原由《河北學刊》2022 年第 4、5 期連載

《歧路燈》數理批評

　　《歧路燈》的敘事藝術是指其故事建構、框架布置、情節設計與節奏等。在這些方面，《歧路燈》敘事或青出於藍，或自出機杼，多有特色。尤其適合「數理批評」〔註1〕。

一、人家之「根柢」為敘事原點

　　「根柢」一詞在《歧路燈》八回書中出現有九次。除一二次用於講學問的「根柢」，其他都是指一個人家的「根柢」。如第一回開篇：

> 話說人生在世，不過是成立覆敗兩端，而成立覆敗之由，全在少年時候分路。大抵成立之人，姿稟必敦厚，氣質必安詳，自幼家教嚴謹，往來的親戚，結伴的學徒，都是些正經人家，恂謹子弟。譬如樹之根柢，本來深厚，再加些滋灌培植，後來自會發榮暢茂。若是覆敗之人，聰明早是浮薄的，氣質先是輕飄的，聽得父兄之訓，便似以水澆石，一毫兒也不入；遇見正經老成前輩，便似坐了針氈，一刻也忍受不來；遇著一班狐黨，好與往來，將來必弄的一敗塗地，毫無救醫。

又說：

> 我今為甚講此一段話？只因有一家極有根柢人家，祖、父都是老成典型，生出了一個極聰明的子弟。他家家教真是嚴密齊備，偏是這位公郎，只少了遵守兩個字，後來結交一干匪類，東扯西撈，果然弄

〔註1〕杜貴晨《「文學數理批評」論綱——以「中國古代文學數理批評」為中心的思考》，《山東師範大學學報（人文社會科學版）》2004年第1期。

的家敗人亡，上天無路，入地無門。多虧他是個正經有來頭的門戶，
還有本族人提拔他；也虧他良心未盡，自己還得些恥字悔字的力量，
改志換骨，結果也還得到了好處。要之，也把貧苦熬煎受夠了。

第四十三回寫道：

　　這孔耘軒見女婿立志讀書，暗地歎道：「果然譚親家正經有根柢
　　人家，雖然子弟一時失足，不過是少年之性未定。今日棄邪歸正，
　　這文字便如手提的上來。將來親家書聲可續，門閭可新。」

第八十二回：

　　王象藎道：「論咱家的日子，是過的跌倒了，原難翻身。但小的
　　時常獨自想來，咱家是有根柢人家，靈寶爺是個清正廉明官，如今
　　靈寶百姓，還年年在祠堂裏唱戲燒香。難說靈寶爺把一縣人待的輩
　　輩念佛，自己的子孫後代，就該到苦死的地位麼？靈寶爺以後累代
　　的爺們，俱是以孝傳家的，到如今這街上老年人，還說譚家是一輩
　　傳一輩的孝道。我大爺在世，走一步審一步腳印兒，一絲兒邪事沒
　　有，至死像一個守學規的學生。別人不知道，奶奶是知道的，小人
　　是知道的。大相公聽著，如今日子，原是自己跌倒，不算遲也算遲
　　了；若立一個不磨的志氣，那個坑坎跌倒由那個坑坎爬起，算遲了
　　也算不遲。」

　　這裡的「根柢」指的是一個人「姿稟」「氣質」的來源，包括「靈寶爺以
後累代的爺們，俱是以孝傳家的」家風，「自幼家教……往來的親戚，結伴的
學徒」等等影響一個人成長的方方面面。這些方面影響綜合造就一個人的「姿
稟」「氣質」，也就是性格。性格決定命運，也就是「根柢」決定一生。從而「根
柢」成為《歧路燈》敘事寫人的立足點或根本，由此決定並始終支配全部故事
產生、發展至結局。因此，這裡把「根柢」視為《歧路燈》敘事的原點。

　　作為《歧路燈》敘事的原點，書中導致譚紹聞本人由好變壞，又由壞變好，
其家庭由興而衰，又由衰而興的一切人物、故事、情節等，都可以追溯到這個
「根柢」。概括說譚紹聞所以變壞和家庭衰落，無非是因為其父譚孝移早逝，
「根柢」遭損，母親王氏所謂「牝雞司晨」，又搭上了盛希僑、夏逢若等「根
柢」有缺或完全不正的人帶壞了；而其所以能夠「敗子回頭」，則是因為與家
庭「根柢」有關方方面面的援手，例如譚紹衣是家族的力量，婁潛齋、程嵩淑
等是譚孝移的舊交，孔耘軒既是譚孝移的好友又是親家，乃至譚紹聞賭博贏金

钂牽連臨潼大案，孔耘軒、張類村、程嵩淑、婁樸、蘇霖臣、惠養民等「連名公呈」，懇請縣尊「免譚福兒發解質對」的理由「無非說譚紹聞祖父為官，青年勤學，毫不為非，無辜被誣，懇免發解的話頭」（第五十四回）；智周萬能夠接受聘為譚紹聞的塾師，「一來為先世年誼，二來為甘棠遠蔭，三者為弟束髮受書，以及今日瞻依於丹徒公俎豆之地者四十年。」（第五十五回）；而王中「譚孝移真養下一個好忠僕也！」等等，可說都從「根柢」上來。

因此，「根柢」是《歧路燈》敘事的原點和原動力。就其作為一種理念形態和貫穿始終、支配一切說，它有些像黑格爾所說的「情致」〔註2〕，但是更像《三國演義》寫「義」，《水滸傳》寫「忠」，《西遊記》寫「心」，《金瓶梅》寫「色」，《紅樓夢》寫「情」，《儒林外史》寫「禮」等等，是作者寫一部大書盡全力表現的核心思想。有所不同的是，諸書的表現都程度不同地借助於「神道設教」，如《三國演義》中各種「天意」的暗示，《水滸傳》中的九天玄女，《西遊記》中的觀音菩薩，《金瓶梅》中的胡僧與吳神仙，《儒林外史》中《楔子》所寫「只見天上紛紛有百十個小星……降下這一夥星君去維持文運」，《紅樓夢》中的警幻仙姑等，表明諸書故事只是主體進行於人間，發生的根源與終極決定者卻是「天意」「天命」或天上的神佛菩薩，甚至某些情況下就直接由神佛出面掌控解決。本作者曾把中國古代小說敘事建基之原動力來自上天神佛的寫法稱之為「天人合一」模式〔註3〕，把這種模式下故事的總體稱之為一種「新神話」〔註4〕。儘管至《紅樓夢》的時代，這種「新神話」還未被讀者明確厭棄，但是客觀看至清乾隆時代無疑早就是一種老掉牙的俗套了。因此，自明初以下幾百年來小說的作者與讀者如果不是嗜痂成癖，便應該知道非徹底打破這種俗套，則中國長篇小說敘事布局的新形式便無以破繭而出，小說藝術便不能有新的突破性的進步。李綠園《歧路燈》就在這樣的歷史關頭第一個化蛹成蝶，破繭而出。

《歧路燈》中雖有譚孝移鬼魂救兒、婁樸會試「冤鬼拾卷」、王中義僕「掘地得金」等等有關鬼神或「陰騭」的描寫，根本也可以追溯到「天意」「天命」

〔註2〕〔德〕黑格爾《美學》，朱光潛譯，第一卷，北京：商務印書館，1981年，第295～300頁。
〔註3〕杜貴晨《「天人合一」與古代小說結構的若干模式》，《齊魯學刊》1999年第1期。
〔註4〕杜貴晨《〈紅樓夢〉的「新神話」觀照》，《廣東技術師範學院學報》2011年第2期。

的源頭，而表明其或不完全沒有「神道設教」之想，和未能完全斷捨離「天人合一」乃至「新神話」的俗套，甚至書中也偶有把張類村通婢生子說成「積善有素，天命不叫他中絕，春風一度，恰中吉期」（第六十七回），但其總體的敘事建基，畢竟拒絕了神佛鬼怪、花妖狐魅對人事的支配和影響，主體跳出了「新神話」的框架，創造出一部基於人家「根柢」的寫現實生活「教子」主題小說。

「根柢」之於《歧路燈》敘事的重要性，從第一回標目「念先澤千里伸孝思，慮後裔一掌寓慈情」以「念先澤」起句就可以知道了；又從全書主人公譚紹聞的父名「譚孝移」，就可以確認和相信了。「譚孝移」即「談孝移」，一般只從「孝移」乃「移孝作忠」去想它，其實第一回的題目從「念先澤」到「慮後裔」，中間「千里伸孝思」對仗「一掌寓慈情」，也是「孝移」，可謂之移「孝」作「慈」。由此可見「孝」既是譚家「根柢」的重要內容，也是維持一家之「根柢」綿延發達的根本原因。《歧路燈》由此入手，可說把一部大書建基在了中華傳統家族文化的核心之上了。以長篇小說寫傳統家族文化到如此系統真實而又頗具理想化的地步，《歧路燈》之前未之有也。

「根柢」之於《歧路燈》敘事的重要性，還體現在寫譚紹聞如《西遊記》中西天取經的孫悟空，每到危急時都由觀音菩薩出面救了，那就是祥符歷任知縣，譚紹聞多次涉案，或因行賄或由諸鄉紳告免外，就是看在他是「一個極有根柢人家」法外施恩。如第四十七回寫「程縣尊法堂訓誨」有云：

> 本縣若執「物腐蟲生」之理究治起來，不說你這嫩皮肉受不得這桁楊摧殘，追比賭贓不怕你少了分文。只你終身體面，再也不得齒於人數。本縣素聞你是簡舊家，祖上曾做過官，你父也舉過孝廉，若打了板子，是本縣連你的祖、父都打了。本縣何忍？並不是為你考試，像你這樣人，還作養你做什麼？嗣後若痛改前非，立志奮讀，圖個上進，方可遮蓋這場羞辱。若再毫末干犯，本縣不知則已，若是或被匪案牽扯，或是密的訪聞，本縣治你便與平民無異，還要加倍重懲，以為本縣瞽目之戒。

總之，譚紹聞後來能受到諸「正人」各種提攜幫助，大都由於其家五世的「根柢」，顯示出家族力量對全書主人公譚紹聞故事的發展起到了持續重大的作用。以此與《水滸傳》《紅樓夢》甚至《儒林外史》等書「神道設教」用心的開篇相對照，便很容易見出《歧路燈》以人家「根柢」為敘事建基的特點及其敘事觀念與藝術上的進步。

　　《歧路燈》是我國小說史上第一部真正用現實生活的邏輯構造和書寫人生的小說。這就十分接近於按照生活的本來面目描寫生活的現實主義文學原則，是中國古代小說敘事藝術上的一大歷史進步。

二、以一人為「中心」

　　《歧路燈》創造了我國長篇小說以一個人物為中心布局的範例。我國小說起源於民間講故事，通俗小說（包括白話的長篇小說和短篇小說）則直接脫胎於說話藝術。說話，也就是講故事。所以「故事」自始是我國古代小說藝術的中心，「志怪」「傳奇」「話本」「演義」等小說體裁名義就體現了這一特點和傳統。

　　這一傳統使中國小說重敘事，事大、事多、事久，則容易人多，人多則擁擠或分散，導致無中心人物或中心人物不夠突出鮮明，乃至清乾隆初發展出《儒林外史》那種「惟全書無主幹，僅驅使各種人物，行列而來，事與其來俱起，亦與其去俱訖，雖云長篇，頗同短製」〔註5〕的長篇形式，並且直到這時都還沒有產出一部完全獨創的以一個中心人物布局的長篇小說來。《歧路燈》在明中葉後產生的依傍《水滸傳》而自出機杼的《金瓶梅》之後，最早徹底地打破了向來無以一個人物為中心結撰故事的傳統，郭紹虞說：

> 　　至《紅樓夢》與《歧路燈》則異此矣！書中都有一個中心人物，
> 由此中心人物點綴鋪排，大開大合，以組成有系統有線索的巨著，
> 這實是一個進步。〔註6〕

　　郭先生雖然以兩書並提，但是《歧路燈》比《紅樓夢》開筆早，又《紅樓夢》畢竟是否由一人完成還有很大爭議，所以至今可以確信的，就只有《歧路燈》才是一位作家獨立創作的「有一個中心人物，由此中心人物點綴鋪排，大開大合，以組成有系統有線索的巨著」。

　　《歧路燈》以「根柢」為原點，自覺以譚紹聞一個人物為中心布局全書，開卷第一回起首便說：「話說人生在世，不過是成立覆敗兩端。而成立覆敗之由，全在少年時候分路。」明確提出人生之「路」的問題，為全書破題。一番議論後接著寫道：

〔註5〕魯迅《中國小說史略》，北京：人民文學出版社，1973年，第190頁。

〔註6〕郭紹虞《介紹〈歧路燈〉》，《〈歧路燈〉論叢》（一），鄭州：中州書畫社，1982年。

　　我今為甚講此一段話？只因有一家極有根柢人家，祖、父都是
老成典型，生出了一個極聰明的子弟。他家家教真是嚴密齊備，偏
是這位令郎，只少了遵守兩個字，後來結交一干匪類，東扯西撈，
果然弄的家破人亡，上天無路，入地無門。多虧他是個正經有來頭
的門戶，還有本族人提拔他，也虧他良心未盡，自己還得些恥字悔
字的力量，改志換骨，結果還到了好處。要之，也把貧苦熬煎受夠
了。

　　這一段文字概括交待全書故事大略，點明「這位令郎」人生「成立覆敗」
之路是貫串全書的中心線索。這個開頭本身並不精彩，明顯帶了「破題」「起
講」的八股氣，但客觀上開門見山宣布了我國小說史上以一個人物為中心結構
全書的長篇形式的誕生。

　　《歧路燈》一〇八回，除第四十一回「韓節婦全操殉母」和第九十四回
「季刺史午夜籌荒政」兩段故事較為游離之外，全書情節都緊密圍繞譚紹聞
展開。第一回《念先澤千里伸孝思，慮後裔一掌寓慈情》雖內容平庸，筆法
無奇，但是這一回除介紹了譚宅是「一家極有根柢人家」之外，全書幾乎所
有關鍵人物都出場了，圍繞譚紹聞的教育，譚孝移夫妻間的矛盾也初見端倪。
由譚孝移的「慮後裔」引出下文的延師教子，為譚紹聞植下幼學根柢，王氏
的糊塗姑息則為後來譚紹聞的失教墮落埋下伏線；王中和敘述中介紹到的譚
孝移的幾位好友是後來譚紹聞墮落時日常規勸挽救他的人，譚紹衣則是最後
使譚紹聞走定「正路」和重整家業的關鍵。因此「這第一回文字在結構上，
卻是極有意義的；它不但很自然的引出全書，並且為後面一個大轉機的伏線」
〔註7〕。

　　第八回「侯教讀偷惰縱學徒」寫譚紹聞在父、師先後入京離去之後，初為
侯冠玉所誤，是全書一小轉折；第十二回寫譚孝移去世，紹聞失教，漸入歧路，
為全書一大轉折。這前十二回書雖然較少正面寫譚紹聞，但實際上或遠或近，
處處關注這個中心。例如第七、九、十回寫譚孝移在京候選，三次動思歸教子
之念，一次比一次急切。自第十三回起，譚紹聞喪父以後才來到前臺，同時也
一步步遠「正人」而近「匪類」。此後數十回寫譚紹聞一次次墮落，家業損之
又損；又一點良心時現，在「正人」的教誨規諫下一次次追悔自責。至第八十
三回「程父執侃言論後生」，寫譚紹聞奉請父執教督，重新親近「正人」，設定

〔註7〕朱自清《歧路燈》，《〈歧路燈〉論叢》（一），鄭州：中州書畫社，1982年。

「割產還債」的方略，是譚紹聞敗子回頭重整家業一小轉機；第八十八回「譚紹衣升任開歸道」，留意關照譚紹聞，是譚紹聞敗子回頭復興家業一大轉機。

第八十八回以後，譚紹聞才真正否極泰來，家道復興，漸入佳境。最後「大團圓」的結局雖嫌俗套，但從《歧路燈》的題意和書中寫譚紹聞一直「良心未盡」時時發現的安排看，結局則又非如此不可，是布局上完成譚紹聞形象塑造的必然選擇。

總之，《歧路燈》雖然也如前代章回小說一樣寫了眾多事體人物，但與《水滸傳》的「貪他三十六個人，便有……三十六樣性格」〔註8〕不同，與《儒林外史》的「全書無主幹，僅驅使人物，行列而來」〔註9〕更為不同，也與《紅樓夢》寫賈寶玉「又念及當日所有之女子」（第一回）的仍不夠專心有所不同，它自覺堅定始終如一地圍繞譚紹聞一人性格命運結撰展開，是真正譚紹聞一人的性格史、命運史。這種布局結構形式，是我國當時長篇小說藝術的一個新發展。在世界文學範圍內，比李綠園稍晚的德國美學家黑格爾（1770～1831）總結西方文學的經驗得出結論說：「性格就是理想藝術表現的真正中心。」〔註10〕法國文學理論家丹納認為：「可以說『一切藝術都決定於中心人物』，因為一切藝術只不過竭力要表現他或討好他。」〔註11〕作為一位小說家，李綠園在《歧路燈》中的實踐所遵循的，也正近似於這樣的美學原則。

三、雙線結構

這裡說《歧路燈》的雙線結構是指作為族兄弟的譚紹聞、譚紹衣這兩個人物命運平行發展與交集的設計。譚紹聞是主線，紹衣是副線。其所以堪稱主副雙線，既是因為譚紹聞字念修，譚紹衣字德庵，兩人的名字同出《尚書·康誥》「紹聞，衣德言」和「念祖修德」，並源自《詩經·大雅·文王》「無念爾祖，聿修厥德」的聖教。由此可見有關這兩個人物的故事情節有一體兩面平行共生的雙線關係，是《歧路燈》下筆伊始，給這兩個人物命名時就設計好的，當然

〔註8〕〔清〕金聖歎《讀第五才子書法》，陳曦鍾、侯忠義、魯玉川輯校《水滸傳會評本》，北京：北京大學出版社，1981年。
〔註9〕魯迅《中國小說史略》，人民文學出版社，1973年，第190頁。
〔註10〕〔德〕黑格爾《美學》第一卷，朱光潛譯，北京：人民文學出版社，1979年，第300頁。
〔註11〕〔法國〕丹納《藝術哲學》，北京：人民文學出版社，1981年，第65頁。

也因為他們在後半部的交集，二人共舞，形成《歧路燈》結構線索上的雙線特點。

中國古代長篇小說多為不同形式的雙線結構，溯源可至《水滸傳》中宋江等百零八人尤其是宋江與九天玄女、《西遊記》中孫悟空等取經五眾與觀音菩薩、《紅樓夢》中賈寶玉和「一干風流冤孽」與警幻仙姑，或賈寶玉與甄寶玉的平行對照。《歧路燈》「紹聞衣德」的雙線結構之與眾不同，只在於二者都是人間同一「根柢」的人物，不是什麼「天人合一」、鬼使神差，而是同根一氣，一主一輔，共存共榮。

主要由《尚書》「紹聞衣德」等語化出的譚紹聞、譚紹衣兩個人物在《歧路燈》敘事中的地位，紹聞為主，紹衣為副，是不必說了，而且譚紹衣雖在第一回出現之後，自第二至第八十三回都未再提及，但也不過是如《醒世姻緣傳》中晁梁、《紅樓夢》中甄寶玉召之即來之後，又被揮之即去地暫時隱蔽了。事實上讀者至第八十四回再見敘及譚紹衣為官荊州知府的文字，就都能知道《歧路燈》敘事中譚紹衣不僅一直與譚紹聞在一暗一明中並行，而二者的修為已判若雲泥。這兩條線索的存在，雖然根本的作用是以譚紹衣的人品地位給譚紹聞一個後來改邪歸正、讀書做官、家業復興的助力與契機，但同時也有象徵譚家遠房「根柢」和人生「正路」與「歧路」之對比的意義。

《歧路燈》的雙線結構還深一層體現為譚紹聞婚姻的設置，在第四回寫幾乎同時譚孝移看好了孔耘軒的女兒孔慧娘和因王春宇提及而王氏更傾向於擇巫翠姐為媳的情況下，孔慧娘先娶早亡和巫翠姐後娶填房的接續，以及冰梅一定程度上是孔慧娘的影子等，表明作者在寫譚紹聞的婚姻或說塑造孔慧娘、冰梅與巫翠姐這三個人物的時候，實際安排了以孔慧娘與冰梅的由明而暗線為主，以巫翠姐的由暗而明為副的雙線結構。

小說敘事的雙線結構藝術在世界文學中也是一個常見的現象，並曾經被討論過。例如1878年俄國謝・亞・拉飲斯基教授針對《安娜・卡列尼娜》的結構致信作者，提到小說兩個主題之間缺乏聯繫時，托爾斯泰回答道：

> 相反地，我以建築自豪——拱頂鑲合得那樣好，簡直看不出嵌接的地方在哪裏。我在這方面費力也最多。結構上的聯繫既不在情節，也不在人物間的關係（交往），而在內部的聯繫。

段寶林編《西方古典作家談文藝創作》中選上引一段並加按語說：

> 托爾斯泰在小說中將列文——吉提的線索同安娜——渥倫斯

基的線索平行發展，實際是將莊園生活的幸福同城市生活的虛偽對比描寫，這種結構上的對照手法還擴大到人物分類和場景配置上去。〔註12〕

李綠園《歧路燈》成書於 1777 年，托爾斯泰《安娜·卡列尼娜》成書於 1877 年，正好是早了一百年。又是兩種文化，二者的雙線結構當然會有很大不同，但是二者同為雙線結構和同樣是「拱頂鑲合得那樣好」，則沒有什麼大的不同。可見東方西方，懸隔百年，對藝術美的發現與創造，也可以有某種程度的不謀而合。

四、「三復」「六復」「七復」情節

本作者曾提出「文學數理批評」理論，包括敘事藝術的「三復」「七復」情節等〔註13〕，其實《三國演義》「六出祁山」也是一種複沓的模式，可簡稱為「六復情節」。《歧路燈》中往往見之。

《歧路燈》中「三復情節」最多。「三復情節」是指情節以「三」為度重複的展開，《三國演義》中「三顧茅廬」「三氣周瑜」、《水滸傳》中「三打祝家莊」「三敗高太尉」、《西遊記》中「三打白骨精」之類情節模式即是〔註14〕。大約這種模式至清中葉小說運用已成俗濫，所以《歧路燈》中並無明顯於回目的這類運用，但又繞不過中國人「事不過三」的習俗，和基於此習俗形成的審美習慣，所以《歧路燈》敘事仍然大量暗用了「三復情節」，較顯而易見者如：

寫譚孝移居京候選，觸動辭官回家教子之念三次：第一次是第七回寫譚孝移在戚公家遇年輕翰林無禮，「心中卻動了一個念頭：人家一個少年翰林，自己任意兒，還以不謙惹刺；我一個老生兒子，還不知幾時方進個學，若是任他意兒，將來伊于胡底？口中不言，已動了思歸教子之念。」第二次也是第七回寫譚孝移拜訪柏公，見柏公教重孫識字，「這譚孝移因柏公教曾孫，這教子之念，如何能已，歸志又定下了一多半了。」第三次是第十回開篇「話說譚孝移午睡，做下兒子樹上跌死一夢，心中添出一點微恙。急想回家，怕兒子耽擱讀

〔註12〕段寶林編《西方古典作家談文藝創作》，瀋陽：春風文藝出版社，1980 年，第548 頁。

〔註13〕杜貴晨《中國古代文學中的重數傳統與數理美——兼及中國古代文學的數理批評》，《中國社會科學》2002 年第 4 期。

〔註14〕杜貴晨《古代數字「三」的觀念與小說的「三復情節」》，《文學遺產》1997 年第 1 期。

書」，就最後下了辭官教子的決心。

寫會試三次，是三人各一次：第一次婁潛齋（第十回），第二次婁樸（第一○二回），第三次譚簣初（第一○八回）。

寫譚紹聞放火箭三次：第一次寫年前「端福抱了三四十根火箭」（第八回）去放。第二次寫第二年「這元旦、燈節前後，紹聞專一買花炮，性情更好放火箭，崩了手掌，燒壞衣裳。一日火箭勢到草房上，燒壞了兩間草房」（第十三回）。第三次寫譚紹聞與浙士共謀火箭破敵（第一○二回）並因此立功。

寫譚紹聞與姜氏私會三次：第一次姜氏與譚紹聞以汗巾通情（第四十八回）；第二次譚紹聞至夏逢若家弔喪，姜氏主動幫助待客（第七十回）；第三次譚紹聞在夏逢若家廚房與姜氏重敍舊情（第七十三回）。

寫譚紹聞因各種原因離家三次：第一次是第四十四回「鼎興店書生遭困苦，度厄寺高僧指迷途」，是為躲賭債出走；第二次是第七十一回《濟寧州財心親師範，補過處正言訓門徒》，寫譚紹聞「一來抽豐，二來避債」拜師濟寧州衙門；第三次是第一○一回《盛希瑗觸忿邯鄲縣，婁厚存探古趙州橋》，寫譚紹聞赴國子監肄業、隨譚紹衣平倭，直至任黃岩縣知縣，致仕歸。

寫譚紹聞因「平旦之氣上來」時有悔悟，主要的共有三次：第一次是第二十五至第二十六回寫譚紹聞「對僕人誓志永改過」，「五更鼓一點平旦之氣上來，口中不言，心內想道：『我譚家也是書香世家，我自幼也曾背誦過《五經》，為甚的到那破落鄉宦之家，做出那種種不肖之事，還同著人搶白母親，葬送家財？……』又想起父親臨終之時，親口囑咐『用心讀書，親近正人』的話：『我今年已十八九歲，難說一點人事不省麼？』心上好痛，不覺的雙淚並流，哭個不住」（第二十六回）；第二次是第三十六回寫「王中片言箴少主」，「紹聞穿衣坐在床上，……回想昨夜慧娘所說的話，大是有理。……又添上自己一段平旦之氣，便端的要收王中」；第三次是第八十六回《譚紹衣寓書發鄞縣，盛希僑快論阻荊州》，寫「原來人性皆善，紹聞雖陷溺已久，而本體之明，還是未嘗息的。一個平旦之氣攛回來，到孝字路上，一轉關間，也就有一個小小的『誠則明矣』地位……改邪歸正，也足以感動人」云云。

寫薛媒婆進譚宅三次，第一次是第十三回賣冰梅給譚家；第二次是第二十七回冰梅生了兒子參加洗三；第三次是第九十三回給冰梅生的兒子興官賀喜兼做媒不成。這三次出現，不僅使薛媒婆這個人物形象鮮明起來，而且引出、烘托了冰梅的形象，既有獨立意義，又使孔慧娘時被提起，死而不死，足成為

全書與巫翠姐並行的一條輔線，與《紅樓夢》寫劉姥姥三進榮國府有暗合之妙。

寫王中因規勸譚紹聞遭虐斥三次：第一次是第二十二回《王中片言遭虐斥，紹聞一諾受梨園》；第二次是第三十二回《慧娘憂夫成郁症，王中愛主作逐人》，至第三十六回被召回；第三次是第五十三回《王中毒罵夏逢若，翠姐怒激譚紹聞》，導致王中又被逐出譚門。

寫王中第三次被虐斥並逐出譚宅後又被召回三次：第一次是第五十六回《小戶女攙舌阻忠僕，大刁頭弔詭沮正人》，寫譚紹聞欲請回王中，卻被巫翠姐阻止；第二次是第七十六回《冰梅婉轉勸家主，象藎憤激毆匪人》寫冰梅欲打動王氏請回王中，但王中審時度勢，僅答應他一個人回譚宅看門；第三次是第八十二回《王象藎主僕誼重，巫翠姐夫婦情乖》，寫由於王中忠心耿耿的感動和家業飄零的逼近終於使王氏迴心轉意，而巫翠姐也賭氣回了娘家，所以王中最終被請回譚宅。

其他如全書寫三次娶親：譚紹聞兩次、譚簣初一次；三次慶壽：林騰雲母親、譚紹聞母親、王春宇；三次生子：譚紹聞妾冰梅生譚簣初，繼室巫翠姐生悟果，張類村通婢杏花兒生張正名，以及第五十七回《刁棍屢設囮鳥網，書愚自投醉猩盆》寫賭徒們勾引譚紹聞赴賭也是三次而得逞。如此等等，事雖尋常，但無不關乎全書主旨表達和譚紹聞命運，體現了作者雖已不囿於「三而一成」，特別是並無前代小說那樣回目標榜「三復情節」的做法，但實際仍大量沿用了「三復情節」模式，只是不事聲張而已。

《歧路燈》中也有應用「六復情節」，雖僅一線，但跨度達三十餘回，內容為譚紹聞六次涉案，五上公堂或被拘押班房：第一次是第三十一回《茅戲主藉端強口，荊縣尊按罪施刑》，因茅拔茹誣告，雖未受刑，但是受到荊縣尊當庭教訓；第二次是第四十六、四十七回寫「張繩祖交官通賄囑，假李逵受刑供賭情」後，「程縣尊法堂訓誨」；第三次是第五十一回《入匪場幼商殞命，央鄉宦賭棍畫謀》，寫譚紹聞參賭牽連入竇又桂自縊案，由夏逢若通過鄧三變行賄董主簿，不僅得以脫干係，而且未上公堂；第四次是第五十四回《管貽安罵人遭辱，譚紹聞買物遇贓》寫譚紹聞於賭場中誤買贓物（金鐲）牽連大案，被緝押候審，由於眾鄉紳「連名公呈……懇免發解」，邊公愛惜「門戶子弟」，准請釋放；第五次是第六十四《開賭場打鑽獲厚利，奸饞婦逼命赴絞椿》寫譚紹聞家開賭場引出管貽安逼死奸饞婦雷妮的公公，事發牽連譚紹聞，幸而問案邊公「一路上心中打算：我在先人齒錄上依稀記得，開封保舉的是一位姓譚的，這個譚

紹聞莫非是年伯後裔？……進了本署，向書架上取出保舉孝謙的齒錄一看，紹聞果係譚孝移之子，主意遂定。」又一次放過了譚紹聞；第六次是六十五回《夏逢若床底漏咳，邊明府當堂撲刑》寫邊公偶然發現譚紹聞家因開賭場，將次受審嚴懲，卻由於譚紹聞岳母使人行賄邢房邢敏行，使轉筒上張二轉話「把幕友憐才之心打動，所以酒間勸邊公從寬」，把譚紹聞輕責教訓後放了。

《歧路燈》中用「七復情節」，亦僅一線，即寫譚孝移死後，其生前好友主動或被請至譚宅，對譚紹聞當面教訓，共有七次：第一次是第十四回《碧草軒父執讜論，崇有齋小友巽言》，時當譚孝移去世不久，「婁潛齋、孔耘軒、程嵩淑、張類村、蘇霖臣，連王春宇、侯冠玉七位尊客」齊至，給譚紹聞諸多訓誡，也成為侯冠玉被辭教席的契機；第二次是第二十回《孔耘軒暗沉腹中淚，盛希僑明聽耳旁風》，程嵩淑提議「約定九月初二日，齊到譚宅，調理這個後生」；第三次是第五十五回《獎忠僕王象藎匍匐謝字，報亡友程嵩淑慷慨延師》，由王中提議，請的「程、婁、蘇諸公，陸續俱到」；第四次是第六十二回《程嵩淑博辯止遷葬，盛希僑助喪送梨園》，雖然請的人甚多，但主要是程嵩淑等「五位老先生，耆宿典型」；第五次是第八十三回《王主母慈心憐僕女，程父執侃言諭後生》；第六次是第九十回《譚紹衣命題含教恩，程嵩淑觀書申正論》；第七次是第九十八回《重書賈蘇霖臣贈字，表義僕張類村遞呈》。

以上「三復」「六復」「七復」情節錯綜複雜，織成《歧路燈》敘事的網絡結構，而調節並支撐這一結構的，除了上論一人為中心的雙線結構之外，尚有「五世而斬」「二八定律」與「六回節奏」等。

五、「五世敘事」與「二八定律」

本作者曾考論若干古代章回小說敘事有運用「五世敘事」〔註15〕「二八定律」〔註16〕和以某種定數等分為結構或節奏律動的現象，尤其在「四大奇書」等名著中表現最為突出，而《歧路燈》也借鑑和創造性應用了這些數理結構模式。

「五世敘事」是指敘一朝代或一人家之事，必溯及五世，即從高、曾、祖、

〔註15〕杜貴晨《「五世而斬」與古代小說敘事——從〈水滸傳〉到乾隆小說的「五世敘事」模式》，《學術研究》2014 年第 4 期。

〔註16〕杜貴晨《〈三國演義〉等七部小說敘事的「二八定律」——一個學術上的好奇與冒險》，《甘肅社會科學》2015 年第 6 期。

父到當下主人公。這種溯及往往很簡略，但是往往而有，如刻板釘釘，多種的重複顯示其成為一種世代相承、後先相沿的敘事套路，於是可以稱為一種模式。這種模式的根據是《孟子》曰：「君子之澤五世而斬，小人之澤五世而斬。」（《離婁下》）《歧路燈》崇儒，從「五世而斬」思想寫「教子」的故事，更未能免俗，也是從譚孝移家在開封已經五世寫起。第一回介紹祥符譚家：

> 這人姓譚，祖上原是江南丹徒人。宣德年間有個進士，叫譚永言，做了河南靈寶知縣，不幸卒於官署，公子幼小，不能扶柩歸里。……遂寄籍開祥。……這公子取名一字叫譚孚，是最長厚的。孚生葵向。葵向生誦。誦生一子，名喚譚忠弼，表字孝移，別號介軒。忠弼以上四世，俱是書香相繼，列名膠庠。

譚紹衣致信譚孝移中有云：

> 愚忝忝居本族大宗，目今族譜，逾五世未修，合族公議，續修家牒。特以叔大人一支遠寄中土，先世爵謚、諱字、行次，無由稽登，特遣一力詣桌。如叔大人果能南來，同拜祖墓，共理家乘，合族舉為深幸。倘不能親來，祈將靈寶公以下四世爵秩、名諱、行次，詳為繕寫，即付去力南攜，以便編次。

又，譚孝移對來送信的梅克仁說道：「這裡是五世單傳，還不曾到老家去。……」第四回寫譚孝移與王氏：「孝移道：『居家如此調遣，富貴豈能久長？』王氏道：『單看咱家久長富貴哩！』孝移歎口氣道：『咱家靈寶爺到孝移五輩了，我正怕在此哩。』第五十五回又寫張類村重複道：「相傳靈寶公卒於官署，彼時有個幕友照料，暫寄葬祥符，後來置產買業，即家於豫省，傳已五世。此皆弟輩所素聞於孝移兄者。」

不僅是寫譚家，而且寫其他人也有溯及五世，如第四回寫周東宿：「原來這周老師名應房，字東宿，南陽鄧州人。是鐵尚書五世甥孫。當日這鐵尚書二女，這周東宿是他長女四世之孫。」第九十回寫程嵩淑說「天之報施善人，豈止五世其昌？」所以，可以肯定地說，本書以上曾認為《歧路燈》「五世敘事」有李綠園家族自新安遷寶豐也是五世的因素。譚孝移的憂患意識也是李綠園自己「慮後裔」的真實寫照。

「二八定律」在文學敘事中指長篇小說前後幅回數約「二八」分割，如《金瓶梅》一〇〇回，以寫西門慶死於第七十九回；《紅樓夢》一二〇回，以寫賈

寶玉成婚與林黛玉之死在第九十八回等，均為二八比例的現象。《歧路燈》庶幾也是如此，即以第八十六回《譚紹衣寓書發鄞縣，盛希僑快論阻荊州》為界，分前後為 86：22 約 8：2 的「二八定律」模式。茲不細論，但指出其合於古代章回小說名著的這一規律性現象而已。

六、「六回」節奏與全書「中點」

中國古代章回小說以某個定數等分為結構或節奏律動的現象，主要體現於「四大奇書」，尤其是《水滸傳》古已有所謂「武十回」「宋十回」之說。以致美國漢學家蒲安迪先生推而廣之，認為「明清文人小說家們又把慣用的『百回』的總輪廓劃分為十個十回，形成一種特殊的節奏律動」〔註17〕。這個問題當然還有進一步討論的餘地，但是那些精心結構過的古代章回小說敘事有一定的「節奏律動」是一個事實。但是，如果說在「『百回』的總輪廓」下是「十個十回」，那麼不是「百回」的敘事「節奏律動」，自然就不一定是以「十回」為一個單元。從而《歧路燈》以如今定本為一〇八回的實際考量，本作者認為其敘事的「節奏律動」還要更緊湊一些，大約以「六」為度，即基本上以六回為一大段落。這一特點可說一無旁證，這裡僅從《歧路燈》全書章回的標目分析約略可見：

敘事單元	回　目	內　容
1	第一回　念先澤千里伸孝思　慮後裔一掌寓慈情 第二回　譚孝移文靖祠訪友　婁潛齋碧草軒授徒 第三回　王春宇盛饌延客　宋隆吉鮮衣拜師 第四回　孔譚二姓聯姻好　周陳兩學表賢良 第五回　慎選舉悉心品士　包文移巧詞漁金 第六回　婁潛齋正論勸友　譚介軒要言叮妻	譚孝移延婁潛齋為師教子，父教與蒙學根基純正； 譚孝移在孔慧娘與巫翠姐之間擇定與孔氏聯姻； 譚孝移舉良方正候選入京。
2	第七回　讀畫軒守候翻子史　玉衡堂贗薦試經書 第八回　王經紀糊塗薦師長　侯教讀偷惰縱學徒 第九回　柏永齡明君臣大義　譚孝移動父子至情 第十回　譚忠弼覲君北面　婁潛齋偕友南歸 第十一回　盲醫生亂投藥劑　王妗奶勸請巫婆 第十二回　譚孝移病榻囑兒　孔耘軒正論匡婿	婁潛齋中舉辭館，王氏為省管飯，延請劣等秀才侯冠玉繼為第二任塾師； 侯冠玉以《西廂記》《金瓶梅》授學套八股之法； 譚孝移為教子辭官，回家後氣病而死。

<hr>

〔註17〕〔美國〕浦安迪講演《中國敘事學》，北京：北京大學出版社，1996 年，第 62頁。

3	第十三回 薛婆巧言鶩婢女　王中屈心掛畫眉	譚紹聞因表兄王隆吉關係結交匪類；
	第十四回 碧草軒父執讜論　崇有齋小友巽言	
	第十五回 盛希僑過市遇好友　王隆吉夜飲訂盟期	譚紹聞初試賭盆，漸入下流。
	第十六回 地藏庵公子占兄位　內省齋書生試賭盆	
	第十七回 盛希僑酒鬧童年友　譚紹聞醉哄孀婦娘	
	第十八回 王隆吉細籌悅富友　夏逢若猛上側新盟	
4	第十九回 紹聞詭謀狎婢女　王中危言杜匪朋	譚紹聞狎婢女冰梅、寵變童九娃並養戲班；
	第二十回 孔耘軒暗沉腹中淚　盛希僑明聽耳旁風	
	第二十一回 夏逢若酒後騰邪說　茅拔茹席間炫豔童	王中第一次強諫不聽；
	第二十二回 王中片言遭虐斥　紹聞一諾受梨園	
	第二十三回 閻楷思父歸故里　紹聞愚母比頑童	譚家敗象初呈。
	第二十四回 譚氏軒戲箱憂器　張家祠妓女博徒	
5	第二十五回 王中夜半哭靈柩　紹聞樓上嚇慈幃	譚紹聞第一次改悔不成；
	第二十六回 對僕人誓志永改過　誘好友暗計再分肥	冰梅生子簣初，王中之妻生女全姑；
	第二十七回 盛希僑豪縱清賭債　王春宇歷練進勸言	
	第二十八回 譚紹聞錦繡娶婦　孔慧娘栗棗哺兒	譚紹聞娶孔慧娘為妻；
	第二十九回 皮匠炫色攪利　王氏捨金護兒	譚紹聞先後受高皮匠和茅戲主訛詐，並與茅戲主對簿公堂。
	第三十回 譚紹聞護臉揭息債　茅拔茹賴箱訟公庭	
6	第三十一回 茅戲主藉端強口　荊縣尊罪罰施刑	王中第二次強諫不聽，並被逐；
	第三十二回 慧娘憂夫成鬱症　王中愛主作逐人	譚紹聞被張繩祖誘賭而愈陷愈深；
	第三十三回 譚紹聞濫交匪類　張繩祖計誘賭場	
	第三十四回 管貽安作驕呈醜態　譚紹聞吞餌得勝籌	孔慧娘勸夫召回王中；
	第三十五回 譚紹聞贏鈔誇母　孔慧娘款酌匡夫	王中再次勸諫不聽。
	第三十六回 王中片言箴少主　夏鼎一諾賺同盟	
7	第三十七回 盛希僑驕態疏盟友　譚紹聞正言拒匪人	孔耘軒為請惠養民為第三任塾師；
	第三十八回 孔耘軒城南訪教讀　惠人也席間露腐酸	
	第三十九回 程嵩淑擎酒評知己　惠人也抱子納妻言	惠養民是假道學，為人迂腐，學問空疏，於譚紹聞無所助益，虛耗光陰。
	第四十回 惠養民私積外胞兄　滑魚兒巧言詿親姊	
	第四十一回 韓節婦全操殉母　惠秀才虧心負兄	
	第四十二回 兔兒絲告乏得銀惠　沒星秤現身說賭因	
8	第四十三回 范尼姑愛賄受暗託　張公孫哄酒圈賭場	譚紹聞避張繩祖賭債逃亡他鄉；
	第四十四回 鼎興店書生遭困苦　度厄寺高僧指迷途	
	第四十五回 忠僕訪信河陽驛　賭奴撒潑蕭牆街	譚紹聞回家後與張繩祖對簿公堂，得程縣尊明斷又法外施恩得保無事；
	第四十六回 張繩祖交官通賄囑　假李逵受刑供賭情	
	第四十七回 程縣尊法堂訓誨　孔慧娘病榻叮嚀	孔慧娘已氣惱成病，不治而卒。
	第四十八回 譚紹聞還債留尾欠　夏逢若說媒許親相	

9	第四十九回　巫翠姐廟中被物色　王春宇樓下說姻緣	譚紹聞續娶巫翠姐；
	第五十回　　碧草軒公子解紛　醉仙館新郎召辱	譚紹聞仍貪戀賭博，牽連命案，買物遇贓；
	第五十一回　入匪場幼商殞命　央鄉宦賭棍畫謀	
	第五十二回　譚紹聞入夢遭嚴譴　董縣主受賄徇私情	譚紹聞夢遭亡父嚴譴。
	第五十三回　王中毒罵夏逢若　翠姐怒激譚紹聞	王中第三次強諫不聽被逐。
	第五十四回　管貽安罵人遭辱　譚紹聞買物遇贓	
10	第五十五回　獎忠僕王象藎匍匐謝字　報亡友程嵩淑慷慨延師	程嵩淑為延第四任塾師智周萬，教督有方，卻為群小詭計逼使辭館；
	第五十六回　小戶女攙舌阻忠僕　大刁頭弔詭沮正人	
	第五十七回　刁棍屢設阱鳥網　書愚自投醉猩盆	譚紹聞再被勾入賭場，為賭債所逼上弔幾死。譚孝移顯靈救子；
	第五十八回　虎兵丁贏錢肆假怒　姚門役高座惹真羞	
	第五十九回　索賭債夏鼎喬關切　救縊死德喜見幽靈	譚紹聞第一次試圖召回王中被巫翠姐所阻。
	第六十回　　王隆吉探親籌賭債　夏逢若集匪遭暗羞	
11	第六十一回　譚紹聞倉猝謀葬父　胡星居肆誕勸遷塋	譚紹聞倉猝葬父，迷信風水；
	第六十二回　程嵩淑博辯止遷葬　盛希僑助喪送梨園	
	第六十三回　譚明經靈柩入土　婁老翁良言匡人	譚紹聞繼續沉湎賭場，債臺高築。
	第六十四回　開賭場打鑽獲厚利　奸孀婦逼命赴絞椿	
	第六十五回　夏逢若床底漏咳　邊明府當堂撲刑	
	第六十六回　虎鎮邦放潑催賭債　譚紹聞發急叱富商	
12	第六十七回　杜氏女撒潑南北院　張正心調護兄弟情	張類村、盛希僑、夏逢若三家事；
	第六十八回　碧草軒譚紹聞押券　退思亭盛希僑說冤	
	第六十九回　廳簷下兵丁氣短　杯酒間門客暢談	譚紹聞濟寧州衙「打抽豐」，回程遇劫匪險喪命。
	第七十回　　夏逢若時衰遇厲鬼　盛希僑情真感訟師	
	第七十一回　濟寧州財心親師範　補過處正言訓門徒	
	第七十二回　曹賣鬼枉設迷魂局　譚紹聞幸脫埋人坑	
13	第七十三回　炫乾妹狡計索賄　謁父執冷語冰人	譚紹聞燒丹灶失銀，又秘謀鑄私錢不成；
	第七十四回　王春宇正論規姊　張繩祖卑辭賺朋	
	第七十五回　譚紹聞倒運燒丹灶　夏逢若秘商鑄私錢	譚紹聞為母親慶六十大壽，花費不菲；
	第七十六回　冰梅婉轉勸家主　象藎憤激毆匪人	
	第七十七回　巧門客代籌慶賀名目　老學究自敘學問根源	譚紹聞第二次欲召回王中，以母親王氏未允而罷。
	第七十八回　錦屏風辦理文靖祠　慶賀禮排滿蕭牆街	
14	第七十九回　淡如菊仗官取差　張類村昵私調譴	譚紹聞家業飄零，奴僕逃散；
	第八十回　　訟師婉言勸紹聞　奴僕背主投濟寧	譚、巫夫婦情乖，債主逼門。
	第八十一回　夏鼎畫策鬻墳樹　王氏抱悔哭墓碑	譚紹聞第三次欲召回王中，得母親贊同，加以巫氏負氣回了娘家，王中再回譚宅。
	第八十二回　王象藎主僕誼重　巫翠姐夫婦情乖	
	第八十三回　王主母慈心憐僕女　程父執侃言論後生	
	第八十四回　譚紹聞籌償生息債　盛希僑威儡滾算商	

15	第八十五回 巫翠姐忤言衝姑　王象藎侃論勸主 第八十六回 譚紹衣寓書發鄆縣　盛希僑快論阻荊州 第八十七回 譚紹聞父子並試　巫翠姐婆媳重團 第八十八回 譚紹衣升任開歸道　梅克仁傷心碧草軒 第八十九回 譚觀察叔姪真誼　張秀才兄弟至情 第九十回 譚紹衣命題含教恩　程嵩淑觀書申正論	譚紹聞窮極生智，始知自立，重又用心讀書應試； 譚紹衣自荊州府調任開歸道，督導譚紹聞改過向善。
16	第九十一回 巫翠姐看孝經戲談狠語　譚觀察拿匪類曲全生靈 第九十二回 觀察公放榜重族情　簣初童受書動孝思 第九十三回 冰梅思嫡傷幽冥　紹聞共子樂芹拌 第九十四回 季刺史午夜籌荒政　譚觀察斜陽讀墓碑 第九十五回 赴公筵督學論官箴　會族弟監司述家法 第九十六回 盛希僑開樓發藏板　譚紹聞入闈中副車	譚紹衣、季刺史愛民、救災、重學、右文等等善政； 譚紹聞父子持續努力讀書應試； 譚紹聞中副榜舉人。
17	第九十七回 閻楷謀房開書肆　象藎掘地得窖金 第九十八回 重書賈蘇霖臣贈字　表義僕張類村遞呈 第九十九回 王象藎醫子得奇方　盛希僑愛弟託良友 第一〇〇回 王隆吉怡親慶雙壽　夏逢若犯科遣極邊 第一〇一回 盛希瑗觸忿邯鄲縣　婁厚存探古趙州橋 第一〇二回 書經房冤鬼拾卷　國子監胞兄送金	閻楷回開封開書店； 王中醫子得奇方、掘地得金； 盛希僑、盛希瑗兄弟重好； 夏逢若犯事發極邊； 婁樸、張正心等正士以及張繩祖等一干匪類，各因善惡修為而結局不同。
18	第一〇三回 王象藎赴京望少主　譚紹衣召見授兵權 第一〇四回 譚貢士籌兵煙火架　王都堂破敵普陀山 第一〇五回 譚紹聞面君得恩旨　盛希瑗餞友贈良言 第一〇六回 譚念修愛母偎病榻　王象藎擇婿得東床 第一〇七回 一品官九重受命　兩姓好千里來會 第一〇八回 薛全淑洞房花燭　譚簣初金榜題名	譚紹聞隨譚紹衣平倭，譚紹衣功晉河南巡撫； 譚紹聞以軍功授黃岩知縣； 王中之女全姑被譚簣初納為副室； 譚簣初金榜題名，洞房花燭。

　　以上《歧路燈》全書一〇八回，每六回為一敘事單元，每單元敘一事或數事，共十八單元；以第九、十單元之交即第五十四回、五十五回之間為中縫，前九個單元即全書之前半，以王中三次被虐斥以至被逐，寫譚紹聞墮落如江河日下之易；後九個單元以王中三次被召而終乃回歸，寫譚紹聞改過向善如推石上山之難。

　　由此敘事節奏可以看到，自第十二回譚孝移臨終實際是託孤於王中，至第五十四回王中第三次被斥且逐出家門，共四十二回書；又自第四十二回至第八十四回寫王中實際回到譚宅，掌管家事，也是四十二回書。由此可見《歧路燈》一書雖以譚紹聞為中心人物，譚紹衣為對照，但王中卻是全書敘事情節關聯的樞紐人物。王中的「中」字，在譚宅是「忠」，在「王」即「天子」的意義上

也是「忠」，故程嵩淑等贈名曰「象藎」，而第三十六回中有詩評曰：「忠僕用心本苦哉，縱然百折並無回。漫嫌小說沒關係，寫出純臣樣子來。」這些都是易見的事實，不足為異。至於王中的被逐與被召分野在前後各五十四回和各四十二回的對稱上也是一個「中」，則是至今未見有人揭出，而更能見出《歧路燈》布局謀篇用意之深矣，亦微矣！

七、開合、精細與圓活

朱自清先生《歧路燈》一文曾讚賞《歧路燈》的結構是「大開大闔而又精細的結構，可以見出作者的筆力和文心。他處處使他的情節自然地有機地展開，不屑用『無巧不成書』的觀念甚至於聲明，來作他的藉口；那是舊小說家常依賴的老套子。所以單論結構，不獨《儒林外史》不能和本書相比，就是《紅樓夢》，也還較遜一籌；我們可以說，在結構上它是中國舊來唯一的真正長篇小說。」〔註18〕此說最後與《儒》《紅》二書比較的結論，雖未得到普遍贊同，但是百年來讀者無不認同《歧路燈》有「大開大闔而又精細的結構」云云等特點，則是一個事實，表明在敘事的開合、精細與自然圓活等方面，確實達到了古代小說藝術的高峰。

首先，《歧路燈》結構的「大開大闔」，是說作者有魄力寫譚紹聞把一個五世未衰的「門戶之家」弄得傾家蕩產，將及不可拾；又能以譚紹聞的「根柢」及其一點未盡的「良心」引發，使之重走讀書科舉之路，父子並試，先後都得了功名，譚紹聞以副榜從軍立功選授縣令，兒子簣初更是中進士、點翰林，越祖超宗。這看起來固然不是不可能的神話，但是，正如全書第一回開篇所說「古人留下兩句話：『成立之難如登天，覆敗之易如燎毛。』」無論生活中真正實現，或小說中寫得入情入理，真實感人都很不容易。所以，《歧路燈》這樣寫了，二十世紀八十年代初欒校本問世之初，其「大團圓」結局是否有藝術真實性的問題就曾受爭議。其實現在看來，又必須是提到《歧路燈》成書的乾隆朝歷史條件下看來，按照《歧路燈》的描寫，這既是一個逆襲成功的人生傳奇，也是當時科舉做官一個合情合理的人生結果。因為很明顯，譚家的「根柢」好，實際包括了譚家祖上為官有德，譚孝移個人也是「品卓行方」，所以能有諸多「正人」幫助譚紹聞敗子回頭和勉力向上。尤其是有了譚紹衣這樣一位族兄的栽培

〔註18〕朱自清《歧路燈》，《〈歧路燈〉論叢（一）》，鄭州：中洲書畫社，1982年，第10頁。

提攜，譚紹聞「成立之難」的程度就大為減輕了，甚至是輕而易舉了。總之，《歧路燈》的「大團圓」結局看起來似乎不脫當時小說家的俗氣，然而實是化腐朽而為神奇之筆。因為對於這樣一個「覆敗之易如燎毛」的情勢來說，只有逆「成立之難如登天」之勢而上的「大團圓」才最具有傳奇性，是最佳的結局。否則，譚紹聞終於一敗塗地，無可救藥，才是真正的俗套，小說家的敗筆，當然也就沒有閱讀的價值。

其次，《歧路燈》結構的「精細」。所謂「精」是說它的結構主線分明，基本上無雜亂之病。這既是與它以「一個中心人物」結構故事相聯繫，又是《歧路燈》進一步注意了不使人物事體繁雜，便於敘事筆墨集中。作品開始寫譚宅一家父、母、子三口，是人類學和社會學所說家庭的最基本的構成。後來譚孝移去世，譚紹聞娶一妻納一妾又有了兒子，直到最後，全書所寫譚家不過六、七人而已。其他則賬房、奴僕數人，譚宅親友也不甚多。這樣一個家庭事體的敘述，比起《紅樓夢》寫賈府那樣一個大家族顯然更容易集中筆墨和思慮周嚴；穿插性的人物則注意充分利用，不使「小人物」一過即逝，使數量增多。例如丹徒譚紹衣的管家梅克仁在第一回出現之後，於第八十八回重出；書辦錢萬里在第五回出現後，於第七十九回重出；庸醫姚杏庵於第十一回出現之後，又於第三十七回、第七十八回一再重出；閻楷第二十三回暫時退（轉）場（回山西老家）後，又於第九十七回重出；包括第四十四回譚紹聞下亳州雇的腳戶白日晃，在六十回王春宇下亳州時都還是「扣的白日晃的牲口騎去」。作者在處理運用這些「小人物」時頗見匠心，第六十三回寫「譚明經靈柩入土」時專列了一個弔簿，把前面出現的譚宅親故人物列了一個清單，除情節的需要外，似乎作者有意把他寫的各種人物來一個清理，從而使人物「合影」一次，並控制在一定數量。所以，無論事件發生在譚宅內外，或從何方引進何種人物，作者注目的中心都不離譚紹聞的命運這條主線。他那枝筆如遊龍戲珠，始終追隨譚紹聞生活的足跡。時間上涉筆三代，空間上場景屢有大轉換。而在這時空發展變遷中，官僚、豪紳、吏役、幫閒、賭徒、遊棍、娼妓、庸醫、相士、藝人、世家公子、腐酸秀才、牙行經紀、師姑道婆、綠林劫盜等各種人物行列而來，與譚紹聞直接或間接地發生種種關係，釀成種種事故，激起層層波瀾，既推動了譚紹聞性格命運的發展，又展示了廣闊的社會生活畫面。譚宅這個五世鄉宦之家盛而衰、衰而復興的大落大起的歷史，也就在這畫面上凸現出來。這種一線貫串的結構方式和《儒林外史》的鏈狀結構、《紅樓夢》的網狀結構，概括了

中國古代長篇小說的主要結構樣式，從一個方面標誌了清中葉我國長篇小說藝術的成熟。

所謂「細」，是說它情節安排的嚴謹細密，用朱自清先生的話即是「滴水不漏，圓如轉環」。這方面，它較多地借鑒了前人的經驗。毛宗崗《讀〈三國志〉法》說：「《三國》一書，有隔年下種，先時伏著之妙。」此種妙處，在《歧路燈》亦隨處可見。如譚紹聞最後改志，賴有族兄譚紹衣的提拔。而第一回中未敘譚紹聞，先說其「祖上原是江南丹徒人」；譚紹聞稍出，即借修族譜事將這個日後提拔他的人介紹一番。又如譚紹聞隨軍平倭用煙火架破敵立功是將及終篇的情節，而此書第二回即寫到「王氏一定叫過了燈節，改成十八日入學」云云，使讀者心中早有譚紹聞燈節觀放煙火的印象。第八回則進一步有「端福兒抱了三四十根火箭」的細節描寫。第十三回復有「這元旦」燈節前後，紹聞專一買花炮，性情更好放火箭「的交待。乃至第六十五回還寫「焦家一個學生好放花炮，將炮紙落在草垛上，烘的著了。火從焦家起來，可憐小的們四五家，被這一場火燒的赤條條的」，以見火箭的威力。然後第一○二回譚紹聞與人論平倭之策，「想想元霄節在家鄉有鐵塔寺看煙火架，那火箭到人稠處，不過一支，萬人辟易……」，就不顯得突然了。再如譚紹衣助資印刷盛希僑祖上遺稿事在第九十六回，然第一回中即有譚孝移「捎來祖上的書籍及丹徒前輩文集詩稿，大家賞鑒」的細節，略示丹徒族人有重視先人著述的傳統。第九十回則進一步有譚紹衣送譚簀初《靈寶遺編》並追述自己搜求此稿付梓的經過。諸如此類，正所謂草蛇灰線，伏脈千里。但也時有短線勾連於隱約之中。如第十六回先讓夏逢若略一露面，為第十八回伏下了這個「猛上廁新盟」的人物；又如第八回王氏說王中「那個拗性子最恨人……」是第十三回「王中屈心掛畫眉」的伏筆；而第四回王氏就譚紹聞的婚事講巫翠姐好處，為第四十九回譚、巫聯姻的伏筆，則又成中距離的了。還有第五十四回寫譚紹聞在賭場誤買了趙大鬍子的鐲子，牽連入案，第一○二回則寫盛希僑贈送：「至於譚賢弟，我送你一對鐲子。——當下就套在手上——我看」等等，這些伏筆的應用，使書中每一故事的來龍去脈交代得清清楚楚，情節前後呼應，合情合理，成自然流動的狀態，乃是《歧路燈》結構細密的一大特色。

最後，《歧路燈》結構的「自然」「圓活」。所謂「自然」，就是「不語怪力亂神」，也不屑於「無巧不成書」的話本舊套，而是努力使情節合乎生活的邏輯，即使出人意料之外，也一定在情理之中。例如第八十六回寫譚紹聞剛要改

過遷善，讀書上進，就有「譚紹衣寓書發鄆縣」，來了他命中的貴人。這看起來突兀，其實不然。因為自第一回就已經寫譚紹衣主持修家譜和丹徒譚氏的家風，就預示他將來很可能是一個能做官、做大官的人，又與譚孝移家早通族誼，所以譚紹衣輾轉到河南做官，栽培譚紹聞父子，雖然也有偶然，但在小說家寫來已是自然而然，從而也就有了《歧路燈》敘事「圓活」的基礎。所謂《歧路燈》敘事之「圓」，是說它首尾和前後情節的聯絡照應，如第一回寫丹徒族人譚紹衣和他的管家梅克仁，至全書第八十六回才再次出現，並成了譚紹聞家衰而復興的關鍵人物；又如第九回寫譚孝移京中思歸，結想成夢，夢到一個官兒請他做幕僚輔助平倭，許以「俟海氛清肅，啟奏天廷，老先生定蒙顯擢」。這在譚孝移雖婉言推卻了，但是後來譚紹聞被譚紹衣舉薦平倭立軍功擢黃岩縣令的經歷，就彷彿是其父當年夢境的實現。

《歧路燈》敘事的「圓」大量地依賴了伏筆和照應。《歧路燈》的伏筆多是寫實的，除了上已述及所謂「細」的諸例即多為伏筆與之外，《歧路燈》敘事的照應還注意於前後思想的一致與周嚴。如第三回婁潛齋、譚孝移有關於教幼學和子弟趕會的議論，第十四回雖然譚孝移已故，諸父執教導譚紹聞，婁潛齋仍又提及道：「於今方知吹臺看會，孝老之遠慮不錯。」從而最後論定幼學看會之事確有不妥之處。又如譚紹聞誤入歧路以後，王中時時提起「我大爺在日」和他臨終遺囑的「八字小學」；孔慧娘死後，冰梅常常念及她的好處等，都是前事之餘音迴響，沒有多少實際情節的意義，卻在文意上加強了全書前後的聯繫。此外，作者甚至注意到敘事前後最細微的一貫性，例如第四回寫王氏說王中給譚紹聞「四個錢買了個硯水瓶兒」，至第八十七、八十九回還重複提到，足見其文心之細。這也說明其書的後半雖成於作者「以舟車海內，輟筆者二十年」之後，但下筆之初對整個故事結局已成竹在胸，故全書大開大闔之中，又能圓融無痕，渾然天成。

《歧路燈》敘事的「活」則體現於情節的曲折多變。一是《歧路燈》善於運用情節的穿插，使敘事騰挪跌宕，波瀾橫生。如第四十六回寫「張繩祖交官通賄囑」，本是湊了「程公南陽查勘災黎，上臺委令主簿董守廉代拆代行」的空檔，但當董守廉受賄要為張繩祖向譚紹聞討賭債時，程公事完回來了；第六十五回寫邊公本是清官，但是刑房掌稿案的邢敏行受了巴氏的賄賂為譚紹聞開脫，本來無隙可入，但是邢敏行利用轉筒上張二輾轉向邊公吹風「那譚紹聞，面貌與按察司大老爺三公子面貌相似，將來必是個有出息的人」，這番話「早

已把幕友憐才之心打動，所以酒間勸邊公從寬」；又順敘中偏多曲折。有時一事曲折作數轉而進，如寫譚紹聞失教，先寫譚孝移舉賢良入京，再寫婁潛齋會試入京；然後王氏主持請侯冠玉入塾教讀，帶壞了譚紹聞學業荒廢和沾染不良習氣；後來譚孝移去世，譚紹聞也就一無障礙地走上歧路；又如自第八十三回起寫譚紹聞決心改過向善，譚宅復興初見轉機，雖然步步登高，但真是難如登山，中間便生出許多層階，如割產還債，父子並試，譚紹聞中秀才、中副車，王中掘地得金，譚紹聞從軍立功得官，如此拾級而上。有時作者先顧左右而言他，如第五十六回寫夏逢若尋人聚賭，問貂鼠皮有沒有這種「新上任的小憨瓜」：

> 貂鼠皮道：「有，有，有。南馬道有個新發財主，叫鄒有成，……他兒子偷賭偷嫖。這一差叫白鴿嘴……勾引去。」白鴿嘴道：「那不中，早已張大宅罩住了。」……夏逢若道：「這老腳貨是皮罩籠，連半寸長的蝦米也是不放過的。」白鴿嘴道：「聽說周橋頭孫宅二相公是個好賭家。」夏逢若道：「騎著駱駝耍門扇，那是大馬金刀哩。每日上外州外縣，一場輸贏講一二千兩。咱這小砂鍋，也煮不下那九斤重的鱉。」細皮鰱道：「觀音堂門前田家過繼兒子田承宗，他伯沒兒，得了這份肥產業，每日腰中裝幾十兩，背著鼓尋捶，何不把他勾引來？」貂鼠皮道：「吓！你還不知道，……又爭繼哩。……他如何顧著賭博？」細皮鰱道：「若是十分急了，隔牆這一宗何如？」夏逢若道：「一個賣豆腐家孩子，先不成一個招牌，如何招上人來？即如當下珍珠串，他先眼裏沒有他，總弄的不像圍場兒。惟有譚紹聞主戶先好，賭的又平常，還賭債又爽快，性情也軟弱，吃虧他一心歸正，沒法兒奈何他。」

如此數過四個賭家，才轉到譚紹聞頭上，增加了下文非勾引譚紹聞入賭不可的合理性，也使敘事曲曲折折，撲朔迷離。第五回「慎選舉悉心品士」也是類似寫法。或者於敘事中忽生逆折，如寫譚紹聞墮落，並不是直落深淵，而是螺旋狀下沉，「才墮落，又悔悟；才悔悟，又墮落，層波疊瀾，真如置身山陰道上，應接不暇」〔註19〕。悔悟與墮落之間，便是理與欲、正與邪拉鋸戰的過程。作者用筆每於此等處順順逆逆，遂使敘事進退揖讓，搖曳多姿。如上引一

〔註19〕郭紹虞《介紹〈歧路燈〉》，《〈歧路燈〉論叢》（一），鄭州：中洲書畫社，1982年，第7頁。

段文字寫眾賭徒選定勾引譚紹聞之後，先設計趕走了譚紹聞的老師智周萬，然後差烏龜去勾引譚紹聞：烏龜第一次去未成；第二次去，譚紹聞忍不住來了，卻只吃酒而未賭；第三次去，譚紹聞先已拒絕，「在書房中，依舊展卷吟哦。爭乃天雨不止，漸漸心焦起來。……又轉念頭：『珍珠串幾番多情，我太忒絕了，也算我薄情，不如徑上夏家遊散一回，我咬住牙，只一個不賭，他們該怎的呢？』」於是去了，這一次輸銀八百兩（第五十七回）。這一段情節顯然從《三國演義》寫「三顧茅廬」、《水滸傳》寫「三打祝家莊」等「三復情節」脫化而來，只是《歧路燈》寫普通人日常生活，以細緻見長，其「三復」的脈絡不容易引起讀者注意罷了。又順敘中作者不使一時一地之事過分膨脹，而多能迅速和大幅度變化場景與人物。大致說來如第一回寫譚家及其族人、第二回寫教師、第三回寫商人、第四回寫學正與門斗、第五回寫書辦、第六回寫主婦、第七回寫長班、第八回寫尼姑、第九回寫閹宦、第十回寫戲場、第十一回寫庸醫與巫婆、第十二回寫喪事、第十三回寫媒婆……，乃至寫賭、寫妓、寫道人、寫強盜、寫縣官、寫小妾、寫戲霸、寫兵丁……，每回的場景、人物以及事體，幾乎都有大變化，引人入勝。

《歧路燈》的「圓活」還體現在情節的穿插和轉換自然，使敘事嚴謹細密而又不呆板。如自第二十一回寫戲主茅拔茹的故事並不一直寫完，而是寫過茅拔茹將戲班子留給譚宅後暫時放下，又寫譚紹聞輸賭、娶孔慧娘、高皮匠炫色攫利等事，然後才又回到寫「茅拔茹賴箱訟公堂」；又如第四十七回寫王氏去城西南槐樹莊給兒媳孔慧娘求取「神藥」，寫到「蔡湘鞭子一揚，轉彎抹角，出了南門而去」。卻筆鋒一轉，拈出一個卦姑子闖譚宅行騙的小故事來，然後又續寫王氏如何求藥。這樣寫避免了一事過長和平鋪直敘而顯得累贅的毛病，又有造成懸念以別開生面的美學效果。而且前一穿插在茅拔茹回家鄉的間歇中，後一穿插在王氏行路之際，都自然得體。同時靈活穿插還照顧到原來故事前後的聯繫，如茅拔茹的故事在插入其他情節之後似了未了，留在譚宅的戲箱就是再生事端的禍根。作者使作為串插情節的故事中的高皮匠住在譚宅，臨走時扭鎖翻弄了戲箱，引起茅拔茹賴箱告狀，從而輕鬆完成穿插性情節向先前故事回歸的轉換，而不著痕跡；同樣，卦姑子的故事穿插也與外出求藥的王氏相關，因為王氏臨走把堂樓門鎖了，而且趙大兒還評論說：「奶奶在家，必上卦姑子當。」可見作者組織情節的心思是如何靈活和細緻了。

綜上所述論，李綠園以對「門戶子弟」命運的憂患意識和嚴肅寫實的創作態

度，確立了《歧路燈》以「教子」為主題所必重的「寫人」這個敘事藝術的中心，進而不能不在敘事中努力再現各種人與之間必然而微妙的聯繫，從而鑄就《歧路燈》以「根柢」為原點，以一人為「中心」的雙線結構，大量運用「三復」「六復」「七復」情節，和「五世敘事」「二八定律」與「六回節奏」，以及伏筆、照應、穿插等敘事手法，形成大開大闔而又精細圓活的敘事藝術。雖然從具體手法、模式看來，這種敘事藝術有繼承與模仿，也有脫胎換骨，不盡作者個人的創造，但整體看來，卻不僅是化腐朽為神奇，而且不失為中國古代長篇小說藝術的戛戛獨造。因為在嚴格審視下一個明顯的事實是，與前代小說相比，《歧路燈》具體的方面雖像某書某書，但整體上看其與前代任何長篇都判然兩途，相去天淵，是一種似舊而實新的小說樣式。其獨具特色，自成高格，在中國古代小說中堪稱「四大奇書」、《儒林外史》《紅樓夢》之外第七大章回小說名著。

原載《平頂山學院學報》2019 年第 3 期

世界小說「倚數」編撰的傑作——米蘭‧昆德拉《不能承受的生命之輕》數理批評

　　拙說「數理批評」是自中國古代小說研究提出、應用並正在向古今中外文學研究推廣中的「中國製造」的一種文學理論。其在外國文學研究中最早成功的嘗試當推蘇文清、熊英兩位學者合作的《〈哈利-波特〉的第三空間及其意義——兼論文學數理批評》和《「三生萬物」與〈哈利-波特——三兄弟的傳說〉——兼論杜貴晨先生的文學數理批評》〔註1〕兩文，但兩文除首倡定義拙說為一種「理論」外，主要是就數字「三」在《哈利-波特》中的數理意義進行探討，又已發表多年，至今未見有新的應用「數理批評」的外國文學研究文章出來，則在「始作俑者」的我未免感到有點兒寂寞，於是乃記起閱讀《不能承受的生命之輕》〔註2〕（以下簡稱「《生命之輕》」）的有關印象來。

　　《生命之輕》是捷克作家米蘭‧昆德拉（1929 年 4 月 1 日～）小說的代表作。這部書初版於 1984 年，隨即風靡世界，也早就是中國人特別是青年讀者喜歡的外國文學名著之一，並陸續有了不少中國解讀。其見仁見智，大都展現了某種中國智慧。筆者心儀之，然無心學步，但為銷此寂寞，乃不

〔註1〕蘇文清，熊英《〈哈利-波特〉的第三空間及其意義——兼論文學數理批評》，《江南大學學報》2012 年第 2 期；蘇文清，熊英《「三生萬物」與〈哈利-波特——三兄弟的傳說〉——兼論杜貴晨先生的文學數理批評》，《廣州大學學報》2012 年第 4 期。

〔註2〕〔捷克〕米蘭‧昆德拉《不能承受的生命之輕》，許鈞譯，上海：上海譯文出版社，2010 年。

避或遭郢書燕說之譏,以拙說文學「數理批評」〔註3〕之理論與方法,試揭其創作中「『倚數』編撰」的特點。這是以杜撰之「中國製造」的文學理論研究外國文學的又一嘗試,其欲貫通中西,上下求索,故不得不為長話而不便短說也〔註4〕。

一、「七章」模式的實踐與理論

《生命之輕》和米蘭・昆德拉的幾乎全部作品(除一部外)都由「七個部分」組成。對於這一筆者稱之為「『倚數』編撰」的特殊現象,依拙說「數理批評」論,可稱之謂「七章」模式。這也就是說,「七章」模式是指一部書或一篇文章的篇幅分為七個部分,或說以七個有內在聯繫的部或卷、章、回、節、則、段、篇等組織為一書或一文的現象。

「七章」模式在東、西方文學中是說不上普遍卻往往使人亮眼的現象。例如中國古代有《管子》〔註5〕《易傳》〔註6〕《孟子》〔註7〕皆本「七篇」之數。而以著名的枚乘《七發》、張衡《七辯》等為代表的「七體」,還曾是一種流行的文學體裁。至於章回小說中,確實未見這種典型的結構,但是,正如當代著名水滸專家馬幼垣先生所指出,《水滸傳》「所敘諸事很整齊地分為七大部分:(一)由書首至排座次、(二)招安、(三)征遼、(四)征田虎、(五)征王慶、(六)征方臘、(七)覆滅。」〔註8〕從而也似可以看作聊勝於無的一種「七章模式」。

雖然具體有異,但「七章」模式在歐美也非罕見,例如粗考有中譯本的就有法國居伊・德卡爾(Guy des Cars)的小說《七個女人》〔註9〕和馬塞爾・

〔註3〕 杜貴晨《中國古代文學中的重數傳統與數理美──兼及中國古代文學的數理批評》,《中國社會科學》2002 年第 4 期。
〔註4〕 據筆者查考,本文是迄今《生命之輕》研究以簡體中發表唯一論及此題之作,故凡所論述,必詳舉書例以證。因此若有累贅之嫌,讀者諒之。
〔註5〕 《史記・齊太公世家》「設輕重魚鹽之利」句下:「〔索隱〕曰《管子》有理人《輕重》之法七篇。」
〔註6〕 《易傳》本為七篇,因今本《彖傳》《象傳》《繫辭》各分上、下成六篇,故與《文言傳》《說卦傳》《序卦傳》《雜卦傳》並稱十篇,又稱「十翼」。
〔註7〕 《史記・孟子荀卿列傳》:「而孟軻乃述唐、虞三代之德,是以所如者不合。退而與萬章之徒序《詩》《書》,述仲尼之意,作《孟子》七篇。」
〔註8〕 馬幼垣《從招安部分看〈水滸傳〉的成書過程》,《水滸論衡》,北京:三聯書店,2007 年,第 134 頁。
〔註9〕 〔法〕居伊・德卡爾(Guy des Cars)《七個女人》,嚴華、徐際善譯,北京:

普魯斯特分七部（卷）的《追憶似水年華》〔註10〕，以及俄國作家托爾斯泰的《安娜・卡列尼娜》雖分八部，但是全書女主角安娜・卡列尼娜的故事，自第一部至第七部即全部結束，從而第八部寫列文和吉娣的愛情生活及列文進行的莊園改革的結局，只是與安娜命運對照的餘音〔註11〕。幾乎同樣而又有明顯區別的情況也發生在俄羅斯另一位大作家陀思妥耶夫斯基的代表作《罪與罰》的創作中。這部傑作的主體雖然只有六卷，但它還有一個包括兩節的「尾聲」，所以形式上也還可以說是「七個部分」〔註12〕。而哥倫比亞作家加西亞・馬爾克斯的《百年孤獨》寫布恩迪亞家族連續七代人的傳奇故事，實際也是一部由「七個部分」聯絡而成的長篇小說。甚至在文學批評著作中，也有美國耶魯學派解構主義文學理論家 J・希利斯・米勒著《小說與重複》，雖全書共八章，但除第一章《重複的兩種形式》外，以下七章各論一部英國小說，進而其書有一個副標題曰《七部英國小說》〔註13〕。筆者以為此副標題固為寫實，但也不排除作者或有對「七部」之數的特殊感受與用意。

由此可見，自古及今，「七章」模式是世界文學中一個歷史悠久的小傳統，應該並且可以建立這樣一個專名以利於文學批評的關注。

因此，《生命之輕》在 1984 年初版於他創作的高峰時期，那時即使他仍不瞭解或不熟悉中國文學有所謂「七體」傳統，但他對於早成書於六十多年前的法國作家馬塞爾・普魯斯特的《追憶似水年華》（成書於 1907～1922 年）分為「七部（卷）」的做法應該不會陌生。所以，昆德拉並不必對自己的作品除一部外都以「七部分」的構成表示驚訝，其能成為世界文學中運用「七章」模式的現代大師，實乃對這一文學傳統自覺或不自覺的繼承與發揚。

雖然如此，但自古及今中外應用「七章」模式的作家中，也只有昆德拉對

中國文聯出版公司，1988 年。

〔註10〕按李恒基等譯普魯斯特《追憶似水年華》全書分七部，譯名依次是：第一部《在斯萬家那邊》、第二部《在少女們身旁》、第三部《蓋爾芒特家那邊》、第四部《索多姆與戈摩爾》、第五部《女囚》、第六部《女逃亡者》、第七部《重現的時光》，南京：譯林出版社，1994 年。

〔註11〕見〔俄〕列夫・托爾斯泰《安娜・卡列尼娜》，草嬰譯，上海：上海譯文出版社，1982 年，以及多種中文全譯本。

〔註12〕〔俄〕陀思妥耶夫斯基《罪與罰》，王鑫譯，北京：群言出版社，2016 年。

〔註13〕〔美〕J・希利斯・米勒著《小說與重複》，王宏圖譯，天津：天津人民出版社，2008 年。

應用「『七章』模式」的感受與經驗有過夫子自道。他在《小說的藝術》中記下他曾與克里斯蒂安・薩爾蒙就這一特點的答問說：

　　薩：讓我們來看看您小說的建築圖。幾乎所有小說，除了一部，全是分成七個部分。

　　昆：寫完《玩笑》的時候，我還根本沒有理由因它具有七個部分而感到驚訝。接著我寫了《生活在別處》。小說快寫完了，當時它有六個部分。我並不滿意。小說故事讓我覺得平淡。突然我想到要在小說中加上一個故事，是在主人公去世三年後發生的（也就是說超越了小說的時間）〔註14〕。後來成了倒數第二部分，即第六部分《四十來歲的男人》。一下子，一切都完美了。〔註15〕

　　他進而反思創作《生命之輕》時有意打破「七章」模式而終於不免數字「七」的「命定」說：

　　當我寫《不能承受的生命之輕》時，我希望不惜一切代價打破這個命定的數字：七。這部小說一直是按六部分來構思的。可第一部分一直讓我覺得不成形。最後，我明白了這一部分實際上包含了兩個部分，就像是攣生的連體嬰兒一樣，要運用一種極為精細的外科手術，將它分為兩個部分。我把這些都講出來是為了說明：（有七個部分）不是出於我對什麼神奇數字的迷信，也不是出於理性的計算，而是一種來自深層的、無意識的、無法理解的必然要求，一種形式上的原型，我沒有辦法避免。我的小說是建立在數字七基礎上的同樣結構的不同變異。（第107頁）

　　書中討論到「七章」模式的內容不止上述（參見本文以下《其「倚數」編撰溯源》部分論音樂），僅從上引可以看到的是：

　　第一，昆德拉雖至其創作高峰期的1979～1985年間才在克里斯蒂安・薩爾蒙的問詢下正式認可其創作「幾乎所有小說，除了一部，全是分成七個部分」的特徵，但他卻是第一位現身說法探討「七章」模式的重要作家。相對於東、西方文學界至今未見有對這一現象的重視與探討，昆德拉是西方文學作為「七

〔註14〕引文中小括號內文字為作者所加，下同。

〔註15〕〔捷克〕米蘭・昆德拉《小說的藝術》，許鈞譯，上海：上海譯文出版社，2004年，第106頁。本文以下引此書均據此本，提及書名外，於引文後括注頁碼。

章」模式的實踐者之一，又是唯一的理論家。

第二，在昆德拉看來，《生命之輕》等的「結構」之數「七」似「命定的數字」，而又不是出於「迷信」和「計算」之說，是對「七章」模式的溯源，其歸結為「而是一種來自深層的、無意識的、無法理解的必然要求，一種形式上的原型」以及「我沒有辦法避免」的體認，指出了「七章」模式探源的心理學、人類學方向，有一定深度和價值。

第三，昆德拉說「我的小說是建立在數字七基礎上的同樣結構的不同變異」，確認了數字「七」是《生命之輕》等昆德拉作品「結構」的「達芬奇密碼」，是解讀其書「結構」以至思想與藝術重要入手處，值得研究者注意。

第四，昆德拉對自己包括《生命之輕》在內的「七章」模式充滿自豪。除了同意批評家稱之為「幾何結構」外，又自稱為「建築圖」，還進一步解釋為是一種「數學秩序」「數學結構」。從而與中國文學共同證明「『倚數』編撰」是世界文學的共同規律之一，拙說「數理批評」是必要的，也是可能的。

第五，昆德拉自認《生命之輕》等為「幾何結構」「建築圖」「數學秩序」「數學結構」的「『倚數』編撰」特點，使《生命之輕》的「數理批評」，既要重視其以「數字七基礎上的同樣結構」為基礎，也不可忽略其與「七」相關諸數運用形成「結構」的「不同變異」，全方位有系統地揭示其「數學」之「秩序」「結構」和「建築圖」的特點。

這應該是昆德拉所期待的，而由此引出以下數理批評的若干方面。

二、「七子」模式、「搭扣」與平行對稱

《生命之輕》中與布局謀篇的「七章」模式相應的是「七子」模式。「七子」模式指小說敘事中以七個人物為組合的人物配置，也是拙說「數理批評」設用的概念之一〔註16〕。這種人物配置模式的作品或作品中的這種人物配置模式，在古今中外文學中並不少見，有顯而易見的，如中國神話傳說的「七仙女」，小說《水滸傳》寫「七星聚義」、《西遊記》寫「七大聖」「七小聖」「七個蜘蛛精」等；外國文學中有荷蘭作家基維的長篇小說《七兄弟》、阿塞拜疆作家尼扎米的長詩《七美女》，以及《生命之輕》中寫「一棵孤零零

〔註16〕杜貴晨，《〈西遊記〉的「七子」模式》，《福建師範大學學報》（哲學社會科學版），2005 年第 5 期。

的大樹的枝椏上坐著七名攝影師⋯⋯像一群大個的烏鴉」〔註17〕，雖然並未展開，但是也屬於七個人物的組合。當然也有深藏不露的，中國文學如《三國演義》寫諸葛亮在潁川的朋友七人（諸葛亮、司馬徽、龐統、崔州平、潁川石廣元、孟公威、徐元直）〔註18〕，寫諸葛亮「舌戰群儒」七人（張昭、虞翻、步騭、薛綜、陸績、嚴峻、程德樞）〔註19〕，曹操陳留起兵最初聚集的有七人（曹操、曹仁、曹洪、李典、樂進、夏侯惇、夏侯淵）〔註20〕等等。外國如日本作家村上春樹的名作《挪威的森林》並無聲明，卻實際也是寫了七個主要人物（渡邊、直子、綠子、永澤、木月、初美和「敢死隊」）。《生命之輕》也正是有這種深藏不露「七子」模式的應用，而且其在歐美文學中有可以追溯的藍本。

　　《生命之輕》寫有名有姓並有一定描寫的人物約有二十個左右，但按直接展現以性愛婚姻關係為中心的人生「輕與重」〔註21〕「靈與肉」（第45頁）矛盾之「永恆輪迴」（第3頁）的主題說，其核心與次核心人物實際是兩個「三角」關係：一是托馬斯與特麗莎、薩麗娜之間的「三角」關係，和那位與特蕾莎發生了性關係的工程師。（托馬斯已經離婚的「第一個妻子」幾無具體描寫應當不計）；二是與托馬斯形成對稱的弗蘭茨及其妻子瑪麗-克洛德，與弗蘭茨在柬埔寨遇到的「那個⋯⋯女大學生」（第268頁），也就是那個在弗蘭茨的葬禮「人群後面⋯⋯蜷縮著⋯⋯的女孩子」（第332頁）的「三角」關係。如此看來，則在以托馬斯為中心並以弗蘭茨為對比的男主角敘事系統中，《生命之輕》的核心與次核心圈人物實際就是七個人：托馬斯、特麗莎、薩麗娜、工程師、弗蘭茨、瑪麗-克洛德、女大學生。這七個人的關係構成了全書敘事的主體骨架，圖示如下：

〔註17〕 〔捷克〕米蘭·昆德拉《不能承受的生命之輕》，許鈞譯，上海譯文出版社，2010年，第319頁。

〔註18〕 陳曦鍾、宋祥瑞、魯玉川輯校《三國演義會評本》，北京大學出版社，1986年，第459～462頁。

〔註19〕 陳曦鍾、宋祥瑞、魯玉川輯校《三國演義會評本》，北京大學出版社，1986年，第542～547頁。

〔註20〕 陳曦鍾、宋祥瑞、魯玉川輯校《三國演義會評本》，北京大學出版社，1986年，第52頁。

〔註21〕 〔捷克〕米蘭·昆德拉《不能承受的生命之輕》，許鈞譯，上海譯文出版社，2010年，第1頁。以下引本書僅於引文後括注「第X頁」。

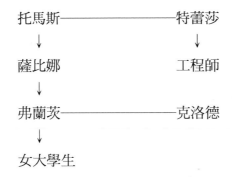

托馬斯────────────特蕾莎
　↓　　　　　　　　　　↓
薩比娜　　　　　　　　工程師
　↓
弗蘭茨────────────克洛德
　↓
女大學生

　　因此，一旦確認《生命之輕》以「永恆輪迴」寫人生「輕與重」「靈與肉」矛盾之性愛婚姻的主題，則從其敘事寫人理出的人物關係，就主要是這七個人，故能比照拙說數理批評，以其為《生命之輕》敘事中一個深藏不露的「七子」模式。

　　《生命之輕》以性愛婚姻的主題的「七子」模式有異於中國傳統的鮮明特點：一是其以兩相對比的「三角」性愛為核心共七位男女的組合，二是其中包含多個彼此相借的「三角」關係。這在中國文學中是除《肉蒲團》偶或似之以外從未見過的現象。

　　《生命之輕》的「七子」模式包含的「三角」關係有五：即（1）托馬斯與特麗莎、薩比娜，（2）托馬斯、薩比娜與弗蘭茨，（3）托馬斯與特蕾莎、工程師，（4）弗蘭茨、克洛德與薩比娜，（5）弗蘭茨、克洛德與「女大學生」。

　　這五個「三角」的關聯，則是以（1）為主和以（5）為次兩個「三角」平行世界的對稱，而以三角（2）為（1）與（5）主、次三角之間的聯絡，而作為（2）與（4）三角的「共享」人物薩比娜，則是（1）與（5）進而全部「三角」之間最重要的聯繫，也就是「七子」模式的關鍵。

　　按昆德拉的理論，薩比娜作為「七子」模式的關鍵，是一「搭扣」性人物。他在《小說的藝術》中接著上引「寫完《玩笑》的時候」一段話稍後述論說：

　　　　《好笑的愛》開始是十個短篇。當我最後匯成一冊時，去掉了
　　　　三個；整體就變得非常一致，以至於它已經預示了《笑忘錄》的結
　　　　構：同樣的主題（特別是「捉弄」主題）將七段敘述聯成一個整體，
　　　　其中第四與第六段敘述被同一個主人公的「搭扣」聯在了一起：哈
　　　　威爾醫生。在《笑忘錄》中，第四與第六部分也被同一人物聯在一

起：塔米娜。〔註22〕

　　雖然《生命之輕》與《好笑的愛》和《笑忘錄》設置「搭扣」的具體做法必然有異，但由此及彼，《生命之輕》中由（2）與（4）三角中「共享」之一角的薩比娜，是起有如《笑忘錄》中哈威爾醫生、塔米娜那種「搭扣」作用的人物，仍具有鮮明的辨識度。有所不同的是作為獨立的藝術形象，薩比娜整體上更高於哈威爾醫生和塔米娜：她自《第一部〈輕與重・5〉》出現以後，一直以游移於托馬斯和弗蘭茨之間共同情人的身份，在起到不可或缺的「搭扣」作用同時，也作為一位個性獨立的女畫家形象而與其他女性——主要是特蕾莎和克洛德——形成鮮明對照。

　　敘事文學中與中心和次中心人物相比似乎「搭扣」式人物的設置與描寫，中國小說、戲曲中自古有之，如《三國演義》中「（徐）元直走馬薦諸葛」中的元直即徐庶、《西廂記》中在張生、鶯鶯與老夫人間的奔走說合的紅娘等，都一時或多次起到類似「搭扣」的作用。但畢竟《生命之輕》中薩比娜的形象與徐庶、紅娘的作用似相近而實甚遠，更沒有根據說《生命之輕》與中國古典小說、戲曲有何直接的因緣。因此，薩比娜形象作為「搭扣」人物進而《生命之輕》「七子」模式的淵源，還應向歐美文學傳統中追尋。而且讀者從《生命之輕》的閱讀中不難感知，書中反覆寫及的俄國作家托爾斯泰的名著《安娜・卡列寧娜》〔註23〕，最有可能是《生命之輕》中「七子」模式的藍本。

　　從文學傳統的承衍看，《生命之輕》的主題很大程度上堪稱《安娜・卡列寧娜》的演義，而其框架結構等，兩書實有後先摹擬的聯繫。此論複雜，說來話長，而單說《安娜・卡列寧娜》寫人物雖多達一百五十餘個，但論其中心框架，則顯見是以安娜與卡列寧為核心與以吉提與列文為次核心的兩對夫妻之婚姻家庭命運對稱的雙線結構。其故事大略始於安娜與丈夫卡列寧婚姻不合，而杜麗是安娜的嫂子和吉提的妹妹，安娜因哥哥司忒潘婚姻出軌與杜麗鬧矛盾來莫斯科調解，與正在追求吉提的渥倫斯基一見傾心，渥倫斯基遂捨吉提而追求安娜並最終成為安娜的情人，而吉提則在地主列文的追求下與之結婚等等。這一主、次核心「三角」的人物關係可圖示如下：

〔註22〕〔捷克〕米蘭・昆德拉《小說的藝術》，許鈞譯，上海：上海譯文出版社，2004年，第106～107頁。
〔註23〕這是用《生命之輕》許鈞譯本中譯名。

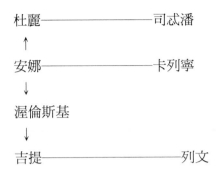

如能肯定這個圖示基本符合《安娜・卡列寧娜》中主要人物性愛婚姻關係之實際的話，那麼以此與上列《生命之輕》「七子」模式的圖示相對稱，則可見《安娜・卡列寧娜》中心人物的配置早就是一個「七子」模式。而即使可以杜麗與司忒潘一對夫妻有強扭入局的嫌疑，然而單從結構看，渥倫斯基作為與安娜和卡列寧和與吉提與列文構成的兩個「三角」的「共享」人物，實際在安娜與吉提兩對婚姻家庭的對稱中所起正是《生命之輕》中薩比娜那樣的「搭扣」作用。

如上比較與推論絕非隨意撮合或生拉硬扯。這只要看《生命之輕》中反覆出現《安娜・卡列寧娜》一書的意象與提示和托馬斯、特蕾莎雙雙死於車禍有似於安娜的結局，以及特蕾莎的寵物狗名曰「卡列寧」，以「卡列寧的微笑」為第七部命名結束全書等，便不難相信，由《生命之輕》逆推《安娜・卡列寧娜》的「七子」模式是《生命之輕》人物布置的淵源，當然也是《安娜・卡列寧娜》影響《生命之輕》人物形象的一個發現。

總之，「七子」模式也許並非托爾斯泰有意的設置，但至少客觀上使讀者可以作如是觀，並進而認為言必稱《安娜・卡列寧娜》的《生命之輕》的「七子」模式，應該就是從對《安娜・卡列寧娜》的模仿脫化而來。

最後還需要指出的是，《生命之輕》與《安娜・卡列寧娜》後先承衍的各以「搭扣」相鎖定的兩個「七子」模式，各所包含的兩對夫妻婚姻家庭的命運，似乎兩個平行的不同世界的對比，大有中國《周易》「一陰一陽謂之道」的意境。而似又不謀而合的是，中國古代小說恰恰也有這種雙線平行對稱的結構樣式，如《醒世姻緣傳》第二十二回後敘狄希陳前世晁夫人家行善修德與其今世受薛素姐等冤報的平行對照，《紅樓夢》寫甄、賈寶玉和《歧路燈》寫譚紹聞與譚紹衣的對照等，根本上就都屬於這種雙線平行對稱似二律背反的安排，也是「倚數」編撰的一種體現。

三、計時描寫中的「七」

除了上述東、西方文學的傳統之外，還應該看到以上兩節所論與《生命之輕》結構攸關的數字「七」，實乃東、西方文化傳統中最具神秘性的數字之一。而《生命之輕》在歐美文化傳統中的所承，顯然是《聖經·創世紀》寫神七天創造世界的信仰和以七天為一禮拜即一星期的生命輪迴周律的影響。因此，《生命之輕》自「永恆輪迴是一種神秘的想法」說起，探討人只有一次之生命的「輕與重」「靈與肉」等意義，反覆咀嚼品味生命中愛的歡樂與欲的煎熬，抒寫其哲思憂傷，故能在「七章」「七子」模式的大結構下，敘述描寫中計時亦多用「七」或「星期」之數，尤多用於寫托馬斯與特蕾莎聚散、分合「七年之癢」〔註24〕等等的計時：

> 1. 大約是三個星期前，他（托馬斯）在波希米亞的一個小鎮上認識了特蕾莎，兩人在一起差不多只待了個把鐘頭。她陪他去了火車站，陪他一起等車，直到他上了火車。十來天後，她來布拉格看他。他們當天就做了愛。夜裏，她發起燒，因為得了流感，在他家整整待了一星期。（第 7 頁）

> 2. 他（托馬斯）覺得她（特蕾莎）是不想走的。況且，佔領的最初七個日子，她是在一種興奮的狀態中度過的，簡直像是某種幸福。（第 30 頁）

> 3. 他（托馬斯）給在日內瓦的薩比娜打了多次電話。在俄國人入侵一個星期前，薩比娜碰巧到日內瓦辦畫展……（第 33 頁）

> 4. 他（托馬斯）付了賬，走出飯店，想在街上逛逛，滿懷的憂鬱漸漸地令他心醉。他同特蕾莎已經生活了七個春秋，此刻他才發現，對這些歲月的回憶遠比他們在一起生活時更加美好。（第 35 頁）

> 5. 他（托馬斯）跟特蕾莎捆在一起生活了七年，七年裏，他每走一步，她都在盯著。彷彿她在他的腳踝上套了鐵球。（第 36 頁）

> 6. 他（托馬斯）的同情心……在睡大覺，就像一個礦工勞累了一個星期之後，在星期天好好睡上一覺，以便星期一有力氣再下井

〔註24〕按《百度·百科》：「『七年之癢』最早來源於 1955 年上映的美國電影《七年之癢》，是一個漢語詞，意思是指愛情在七年後會進入一段危險時期。」《生命之輕》寫托馬斯與特蕾莎戀愛婚姻七年後分手，或即受這部電影命名的影響。

去幹活。（第 37 頁）

7. 她（特蕾莎）請了一個星期的假，沒有告訴母親就上了火車。
（第 64 頁）

8. 她（特蕾莎）對托馬斯談了母親的病，並宣布她要離開一個
星期去看望母親。（第 75 頁）

9. 那七天裏，特蕾莎在街頭拍下了俄國軍官和士兵種種不光彩
的行徑。（第 83 頁）

10. 是入侵的第七天，她（特蕾莎）在一家日報的編輯部裏收聽
演說。（第 91 頁）

11. 她（特蕾莎）對他（托馬斯）說：「我被活埋了，埋了很長
時間了。你每個星期來看我一次。你敲一敲墓穴，我就出來。我滿
眼都是土。」（第 270 頁）

　雖然有關托馬斯與特蕾莎的時間描寫中也偶有用及其他數字，但是「七」
或「星期」應用的數量與頻率絕對是最顯著的存在。其意義當然首在寫實，但
在「七章」「七子」模式和歐美以「七」為聖數的傳統下，其除寫實之外，大
概可以認為「七」或「星期」的反覆運用也是對其書以「永恆輪迴是一種神秘
的想法」念念不忘的暗示。

四、「堅持『三』的原則」

　東、西方宗教、政治與社會習俗都有重「三」的傳統。中國的就不說了。
西方如「三位一體」「三權分立」等等，都堪稱「三」的偉大應用。這在《生
命之輕》的敘事寫人中亦表現突出，甚至明確說「要堅持『三』的原則」（見
下引），自然是可有則有，甚至無所不在。以下類舉之。

（一）敘事頻率與時間

1. 為了確保「性友誼」永遠不在愛的侵略面前讓步，就算是去
看老情人，他（托馬斯）也要隔上好一陣子。他認為這種方式無懈
可擊，對朋友炫耀說：「要堅持『三』的原則：可以在短期內去會同
一個女人，但絕不要超過三次；也可以常年去看同一個女人，但兩
次幽會間至少得相隔三周。」（第 14 頁）

2. 第三天，他（弗蘭茨）去找門房……給房東打了電話，得知

薩比娜在兩天前已提出解約,並且照租約上訂好的付清了後三個月的租金。(第140頁)

3. 在巴黎的第三年,她(薩比娜)收到一封寄自波希米亞的信。是托馬斯的兒子寫來的一封信。(第145頁)

(二)記夢

1. 她(特蕾莎)的夢好似變奏的主題,或像一部電視連續劇的片段,反反覆覆。比如有一個夢經常做,那是個貓的夢……還有另一類夢,夢中她總是送死……第三類夢做的盡是她死後發生的事情。(第21~22頁)

2. 她(特蕾莎)始終交替做著三種夢:第一種,老鼠猖獗,暗示了她活在這個世上經受的苦難;第二種,展示的是變化多樣的死法中她最終將被處決的景象;第三種,講述的是她在彼世的生活,羞辱在那裡成為了一種永恆的狀態。(第71頁)

(三)敘人、事或物

1. 接下來的幾天,他(弗蘭茨)仍舊上門,希望碰上薩比娜。直到一次他看見房門開了,裏面有三名穿著藍色工裝的男人在搬家具和油畫,往停在房前的一輛搬家大卡車上裝。(第140頁)

2. 排列成梯形狀的三排長凳,女人們坐在上面,擠得一個挨著一個。一個三十來歲的女人,長著一張十分標緻的臉蛋,坐在特蕾莎身邊一個勁兒地出汗。(第161頁)

3. 然而一等他離開,一個索要第三杯伏特加的小個子禿頭男人開口了:「夫人,您知道您無權向未成年人提供酒精飲料。」(第170頁)

4. 「特蕾莎太太,」大使用一種慈父般的口吻說道,「警察有多項職責。第一是傳統的職責……第二是威懾的職責……第三項職責是製造能加罪於我們的情形。」(第194頁)

5. 特蕾莎心裏只琢磨著一件事:工程師肯定是警察派到她身邊來的……因為那個男孩,警察才找她的碴兒,才有工程師出來為她抱不平。他們三個合夥演了一場精心準備好的戲。那個男人對她表示同情,任務就是引誘她。(第195頁)

6. 離開她時……他（托馬斯）終於得到由三個要素構成的公式：一、笨拙伴著熱情；二、失去平衡而跌倒的人的惶恐的臉；三、兩腿高舉，恰如士兵面對揮舞的武器舉起投降的雙臂。（第 245～246頁）

7. 三個人都笑了……談起捷克其他畫家、哲學家、作家如今在幹什麼。俄國入侵之後，他們無一例外地被剝奪了工作，成了擦洗玻璃的、看停車場的、門房守夜的、給公共建築燒鍋爐的，最好的是開出租車的，因為這還需要門路。（第 253 頁）

8. 也許還存在著另一個星球，在那裡人可以第三次來到世上，帶著前兩次活過的人生經驗。（第 267 頁）

9. 此刻，三人正在一起用晚餐，老婦人稱薩比娜為「我可愛的女兒！」（第 305 頁）

10. 翻譯對著喇叭第三次喊話。（第 323 頁）

11. 這一權利（指「殺死一隻鹿或一頭母牛的權利」）在我們看來是不言而喻的，因為我們自認為是最高級的動物。但是，只要出現一個第三者加入該遊戲，情況就大不一樣了。（第 344 頁）

12. 可是今天，它（卡列寧）步履艱難，用三隻腳跳著走，另一條腿上的傷口還在流血。（第 345 頁）

13. （卡列寧）用三隻腳瘸著走過去，讓他們給它戴上了項圈。……他們在盼著卡列寧微笑的那一刻。然而它沒有笑，只是往前走著，而且是用三隻腳。（第 352 頁）

14. 卡列寧現在只能用三隻腳走路，呆在一個角落裏的時間也越來越長。（第 360 頁）

15. 飛機終於降落了……他們始終相互摟著，站在舷梯高高的臺階上。只見下面有三個戴著風帽、持槍的男人。（第 366 頁）

16. 小夥子……端起第三杯李子酒，說：「要是梅菲斯突感到傷心的話，我們就帶它一起去，這樣，我們就有兩頭豬了！見來了兩頭豬，哪個女人都會樂得前仰後合的！」說完，他一陣大笑，走開了。（第 37 頁）

（四）未標明「三」而實以「三」為度數的，如

1. 得給它起個名字。托馬斯想別人一聽到這個名字，就知道是特蕾莎的狗，他想起，當初她不打招呼來到布拉格時，腋下夾著一本書。他於是提出那狗就叫托爾斯泰吧。

「不能叫托爾斯泰，因為這是個小丫頭，」特蕾莎反駁說，「倒可以叫它安娜‧卡列寧娜。」

「不能叫它安娜‧卡列寧娜，一個女人的嘴，根本不會長得這麼滑稽。」托馬斯說，「不如叫卡列寧。對，卡列寧。這正是我原來一直想像的。」（第 28 頁）

這是經三次的選擇才為「特蕾莎的狗」取名「卡列寧」。

2. 他整個兒陷入了怪圈：剛出門去見情婦，馬上就沒了欲望，可一天沒見情人，他會立即打電話約會。（第 25 頁）

這是寫托馬斯對特蕾莎在「靈與肉」之間進退維谷如飛去來「怪圈」般的無奈，具體說在他的感覺中，「他已是毫無出路：在情婦們眼裏，他帶著對特蕾莎之愛的罪惡烙印，而在特蕾莎眼中，他又烙著同情人幽會放浪的罪惡之印」。（第 25 頁）

正如上已述及並從引例中也偶而可見，《生命之輕》沒有也不可能事必為「三」，但是，很明顯，作者既已聲明「要堅持『三』的原則」，則有如上林林總總以「三」為斷的敘述與描寫，無疑是閱讀與研究中應該特別注意到的一個「倚數」現象。至於昆德拉如此做法受到了古老重「三」文化傳統的影響之外，也要看到這在歐美文學中不是罕見的現象。例如奧地利作家斯蒂芬‧茨威格《象棋的故事》中「神父每晚都會和警察局的巡邏官下三盤象棋」〔註 25〕，美國作家海明威的《老人與海》中曾三次寫到桑提亞哥夢，尤其是沙灘上的「獅子」〔註 26〕，等等。

至於昆德拉是僅僅繼承了這些傳統，還是另有其他的考慮？或者也「是一種來自深層的、無意識的、無法理解的必然要求，一種形式上的原型」，則不得而知。

〔註 25〕〔奧〕茨威格《一個陌生女人的來信──茨威格中短篇小說選》，柳如菲譯，上海：立信會計出版社，2012 年，第 69 頁。

〔註 26〕〔美〕海明威《老人與海》，海觀譯，信德、仲南編選，諾貝爾文學獎金獲獎作家作品選，杭州：浙江人民出版社，1981 年，第 217 頁。

五、「三」的倍數

應該與「要堅持『三』的原則」有關，《生命之輕》的「倚數」編撰也多用到「六」「九」等「三」的倍數。

（一）有關「六」的

這裡，首先值得注意的是第二部《靈與肉》第 11 節開篇第二句中括注「偶然巧合」的意象就包含「數字六」，表明用「六」是作者故意的安排。具體描寫則有：

　　1. 事實確實如此：興奮的日子只持續了佔領後的頭七天……就在這些日子裏，俄國人強迫那幫被劫持的捷克政要妥協，在莫斯科簽了協議。杜布切克帶著這份妥協的協議，回到布拉格，並在電臺發表了講話。六天的監禁竟把他折磨得不成人樣，連話都講不出來，結結巴巴，不停地喘氣，連一個句子都講不完整，一停就差不多有半分鐘。（第 31 頁）

　　2. 七年前，在特蕾莎居住的城市醫院裏，偶然發現了一起疑難的腦膜炎，請托馬斯所在的科主任趕去急診。但是，出於偶然，科主任犯了坐骨神經痛病，動彈不得，於是便派托馬斯代他到這家外省醫院。城裏有五家旅館，可是托馬斯又出於偶然在特蕾莎打工的那家下榻。還是出於偶然，在乘火車回去前有一段時間，於是進了旅館的酒吧。特蕾莎又偶然當班，偶然為托馬斯所在的那桌客人提供服務。恰是這六次偶然把托馬斯推到了特蕾莎身邊，好像是自然而然，沒有任何東西在引導著他。……這個女人，這個絕對偶然的化身，現在就睡在他的身邊，在睡夢中深深呼吸著。（第 42～43 頁）

　　3. 從蘇黎世回到布拉格後，托馬斯一想到他和特蕾莎的相遇是因為六次難以置信的偶然巧合，心裏就不痛快。（第 58 頁）

　　4.「真奇怪，您在六號。」她（特蕾莎）說……她想起她曾和父母一起住在布拉格，那時父母還沒有離婚，他們的房子就是六號。但她回答的完全是另外一件事（我們只能為她的機智而讚歎）：「您住六號房間，我六點下班。」（第 60 頁）

　　5. 他知道自己已經準備隨時離開他幸福的家，準備隨時離開與他夢中的年輕姑娘一起生活的天堂，他要背叛愛情的「es muss sein」

跟著特蕾莎，跟著這個緣於六次滑稽的偶然的女人走。（第 285 頁）

6. 三天後，托馬斯在獸醫的協助下親自為它動了手術……縫了六針的傷口。（第 342 頁）

（二）有關「一」與「六」的

1. 寫特蕾莎夢中刑場上她「一」個人眼中的「六個」殺人與被殺者：

> 她看到那裡有幾個人。她走過去，越靠近，越是把腳步放慢。一共有六個人……她總算來到他們身邊了。在這六個人當中，她肯定有三個和她因同樣的原因而……另外三個顯得寬容善良。其中一個手裏拿著把槍。看到特蕾莎，他微笑著做了個手勢：「對，就是這裡。」（第 174～175 頁）

2. 寫「他們的真正的朋友」——「他們」作為「一」人與合作社主席一家五人一豬——實是說「他們」與合作社主席如六頭「豬」似的一家人的聯繫：

> 合作社主席成了他們的真正的朋友。主席已結婚，有四個孩子，還有一頭豬，卻被當作狗來養著。豬的名字叫梅菲斯突，是全村的驕傲和開心寶。它很聽話，愛清潔，一身粉紅色，邁著小步，活像那些穿著高跟鞋走路的大腿肚女人。（第 341 頁）

（三）向特蕾莎的母親求婚的「九個男人」

> 1. 特蕾莎的母親……等到了談婚論嫁的年齡，有九個男人向她求婚。一個個跪倒在她的身邊……向她求婚，九個人的膝蓋都磨出了泡。最終她選擇了第九個……她心裏在想著另外八個求婚的，覺得每個都比第九個強。（第 50～51 頁）

值得注意的是，如上《生命之輕》敘事中各種涉及數字「六」「九」的人或事多非吉祥，更無一如意之事。顯示《生命之輕》對數字「三」的倍數「六」甚至「九」，都持似乎忌諱排斥的傾向，從而與這兩個「數」有關的描寫，皆非圓滿至樂之境，而與我國傳統「六六大順」「九九歸一」有異，但與《金瓶梅》中「潘六兒（金蓮）」「王六兒」「六娘」之皆含貶意之「六」內涵更相近似。

六、「重複」之數

「重複」是東、西方文學理論的重要概念之一。孔子曰：「書之重，辭之

複。嗚呼！不可不察也。其中必有美者焉。」〔註27〕表明中國早在孔子就已經
發現並認識到《尚書》《（周易）爻辭》之有「重複」及其「有美」的特點。西
方柏拉圖的「理念論」和「摹仿說」也就是建立在世界為對「理念」的永續模
仿基礎上的重複〔註28〕，故西諺有曰「太陽底下無新事」。米蘭・昆德拉《生
命之輕》就繼承秉持了這樣一種傳統觀念。他在《生命之輕》中寫道：

> 是的，幸福是對重複的渴望，特蕾莎想。
>
> 每天下班後，合作社主席都要帶他的梅菲斯突散步，每次遇到
> 特蕾莎，他都忘不了要說：「特蕾莎太太，我要是早認識他就好了！
> 那就可以一起去追姑娘了！哪個女人能抵擋得住兩頭豬的進攻
> 呀！」聽見這話，梅菲斯突哼了一聲，它受過這方面的訓練。特蕾
> 莎笑著，其實一分鐘前她已知道主席要對她說什麼。重複絲毫無損
> 於玩笑的誘惑力。恰恰相反，在牧歌的境界裏，甚至連幽默也服從
> 於溫馨的重複之法則。（第 359 頁）

在他看來，宇宙人生「永恆輪迴」，「Einmal ist keinmal.」一次不算數。一
次就是從來沒有」（第 265 頁）。從而其操筆為小說，貫穿其「七章」「七子」
模式的描寫幾乎都是一個「永恆輪迴」的「圓」，並在情節與細節上往往有意
而為某種數度的重複或重複至某種度數。列如：

（一）「籃子」。《生命之輕》寫托馬斯對「門將偶然」得到的特蕾莎愛情
比喻為「她就像是個被人放在塗了樹脂的籃子裏的孩子」，反覆出現（包括提
及）約有八次：

> 1. 對他而言，她就像是個被人放在塗了樹脂的籃子裏的孩子，
> 順著河水漂來，好讓他在床榻之岸收留她。（第 7 頁）
>
> 2. 他（托馬斯）一次又一次，總是想起那個躺在他長沙發上的
> 女人的模樣；她和他過去生活中的任何女人都不一樣。既不是情人，
> 也不是妻子。她只是個他從塗了樹脂的籃子裏抱出來，安放在自己
> 的床榻之岸的孩子。（第 8 頁）
>
> 3. 他（托馬斯）又一次對自己說，特蕾莎是一個被人放在塗了
> 樹脂的籃子裏順水漂來的孩子。河水洶湧，怎麼就能把這個放著孩

〔註27〕蘇輿撰《春秋繁露義證》，鍾哲點校，北京：中華書局，1992 年，第 442 頁。
〔註28〕參見〔美〕J・希利斯・米勒著《小說與重複》，王宏圖譯，天津：天津人民出
版社，2008 年，第 5～6 頁。

子的籃子往水裏放，任它漂呢！（第 11～12 頁）

4. 當初特蕾莎心血來潮來到布拉格托馬斯家，我在本書第一部已經說過，當天當時，他便和她做愛，之後她發燒了。她躺在床上，而他則守在她的床頭，深信這個孩子是被人放在籃子裏，順水漂來，送給他的。（第 209 頁）

5. 他（托馬斯）跪在床頭邊，冒出一個念頭：她是被別人放在籃子裏，順水漂流送到他身邊的。（第 245 頁）

6. 他（托馬斯）立刻回想了起來：她就像一個被棄在籃子中的孩子，順流漂到他的床榻之岸。（第 259 頁）

7. 在他（托馬斯）看來，她來到他身邊，純屬偶然，不能承受。為什麼她會在他旁邊？是誰把她放在籃子裏讓她順流而下的？為什麼她會停在托馬斯的床榻之岸？為什麼是她而不是別人？（第 270 頁）

8. 假定……我們每個人在世界的某個地方都有著另一半……但沒有人會找到自己的另一半。代替這一半的，是別人放在籃子裏，順流漂送給他的特蕾莎。可如果以後他真遇到了命中注定的那個女人，遇到了他自己的另一半呢？他會選誰呢？是在籃子裏撿到的女人，還是柏拉圖傳說中的女人呢？（第 284 頁）

當然，這裡應該提及《生命之輕》中與托馬斯意想中「順流漂送給他的特蕾莎」的「籃子」相對應，還先後三次寫了特蕾莎預感托馬斯對自己不忠的噩夢中看到托馬斯居身其中的游泳館頂上的「籃子」：

9. 還有……這樣一個夢：「那是一個封閉的游泳館，很大。裏面有二十來個人。全是女的。一個個赤身裸體，得圍著游泳池不停地走。游泳館頂上懸掛著一個碩大的籃子，裏面有個人。他戴著頂寬簷帽，臉被遮住了，可我知道那是你（托馬斯）……你馬上就會把我殺了。」（第 21～22 頁）

10. 她光著身子，跟著一群赤身裸體的女人一個接一個地繞著游泳池走。穹頂上懸掛著一個籃子，托馬斯高高地站在上面，他吼叫著，逼她們唱歌，下跪。一旦有人哪個動作做錯了，他就朝她開槍，把她打倒。（第 69 頁）

11. 她不能朝任何一個女人偷偷地看一眼，否則其他的女人會
立即向那個站在游泳池上方籃子裏的男人（托馬斯）揭發她，讓他
開槍斃了她。（第 302 頁）

寫「順水漂來的孩子」的故事，我國《西遊記》中寫「江流兒」玄奘出世
拋江有似之。但按《生命之輕》中說：「特蕾莎是一個被人放在塗了樹脂的籃
子裏順水漂來的孩子……如果法老的女兒沒有抓住水中那只放了小摩西的搖
籃，世上就不會有《舊約》，也不會有我們全部的文明了！多少古老的神話，
都以棄兒被人搭救的情節開始」（第 11～12 頁）云云，可知使特蕾莎來到托馬
斯身邊並成為其愛人的「籃子」的比喻，應是脫胎於《聖經・出埃及記》的《摩
西的出生》：

> 有一個利未家的人娶了一個利未女子為妻。那女人懷孕，生一
> 個兒子，見他俊美，就藏了他三個月，後來不能再藏，就取了一個
> 蒲草箱，抹上石漆和石油，將孩子放在裏頭，把箱子擱在河邊的蘆
> 荻中。孩子的姐姐遠遠站著，要知道他究竟怎麼樣。法老的女兒來
> 到河邊洗澡，她的使女們在河邊行走。她看見箱子在蘆荻中，就打
> 發一個婢女拿來。她打開箱子，看見那孩子。孩子哭了，她就可憐
> 他，說，這是希伯來人的一個孩子。

而特蕾莎夢中游泳池上弔著托馬斯的「籃子」也似乎由此變化而來。而由
神之意旨使特蕾莎隨水漂來的偶然的「籃子」的反覆出現，與後來特蕾莎夢中
游泳池上托馬斯居中向一眾女人發號施令的人設「籃子」的對立，無疑強化了
愛情之「輕」與婚姻之「重」和男女之際「靈與肉」相愛相殺的真實，《生命
之輕》中說：

> 女人總渴望承受一個男性身體的重量。於是，最沉重的負擔同
> 時也成了最強盛的生命力的影像。負擔越重，我們的生命越貼近大
> 地，它就越真切實在。

> 相反，當負擔完全缺失，人就會變得比空氣還輕，就會飄起來，
> 就會遠離大地和地上的生命，人也就只是一個半真的存在，其運動
> 也會變得自由而沒有意義。（第 5 頁）

（二）《安娜・卡列寧娜》。上已述及此書及其中心人物安娜是《生命之輕》
中反覆出現的重要意象之一。先後約有五次：

1. 第二天晚上，她（特蕾莎）來了……手裏拿著一本厚書，是

托爾斯泰的《安娜·卡列寧娜》。（第 10 頁）

2. 她（特蕾莎）到托馬斯家去的那天，胳膊下夾著一本小說，在這本小說的開頭，寫安娜和沃倫斯基相遇的情況就很奇特……小說的結尾，則是安娜臥在一列火車下。（第 62～63 頁）

3. 安娜可以用任何一種別的方式結束生命，但是車站、死亡這個難忘的主題和愛情的萌生結合在一起，在她絕望的一剎那，以淒涼之美誘惑著她。人就是根據美的法則在譜寫生命樂章，直至深深的絕望時刻的到來，然而自己卻一無所知。（第 63 頁）

4. 她（特蕾莎）第二次再來的時候，提著一個沉沉的箱子……腋下夾著本《安娜·卡列寧娜》。晚上，她按響門鈴，他開了門。她一直沒有放下那本書，彷彿那就是她邁進托馬斯世界的門票。她明白這張可憐的門票是她惟一的通行證，為此，她真忍不住想哭。（第 64～65 頁）

5. 她（特蕾莎）想他們的相逢從一開始就是一個錯誤。那天她夾著本《安娜·卡列寧娜》，那只是她用來欺騙托馬斯的假身份證。他們為彼此造了一座地獄，儘管他們彼此相愛。（第 93 頁）

（三）貝多芬第一三五號四重奏樂章（與「Muss es sein（非如此不可）」）。《生命之輕》中與《安娜·卡列寧娜》一書大體平行和時有交集出現的是貝多芬一生創作的最後一部編號為一三五的四重奏的樂章：

1. 托馬斯聳了聳肩膀，說道：「Es muss sein.Es muss sein.」……

一提到貝多芬，托馬斯覺得已經回到特蕾莎身旁，因為當初是她逼他非買下貝多芬的那些四重奏和奏鳴曲唱片。

再說，這一提實在及時，完全出乎他的想像，因為院長是音樂迷。他帶著清澈的笑容，輕輕地用嗓子模仿貝多芬的曲調：「Muss es sein？」非如此不可？

托馬斯又說了一遍：「對，非如此不可！Ja，es muss sein！」（第 38 頁）

2. 同巴門尼德不同，貝多芬似乎將重當作某種正面的東西……重者才有價值。

這一信念產生於貝多芬的音樂……貝多芬的英雄，是托起形而

上之重擔的健將。

托馬斯開車向瑞士邊境駛去，我在想像，滿懷憂傷、一頭亂髮的貝多芬本人，正在指揮著當地的消防員樂隊，為他演奏著一曲名為《Es muss sein！》的告別流亡進行曲。（第 40 頁）

3. 我們都堅信，滿腹憂鬱、留著嚇人的長髮的貝多芬本人，是在為我們偉大的愛情演奏《Es muss sein！》。（第 42 頁）

4. 廣播里正播放著音樂……她聽出是貝多芬的曲子。她是在布拉格的一個絃樂四重奏小樂隊到這個小鎮上巡迴演出後，才知道貝多芬的。那次……臺上是樂隊四重奏，臺下是聽眾三人團。演奏師很友好，並沒有因此取消音樂會，整個晚上為他們三個人演奏了貝多芬的最後三部四重奏曲。……從此，貝多芬對她來說成為了「另一面」的世界的形象，成了她所渴望的世界的形象。此刻，她正端著給托馬斯的白蘭地酒從吧臺往回走，她邊走邊努力想從這一偶然之中悟出點什麼：偏偏就在她準備給一個討她喜歡的陌生男人上白蘭地的一刻，怎麼會耳邊傳來了貝多芬的樂曲呢？（第 58～59 頁）

5. 他倆的相遇，便是巧合：托馬斯出現在酒吧的時刻，收音機里正播放著貝多芬的樂曲。這些巧合絕大多數都在不經意中就過去了。如果不是托馬斯，而是街角賣肉的坐在酒吧的桌子旁，特蕾莎可能不會注意到收音機在播放貝多芬的樂曲（雖然貝多芬和賣肉的相遇也是一種奇怪的巧合）。但是萌生的愛情使她對美的感覺異常敏銳，她再也忘不了那首樂曲。每次聽到這首樂曲，她都激動不已。那一刻發生在她身邊的一切都閃耀著這首樂曲的光環，美輪美奐。（第 62 頁）

6. 托馬斯為了讓特蕾莎高興，也開始喜歡上貝多芬。不過他不太醉心於音樂，我甚至懷疑他是否知道貝多芬的著名動機「es muss sein？es muss sein！」的真實故事。

事情的經過是這樣的：有個叫登普金的先生欠貝多芬五十個弗羅林金幣，於是手頭總是缺錢的貝多芬找上門來要錢。可憐的登普金歎氣道：「es muss sein？（非如此不可？）」貝多芬樂了，笑著回答：「es muss sein！（非如此不可！）」後來，他在筆記本上記下了

這幾個字及其音調,並根據這個很真實的動機譜了個四重唱的短曲:其中三個人唱「es muss sein,ja,ja,ja(非如此不可,是的,是的,是的)」,第四個人接著唱:「heraus mit dem Beutel!(掏出你的錢袋!)」

一年之後,在他編號為一三五的最後一部四重奏的第四章裏,這一動機成為了核心動機。這時,貝多芬想的不再是登普金的錢袋。「es muss sein」這幾個字對他來說已經具備越來越莊嚴的調子,彷彿是命運之神的親口召喚……

貝多芬就這樣將詼諧的靈感譜成了嚴肅的四重奏,將一句玩笑變成了形而上學的真理。這是一個很有趣的由輕到重(也就是巴門尼德的正負變化之說)的例子。(第 233～234 頁)

7. 一個披著一頭亂蓬蓬的長髮的憂鬱的男人,用一種陰鬱的聲音說:「Es muss sein!」(第 335 頁)

值得注意的是《生命之輕》中與貝多芬第一三五號四重奏樂章幾乎同步和出現更多的是其第四樂章中的「es muss sein」(「非如此不可」),以其與「別樣亦可」的矛盾對立隨機並反覆凸顯出「靈與肉」遇合的偶然與脆弱,即中國古詩所謂「大都好物不堅牢,彩雲易散琉璃脆」(白居易《簡簡吟》)的無奈與遺憾。

(四)特蕾莎攥著他的手。《生命之輕》寫特蕾莎對托馬斯的充滿獻身精神與唯恐有失的愛情,反覆描寫了一個今天中國青年人習用的一個詞兒即「牽手」〔註29〕的意象,先後約有五次:

1. 可這一次,他在她身邊睡著了。早上醒來,他發現特蕾莎還睡著,攥著他的手。他們是不是整夜都這麼牽著手?這讓他感到難以置信。(第 11 頁)

2. 這就是為什麼他醒後發現特蕾莎緊緊地攥著他的手時會如此驚訝!(第 16 頁)

〔註29〕按《百度・百科》:「《牽手》是由楊陽執導、蔣雯麗和吳若甫領銜主演的家庭倫理劇,於 1999 年 4 月 9 日在央視一套首播。該劇獲得了第 19 屆中國電視劇飛天獎和第 17 屆中國電視金鷹獎等多個獎項。」但「牽手」意象的描繪在出版於 1984 年的本書中為最早和最為集中。但本書之簡體中文許鈞譯本由上海譯文出版社於 2003 年才推出,故二者之相似固有趣味,但是否有關則未便斷定。

3. 睡著時，她還像第一夜那樣攬著他：緊緊地抓住他的手腕、手指或腳踝。當他想離開又不弄醒她，他就得使點花招。他從她手中抽出手指（手腕或腳踝），這總會讓她在模糊中驚醒過來，因為睡著的時候她也很用心地守著他。為了讓她安靜，他就塞一件東西到她手中（一件揉成一團的睡衣，一隻拖鞋，一本書），而她隨後緊緊地攬著它，好像那是他身體的一部分。（第 16 頁）

4. 一天……他對她說：「好了！現在我要走了。」……他從門口走到走廊上（是樓房的公共走廊），當著她的面關上門。她猛地打開門，跟著他，在半睡眠中確信他想永遠地離開她，而她應該留住他。他下了一層樓，站在樓梯口等著她。她在那兒找到他，抓住他的手，拉他回到自己身邊，回到床上。（第 16 頁）

5. 後來，叫聲終於平息了，她在托馬斯身邊睡著了，整夜都抓著他的手。

打從八歲開始，她入睡時就用一隻手抓著另一隻手，想像自己就這樣握著所愛的男人，她生命中的那個男人。因此也就不難理解她在熟睡中這樣死死地抓住托馬斯的手，因為從孩提時代起，她就這樣去準備，去練習了。（第 66 頁）

6. 他們只有在晚上沉沉入睡的時候才溫柔地融為一體。他們的手一直牽在一起，這時她忘記了把他們隔開的鴻溝（白日的陽光所構築的鴻溝）。（第 269 頁）

雖然如上被重複的內容各都以其典型性凸顯或隱寓某種特定意義，但這些意義的固化或強化無疑都依賴於其被重複至恰到好處的度數。但按上引《生命之輕》的重複度數，雖有可以認為屬於傳統的「三」「七」「六」「九」等數，但總體看來似乎都屬隨意的布置。有的如對特蕾莎對托馬斯「黏人」的愛（動作、意象等）之描寫幾乎放縱的「重複」，無疑加強了該描寫令人壓抑到幾乎窒息的美感，進而證明或引出托馬斯對「輕與重」「靈與肉」的思考：

最沉重的負擔壓迫著我們，讓我們屈服於它，把我們壓到地上。但在歷代的愛情詩中，女人總渴望承受一個男性身體的重量。於是，最沉重的負擔同時也成了最強盛的生命力的影像。負擔越重，我們的生命越貼近大地，它就越真切實在。

相反，當負擔完全缺失，人就會變得比空氣還輕，就會飄起來，就會遠離大地和地上的生命，人也就只是一個半真的存在，其運動也會變得自由而沒有意義。（第5頁）

托馬斯心想：跟一個女人做愛和跟一個女人睡覺，是兩種截然不同，甚至幾乎對立的感情。愛情並不是通過做愛的欲望（這可以是對無數女人的欲求）體現的，而是通過和她共眠的欲望（這只能是對一個女人的欲求）而體現出來的。（第17頁）

七、其「倚數」編撰的溯源

綜上所述論，並幾乎不言自明的是，《生命之輕》如編籠織錦般「倚數」編撰形成其所謂「建築圖」「幾何結構」或曰「數學秩序」「數學結構」。這種可謂「數字化存在」的文本是通過上所述論「七」和「三」的原則以及「三」的倍數即「六」「九」等數的錯綜複雜建構實現的。其表達思想的優越性與藝術上的美感一如其他也可以和應該有具體的說明，但本文到此已經太長了，所以打住以待將來。這裡最後要說的是因作者自身的文化修養，《生命之輕》創作「倚數」編撰的思想淵源，雖來自人類共通和主要是歐美「數理」哲學傳統，但承前啟後，對其影響最大的應該是兩部小說和一首名曲。這兩部小說：一是俄羅斯作家托爾斯泰的《安娜‧卡列寧娜》，二是法國作家普魯斯特《追憶似水年華》；一部名曲即貝多芬一生創作的最後一部編號為一三五的四重奏。

（一）《生命之輕》與《安娜‧卡列寧娜》

《生命之輕》對《安娜‧卡列寧娜》的模仿與借鑒，或曰化腐朽為神奇，從上所述及看可說是全方位並深入肌理的。對此，作者不僅無諱，還唯恐讀者不知或忽略了似地有意提示。如上已略引過的一段原文：

她到托馬斯家去的那天，胳膊下夾著一本小說，在這本小說的開頭，寫安娜和沃倫斯基相遇的情況就很奇特，他們相遇在一個火車站的站臺上，那兒，剛剛有一個人撞死在火車下。小說的結尾，則是安娜臥在一列火車下。這種對稱的布局，同樣的情節出現在開頭和結尾，看來或許極富「小說味」。是的，我承認，但惟一的條件，就是這種小說味對你來說並不意味著「虛構」、「杜撰」，或者「與生活一點不像」。因為人生就是這樣組成的。（第62～63頁）

但從數理批評探討的「倚數」編撰看，《生命之輕》對《安娜‧卡列寧娜》

的模仿與借鑒，除上述「七子」模式包括其中的「搭扣」之外，最明顯的，一
是兩書題材與主題都是寫愛情婚姻，二是都通過主要寫兩個家庭或兩對夫妻
的對比，寫愛情與婚姻的「靈與肉」「輕與重」乃至人的「生與死」，由此展開
社會人生的描寫，皆可謂《老子》「一生二，二生三，三生萬物」（第四十二章）
之道，亦即人生與世界的「數」的邏輯。而《生命之輕》對《安娜‧卡列寧娜》
的超越則是其由「一」「二」「三」之道進一步提煉昇華至探討「永恆輪迴」的
「怪圈」，實現了從《安娜‧卡列寧娜》主要寫現實生活中愛情與婚姻之「輕
與重」的人世困窘，向主要探討這種困窘內化為心靈的痛苦掙扎與反思的轉換
與飛昇。這無疑是文學寫人的一個深刻自覺而偉大的進步。

（二）《生命之輕》與貝多芬音樂

《生命之輕》在與對《安娜‧卡列寧娜》的模仿與借鑒並行的同時，又交
集了對貝多芬最後一部四重奏（即作於 1826 年編號為一三五的四重奏）的跨
際取法。對此，作者於書中也有直言不諱的提點：

> 人生如同譜寫樂章。人在美感的引導下，把偶然的事件（貝多
> 芬的一首樂曲、車站的一次死亡）變成一個主題，然後記錄在生命
> 的樂章中。猶如作曲家譜寫奏鳴曲的主旋律，人生的主題也在反覆
> 出現、重演、修正、延展。安娜可以用任何一種別的方式結束生命，
> 但是車站、死亡這個難忘的主題和愛情的萌生結合在一起，在她絕
> 望的一剎那，以淒涼之美誘惑她。人就是根據美的法則在譜寫生命
> 樂章，直至深深的絕望時刻的到來，然而自己卻一無所知。
>
> 因此我們不能指責小說，說被這些神秘的偶然巧合所迷惑（例
> 如，沃倫斯基、安娜、站臺和死亡的巧合，貝多芬、托馬斯、特蕾
> 莎和白蘭地的巧合），但我們有理由責備人類因為對這些偶然巧合視
> 而不見而剝奪了生命的美麗。（第 63 頁）

這顯然是為《生命之輕》融合倚用貝多芬《四重奏》樂曲的聲明、解釋與
辯護。幾乎同樣用心而更深入細緻的表述也出現在《小說的藝術》中，包括著
對這種做法由來的說明：

> 薩：您所受的音樂教育是否大大影響了您的寫作？
>
> 昆：一直到二十五歲前，我更多的是被音樂吸引，而不是文學。
> 我當時做的最棒的一件事就是為四種樂器作了一首曲：鋼琴、中提
> 琴、單簧管和打擊樂器。它以幾乎漫畫的方式預示了我當時根本無

法預知其存在的小說的結構。您想想，這首《為四種樂器譜的曲》分為七個部分！就跟我小說中一樣，整體由形式上相當異質的部分構成……（第 113 頁）

對此，他也曾很不理解，但恍然大悟的靈感正是來自貝多芬的音樂：

以前，我還以為這一縈繞著我的形式是我個人的某種代數定義……一部小說的形式，它的「數學結構」，並非某種計算出來的束西；這是一種無意識的必然要求，是一種揮之不去的束西。可是，幾年前的某一天，我更加仔細地聽了貝多芬的第一三一號四重奏，我不得不放棄了以前對形式自戀的、主觀的觀念。您看看：

第一樂章：慢；賦格曲形式；七分二十一秒。

第二樂章：快；無法歸類的形式；三分二十六秒。

第三樂章：慢；一個主題的簡單呈示；五十一秒。

第四樂章：慢、快；變奏形式；十三分四十八秒。

第五樂章：很快；諧謔曲；五分三十五秒。

第六樂章：很慢；一個主題的簡單呈示；一分五十八秒。

第七樂章：快；奏鳴曲形式；六分三十秒。

貝多芬可能是最偉大的音樂建築師。他承襲的奏鳴曲……一三一號四重奏是結構完美性的頂峰。我只想請您注意我們剛才提到過的一個細節：長度的多樣化。第三樂章的長度只是下一個樂章的十六分之一！而正是兩個那麼奇怪的短促樂章（第三和第六樂章）將如此多樣的七個部分聯在了一起！（第 114～115 頁）

這就是說，《生命之輕》等米蘭・昆德拉小說「七章」模式為基礎的「數學秩序」或曰「數學結構」的來源，除上論小說等文學傳統外，其且近而直接的又一原型是音樂──貝多芬第一三一號四重奏結構的啟發。其與貝氏《四重奏》二者共同的特點是：「七個部分」和「長度的多樣化」的統一。他在《小說的藝術》中又說：

假如所有這些樂章大概都是一樣的長度，統一體就會崩潰。為什麼呢？我無法解釋。就是這樣。七個長度一樣的部分，就好像是七個大大的衣櫃一個挨一個地擺在一起。（第 115 頁）

以此對照《生命之輕》的「七個部分」和它各個部分的「長度」：第一部

《輕與重》17 節，第二部《靈與肉》29 節，第三部《不解之詞》11 節，第四部《靈與肉》29 節，第五部《輕與重》23 節，第六部《偉大的進軍》29 節，第七部《卡列寧的微笑》7 節的參差不齊，即明顯可見昆德拉小說與貝多芬第一三一號四重奏結構的一致性，而前者有意無意間正是脫胎於後者一曲分為「長度的多樣化」的七個樂章模式。

（三）《生命之輕》與《追憶似水年華》

如上已論及《生命之輕》的「七章」模式或與受普魯斯特《追憶似水年華》的分七卷／部的影響有關。但這裡還要指出，《生命之輕》對貝多芬《一三五號四重奏》的跨題材取法除作者本愛音樂之外，還似受到了《追憶似水年華》中有以「七重奏」樂曲暗喻其書的寫法有關。

這一現象雖然只出現於第七部《重現的時光》中，但是，不下三十餘次對「七重奏」的描寫或提及都出現在此第七部裏，不容我們不想到其有以《追憶似水年華》為人生「七重奏」的用心。這是昆德拉在《小說的藝術》等任何作品中都沒有說過的，是終未能不有所諱嗎？但以其相似乃爾，就不能不使人懷疑《生命之輕》融入貝多芬《四重奏》樂曲因素的做法，很可能是直接由《追憶似水年華》第七部《重現的時光》的做法受到了啟發，那不過是一個把「七重奏」替換為「四重奏」的七部樂章的念頭而已。

但是，《生命之輕》對《追憶似水年華》的最大量模仿與借鑒是「堅持『三』的原則」與多種多樣的「重複」。《追憶似水年華》對「三」的倚重可一例以蔽之，即其七部二百餘萬字的創始進入「追憶」的寫法，就是從第一部《在斯萬家那邊》的第一卷《貢佈雷》開篇寫「我（作者）」第一次喝茶的「三口」茶開始的：

> 有一年冬天……我的心情很壓抑，無意中舀了一勺茶送到嘴邊。
> 起先我已掰了一塊「小瑪德萊娜」放進茶水準備泡軟後食用。帶著
> 點心渣的那一勺茶碰到我的上齶，頓時使我混身一震……我喝第二
> 口時感覺比第一口要淡薄，第三口比第二口更微乎其微……我放下
> 茶杯，轉向我的內心，只有我的心才能發現事實真相……然而，回
> 憶卻突然出現了：那點心的滋味就是我在貢佈雷時某一個星期天早
> 晨吃到過的「小瑪德萊娜」的滋味……貢佈雷的一切……大街小巷

和花園都從我的茶杯中脫穎而出。〔註30〕

此後，書中絡繹不絕，直到結尾不下百餘次提到這次的飲茶和點心，乃至全書即將終卷之處仍最後提起「當我嘗到浸泡在茶湯裏的小馬德萊娜點心的滋味⋯⋯回憶起貢佈雷」。

這件事及其茶與小馬德萊娜點心的象徵，同時是《追憶似水年華》中重複最多的意象。據一不完全譯本的電子版統計，《追憶似水年華》全書多達二百餘次寫到茶，至少三十餘次寫到小馬德萊娜點心，如：

> 當我嘗到浸泡在茶湯裏的小馬德萊娜點心的滋味⋯⋯正是那次我吃馬德萊娜點心時的感覺⋯⋯只是在品味馬德萊娜點心的時候⋯⋯在我心中喚起的東西直至傳達到我身上⋯⋯把威尼斯還給了我⋯⋯不容置辯地使它們脫穎而出。猶如小馬德萊娜點心使我回憶起貢佈雷。〔註31〕

當然，如上已述及，《追憶似水年華》第七部《重現的時光》中至少三十次寫到「七重奏」也是突出的一例，並不禁使人聯想《生命之輕》對貝多芬「四重奏」的繁複稱引。

綜上所述論，拙說「數理批評」觀照下的《生命之輕》是「建立在數字七基礎上的同樣結構的不同變異」的具有「倚數」編撰特徵之作。而且根據筆者以往的「數理批評」研究和本文隨筆所及的比較探討，《生命之輕》在世界小說中屬於從《三國演義》《水滸傳》《西遊記》《金瓶梅》《安娜‧卡列寧娜》《七個女人》《追憶似水年華》《百年孤獨》《挪威的森林》等等這樣一個「倚數」編撰的偉大系列，並無疑是其中最具鮮明特徵的西方名著之一。也從而再一次加強了拙說的判斷，即古今中外文學都有「倚數」編撰的傳統，也都可以和應該進行數理批評，即如亞里士多德說「美的主要形式『秩序、勻稱與明確』，這些唯有數理諸學優於為之作證」〔註32〕，和馬克思說「一門科學只有當它達到了能夠運用數學時，才算真正發展了」〔註33〕等論述，實為拙說「數理批評」

〔註30〕〔法〕普魯斯特《追憶似水年華》（上），李恒基等譯，南京：譯林出版社，1994年，第28～30頁。

〔註31〕〔法〕普魯斯特《追憶似水年華》（下），李恒基等譯，南京：譯林出版社，1994年，第502頁。

〔註32〕〔德〕黑格爾《形而上學》，吳壽彭譯，北京：商務印書館，1959年，第265～266頁。

〔註33〕轉引自胡世華《質和量的對立統一和數學》，《哲學研究》1979年第1期。

之前驅與引領。從而自信此學悠悠，雖未必無往而不利，但其發展應用當亦遠矣、大矣。因此，有理由期待「數理批評」將在世界文學中發現更多如《生命之輕》「倚數」編撰的傑作，並在一次次成功的批評實踐中使理論自身不斷得到完善與提高。

原載《南都學壇》2022 年第 5 期

振藻海隅　妙絕時人
——《劉楨集輯撰》前言

　　在中國古代文學的星辰大海裏，「建安七子」之一的劉楨曾是最明最亮的巨星之一。他與當時有「才高八斗」之譽的曹植並稱「曹劉」（鍾嶸《詩品序》），魏文帝曹丕稱「其五言之善者，妙絕時人」（《與吳質書》），而後之文論大家劉勰看重其詩的同時又盛稱其箋記「麗而規益。子桓弗論，故世所共遺，若略名取實，則有美於為詩矣」（《文心雕龍・書記》）。其文學成就與歷史地位之高，可謂早有定評。但時至今日，他的存世作品雖然自明末以來一直列在各種「建安七子集」的整理本中不廢流行，近又有其《贈從弟》（其二）詩被選入最新初中語文教材八年級上冊，同時出現在普及古詩詞的視頻節目中，但是還未見有《劉楨集》整理的單行本出版。從而有此急就之作，拋磚引玉，並首先略敘劉楨其人和本書輯撰情況如下。

一、劉楨的籍貫與家世

劉楨的籍貫、家世於正史見《後漢書·劉梁傳》載：

> 劉梁字曼山，一名岑，東平寧陽人也。梁，宗室子孫，而少孤
> 貧，賣書於市以自資。……桓帝時，舉孝廉，除北新城長。……特
> 召入拜尚書郎，累遷。後為野王令，未行。光和中，病卒。孫楨，亦
> 以文才知名。〔註1〕

而《後漢書·光武十王·東平憲王蒼傳》亦記及劉梁稱：

> 東平憲王蒼，建武十五年封東平公，十七年進爵為王。……永
> 元十年，封蒼孫梁為矜陽亭侯，敞弟六人為列侯。……永寧元年……
> 又封蒼孫二人為亭侯。〔註2〕

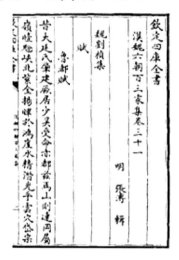 

由此可見，劉梁不是普通的「宗室子孫」，而是有「矜陽亭侯」爵位的貴
族。後漢「亭侯」是有「食邑」的地主。如《後漢書》載「封任尚樂亭侯，食
邑三百戶」（《西羌傳》），「封其孫黑為安樂亭侯，食邑三百戶」（《王允傳》），
「封彧萬歲亭侯，邑一千戶」（《荀彧傳》），等等。由此可想劉梁「少孤貧」是
在封侯之前，至「舉孝廉」和封「矜陽侯」以後，就一定是脫貧而為富貴之家
了。加以其後「桓帝時……除北新城長。……特召入拜尚書郎」等官位「累遷」，
其家庭地位、經濟實力應在一般富紳之上。從而作為劉梁的孫子，劉楨少年家

〔註1〕〔南朝宋〕范曄撰《後漢書》，〔唐〕李賢等注，北京：中華書局，1965 年，第
26402 頁。

〔註2〕〔南朝宋〕范曄撰《後漢書》，〔唐〕李賢等注，北京：中華書局，1965 年，第
1442 頁。

境要比同時也為「宗室子孫」卻比「與母販履織席為業」（《三國志·蜀書·先主傳》）的劉備應該是好多了。

但野史記劉楨身世有異。《三國志·魏書·王粲傳》注引《文士傳》曰：「楨父名梁，字曼山，一名恭。少有清才，以文學見貴，終於野王令。」〔註3〕其與上引《劉梁傳》《東平憲王蒼傳》的不同處，一是只有《東平憲王蒼傳》記劉梁封侯，二是梁、楨是祖孫還是父子？三是劉梁「一名岑」還是「一名恭」，還是二者皆是？這些差異或屬「傳聞異辭」（《春秋公羊傳·哀公十四年》），或屬「書缺有間」（《春秋公羊傳·哀公十四年》），既無旁證，則存疑可也。但是不應該影響到大的判斷，即劉楨為「光武十王」之「東平憲王蒼孫」劉梁之後，屬「宗室子孫」，世宦書香門第，乃無可懷疑。

至於最好對梁、楨之行輩也有所認定，則一方面比較《文士傳》，《後漢書》屬「正史」當更可信從，另一方面據譚正璧《中國文學家大辭典》，劉梁生年不詳，約卒於漢靈帝光和四年（181）。如果劉梁是劉楨之父，則劉楨很可能有隨父之任的經歷，而就不會是如謝靈運詩所說「貧居晏里閈，少小長東平」〔註4〕。因此，梁、楨為直系祖孫更為可信。

但由於《後漢書·東平憲王蒼傳》與《劉梁傳》有記有不記劉梁封侯事，即有學者懷疑《劉梁傳》之劉梁是《東平憲王蒼傳》載封矜陽侯的「蒼孫」，還是寧陽劉姓宗室後裔遠支的另一同名之人？而今寧陽縣域內兩漢時有劉姓宗室封侯者，確實還有《漢書·王子侯表上》載西漢魯共王子劉恬（《史記·建元以來王子侯者年表》作「恢」）封「寧陽節侯」，其故治也是後漢「東平國寧陽縣」地。雖在東漢前「寧陽節侯」早已國除，但其子孫仍不失漢「宗室子孫」身份，從而時至東漢末，仍不排除有名為劉楨者為「東平寧陽人」。

清代咸豐進士曾任廣東巡撫的邑人黃恩彤〔註5〕作《寧陽劉氏族譜序》就

〔註3〕〔晉〕陳壽《三國志·魏書·王粲傳》，北京：中華書局標點本，1959年，第601頁。

〔註4〕見本集附錄四《歷代歌詠》錄南朝宋謝靈運《劉楨並序》。

〔註5〕黃恩彤（1801～1883）原名丕范，字綺江，號石琴，別號南雪。寧陽縣蔣集鎮添福莊人。清末大臣。15歲獲縣試第一。1822年（道光二年）中舉。1826年（道光六年）中進士。先後任刑部主事、刑部郎中、順天府鄉試同考官、廣西鄉試正考官、江南鹽法道道員、江蘇按察使。1842年香港割讓《南京條約》主要簽訂人之一，1845年升任廣東巡撫。1846年（道光二十六年）遭時論斥責，被參劾降級使用。翌年以養親致仕還鄉。著作豐富，有《知止堂集》等。總纂《寧陽縣志》，考證縣域史地，頗多發明。

是這樣認為的：

> 寧陽之有劉氏，漢以前無可考。自孝武帝元朔三年用主父偃議，
> 推恩分封諸侯王子弟，於是魯共王子節侯恬，始胙土於此。傳國五
> 世，至元孫方失侯，子孫遂世居寧陽。東漢末曼山、公幹祖孫濟美，
> 顯名當代，蓋其由來遠矣。歷年遐阻，譜牒無徵，莫由詳其支派。
> 今之劉氏，為邑望族。遠祖有諱海者，仕元為校尉，都統酒榷，封
> 忠武公。數傳迨諱俊者，世系瞭如，自時厥後，族姓繁衍……〔註6〕

又其修《寧陽縣志》作《劉楨傳》〔註7〕，也說梁、楨祖上為「魯共王子，
侯於寧陽」。但其並無舉證，又還承襲的是《後漢書》有關「東平寧陽人」的
梁、楨祖孫的記載，從而其說可備為一家之言，但未為定論。

此外，寧陽最大的名人應該是被赤眉軍擁戴做過一陣子皇帝的劉盆子。
《後漢書·劉盆子傳》載：「劉盆子者，太山式人，城陽景王章之後也。祖
父憲，元帝時封為式侯，父萌嗣。王莽篡位，國除，因為式人焉。」《中國
歷史人物生卒年表》列「劉盆子」籍貫並標注為「泰山式縣，今山東寧陽北」
〔註8〕。雖然這個「式縣」在兩漢都不屬寧陽，但一方面劉盆子家世曾有人
封侯在今寧陽地；另一方面據《光緒寧陽縣志》載：「晉劉伶墓，在縣北四
十里。」（今寧陽縣堽城鎮劉伶墓村）注引舊志云：「相傳劉伶醉死埋此，至
今呼為劉伶墓村。程鳴歧云：或是『劉梁墓』音之訛。安得片石以證斯言？」
〔註9〕劉伶是「竹林七賢」之一的大名士，其墓國內有多處真假難辨。程鳴
歧，晚清寧陽飽學之士，縣志有傳，黃恩彤稱「寧陽百年來作者，斷以鳴歧
為稱首」〔註10〕。那麼這座可能是音訛為「劉伶墓」的「劉梁墓」，是不是
也頗助梁、楨為漢代式縣劉盆子後裔之想呢？

當然，從歷史與現實看，知劉楨為東漢末「東平寧陽人」就夠了。他是否
漢「宗室子孫」和屬於哪一支派都無關緊要。上述辨析不過如《四庫全書總目·
史部總敘》所說：「史之為道，撰述欲其簡，考證則欲其詳。」如此而已。但
歲月悠悠，焉知這些歷史的細枝末節未來不有更多人關心呢？

〔註6〕光緒丁未（三十三年，1907）重鐫《劉氏家譜》，水源木本。

〔註7〕《光緒十三年重刊寧陽縣志》卷十七《人物》，見本書《附錄三》。

〔註8〕吳海林、李延沛編《中國歷史人物生卒年表》，哈爾濱：黑龍江人民出版社，
1981年，第24頁。

〔註9〕丁昭編注《明清寧陽縣志匯釋》，濟南：山東省地圖出版社，2003年，第239頁。

〔註10〕丁昭編注《明清寧陽縣志匯釋》，濟南：山東省地圖出版社，2003年，第515頁。

二、劉楨的生平

據《三國志・魏書・王粲傳》載：「瑀以十七年卒。幹、琳、瑒、楨（建安）二十二年（217）卒。」而生年不詳。

劉楨生年，有學者考證給出大約年份的，俞紹初《建安七子集》附錄《建安七子年譜》以為在漢靈帝「熹平四年（一七五）前後，晚於徐幹，而略早於王粲」〔註11〕。易蘭《王粲、劉楨研究》下編《王粲、劉楨年譜匯考》斷在約漢靈帝建寧二年己酉（169）〔註12〕。兩說各有道理，但若以楨為梁孫計，則按譚正璧《中國文學家大辭典》劉梁卒約漢靈帝光和四年（181），則其祖孫相處尚有六年或十二年時間。這樣的時間差雖皆合理而有可能，但若以劉楨生年為建寧二年己酉（169），則假定其建安三年（198）入許已近「三十而立」之歲，恐未必如是之晚也。故暫從俞說，以劉楨約生於漢靈帝熹平四年（一七五），卒於建安二十二年（217），享年四十二歲。

劉楨之父名與生平均不詳，大概早卒。《百度・百科》「劉楨」條載「其母是元帝時京兆尹王章之玄孫女，琴棋書畫、詩辭歌賦無所不通。她年輕寡居，把希望寄託在兒子及眾侄身上。劉楨在母親的勸誡、督導與身教下，從小鑄就了勤學好問、百折不撓的性格。」王章是西漢元帝時泰山鉅平（今安陽縣磁窯鎮西太平村）人，其說情理可信，但未知何據。

劉楨與「建安七子」中應瑒等都因感瘟染疫病卒，葬鄴城，墓在漳河之北。唐孟雲卿《鄴城懷古》詩云：

> 朝發淇水南，將尋北燕路。……崔嵬長河北，尚見應（瑒）、劉（楨）墓。古樹藏龍蛇，荒芋伏狐兔。永懷故池館，數子連章句。
>
> 逸興驅山河，雄詞變雲霧。我行睹遺跡，精爽如可遇。斗酒將酹君，悲風白楊樹。（《全唐詩》第一五七卷）

可知「應劉」墓唐代尚存，至今舊址無考。

按照歷史上朝代的紀年，劉楨自漢靈帝熹平四年（175）至漢獻帝建安二十二年（217）的一生，始終只是漢朝人。但是，因為他全部的出仕後一直身為曹氏「家臣」，又附傳於《三國志・魏書・王粲傳》，所以史稱其為「三國魏」人。其享年約四十二歲的人生浮沉，大約經歷了四個階段。

〔註11〕俞紹初輯校《建安七子集》，北京：中華書局，2017年，第290～291頁。

〔註12〕易蘭著《王粲、劉楨研究》，上海：華東師範大學出版社，2021年，第123～125頁。

　　一是二十歲之前（175～194）「少小長東平（寧陽）」的學習成長時期。其時已表現出文學與辯才的天賦。《太平御覽》卷三百八十五載：「《文士傳》又曰：劉楨字公幹，少以才學知名。年八、九歲能誦《論語》、詩論及篇賦數萬言，警悟辯捷，所問應聲而答，當其辭旨振烈，莫有折者。」期間開始文學創作，有《魯都賦》等為他贏得巨大名聲。以致曹操於軍中日理萬機之際，曾召見他欲納於自己麾下，劉楨以年少婉辭。

　　二是二十一歲至三十六歲（195～210）隨軍征戰的歷練建樹時期。期間劉楨先後任曹操司空軍謀祭酒、丞相椽屬、五官中郎將文學等職。這是如今之辦公室「文字秘書」的職務，簿書鞅掌，不勝其繁，但也飽經軍旅、戰爭、詩酒歡樂和鬱悶痛苦等種種人生況味。所以雖然始終只是曹氏的「家臣」，官未做大，但作為「曹營」中人，他躋身高層，結交名流，尤其與曹丕、曹植兩個後來水火不相容的兄弟都能成為不拘形跡的好友，也算一種風雲際會。又於隨軍征戰的戎馬倥傯之中，和與諸文人名士的詩酒風流之際，也寫下不少詩賦文章，尤其《贈五官中郎將四首》《贈從弟三首》等「其五言詩之善者，妙絕時人」（魏文帝《與吳質書》），他如《答魏文帝書》《大暑賦》《瓜賦》《清廬賦》等也大都作於這段歲月。可惜大部亡佚了。

　　三是三十七歲即建安十六年（211），劉楨因「平視甄氏」的「不敬」之罪被刑，論「減死輸作」。幸而「解鈴還須繫鈴人」，以他對答曹操「問石」稱意而被特赦，落得「刑竟署吏」，轉「平原侯庶子」。期間有詩《贈徐幹一首》和又《贈徐幹》等。

　　四是三十八歲至四十二歲卒（212～217）。其間隨曹植由「平原侯」改「臨菑侯」，仍為「庶子」。《後漢書・百官志》載「置家丞、庶子各一人」下李賢注曰：「主侍侯，使理家事。」雖在親信之列，但不是什麼正經的官，而是隨侍曹植的「家臣」與密友。曹植對劉楨很欣賞並且信任，但因此對持禮法甚嚴的家丞邢顒有所簡慢。為此，劉楨曾作《諫平原侯書》給予勸告，又曾作《國文甫碑》等。但因前述被刑的挫折，思想藝術都有了較大變化，其「質直」之「氣」根本雖在，但已漸漸消沉了。

三、劉楨的思想與創作

　　劉楨從家教與學業所接受主要是傳統儒家思想，但在身世浮沉的生命歷程中也不斷萌生了個體意識的覺醒。

　　首先，古人「名以正體，字以表德」（《顏氏家訓·風操篇》）。劉楨之「楨」古有二義，一指堅硬的木頭。二指古代打土牆時所立的木柱，多用於皇宮的立柱，泛指支柱，即「楨幹」，喻能勝重任的人。所以劉楨字公幹，實即體現了其父祖對他的期望，即做一個堅強、挺直能擔當「公」家大任的人。從劉楨一生作史的經歷看，其為「公幹」的成就固然不夠大，《三國志·魏書·王昶傳》載昶稱劉楨「博學有高才，誠節有大意」，鍾嶸《詩品》稱劉楨詩文「仗氣愛奇，動多振絕。真骨凌霜，高風跨俗」，為人如此，也與其父祖命名的期待不遠了。

　　其次，雖然劉楨作為漢朝「宗室子孫」沒有劉備那種「漢賊不兩立」反曹立場，但有人譏刺他託身「曹營」是「饗其豢養，昵比私門，諂媚竊容」（清·方東樹《昭昧詹言》卷二），就過於苛責了。對此，黃恩彤《劉楨傳》中曾為之辯護，以為「其與魏文帝及平原侯友善，特以文字見知在賓客之列。及魏武為丞相辟為掾屬，乃以吏道進身，東漢諸名士往往如是，義無不可」（見本集附錄三）。現在看更不是他「大節有虧」。至於劉楨漢朝「宗室子孫」身份的影響，終於有顧農《劉楨論》一文指出：「這種家庭出身對劉楨影響很大，劉楨高自期許……與曹氏政權總有些格格不入，跟他的家庭思想文化背景顯然大有關係。」又說他身處亂世，「博通經典和能說會道都沒有太大的用處，更需要的是用兵打仗收拾局面的本領，所以他們都不免有一股深沉的失落感。學無所用和高貴的家庭出身這兩種因素互相為用，很自然地促成他們形成孤芳自賞妄自尊大的高傲個性。」等等，都很有參考價值。

　　最後，是劉楨不時表露的厭棄「簿領」俗務和功成身退思想，如《雜詩》中羨慕「鳧與雁」的超塵脫俗，《遂初賦》曰「襲初服之蕪薉，託蓬廬以遊翔」的林下之思等，都曲折體現了某種新的人生追求。章培恒、駱玉明《中國文學史新著》論《贈徐幹一首》就說：「劉楨詩中最值得重視的，是寫其個人受環境壓抑而難以自主的悲哀的作品。這在直至當時為止的中國文學史上是一種新的體驗」，「也正是建安時期個人意識初步覺醒的集中體現」〔註13〕。

　　劉楨創作豐富。儘管至今留存甚少，但從今傳作品有涉及「魯都」等內容和早即「振藻海隅」（曹植《與楊德祖書》）看，他至晚十七八歲就開始寫詩作賦，並一直到他不幸染疫死，都未間斷文學創作。《魏志·王粲傳》載「（楨）

〔註13〕章培恒、駱玉明主編《中國文學史新著》，上海：復旦大學出版社，2007年，第254～256頁。

著文賦數十篇」,《隋書・經籍志四》記「魏太子文學《劉楨集》四卷,錄一卷。」從後世輯本存篇、句、題目看,原稿或當今見篇目數倍以上,可惜十存其一二而已。這導致後人與當時人如曹丕、曹植等的評價有較大差距或出入。雖因古今標準與個人眼光的不同,但古人所見劉楨作品較全,與他人比較的感受更為真切,所以更為可信,而絕非二曹、劉勰、鍾嶸等對劉楨的推崇出於何種偏差或私好。三國兩晉以下詩壇並稱「曹劉」,劉楨是「李杜」之前中國詩壇最高的「標杆」人物之一。直到金元之際,還有元好問《論詩》稱「曹劉坐嘯虎生風,四海無人角兩雄」,實千古定評,而絕非偶然也!

當然,劉楨的創作也有明顯侷限性,例如詩唯五言,質直有餘而華采不足;又包括賦與文在內,多私人應酬之作,似其創作本來就缺乏對社會生活廣泛深入的反映等。這些都為近世「王(粲)、劉(楨)優劣論」等提供了比較討論的角度。

四、關於本書的「輯撰」

本書「輯撰」包括「輯」與「撰」兩個方面。「輯」指原集與佚文的搜集、校勘與彙編各種研究資料;「撰」指注釋、年表、直譯與新解等,主要都是學習參考借鑒了古今對劉楨著作整理的成果與研究論著,所謂「站在前人的肩上走自己的路」,具體做法說明如下:

(一)本書以《漢魏六朝百三名家集・劉公幹集》(簡稱「張本」)為總底本,參以逯欽立《先秦漢魏晉南北朝詩》(簡稱「逯本」),嚴可均《全上古秦漢魏晉南北朝文》(簡稱「嚴本」)、郁賢皓、張采民《建安七子詩箋注》(簡稱「郁本」)、吳雲主編《建安七子集》(修訂版,簡稱「吳本」)、俞紹初輯校《建安七子集》(簡稱「俞本」)、林家驪《阮瑀應瑒劉楨合集校注》(簡稱「林本」)、韓格平《建安七子詩文集校注譯析》(簡稱「韓本」)等書中《劉楨集》部分,斟酌損益,擇善而從,有個別篇名改動和重新編輯,期能方便讀者參考。

(二)本書從《俞本》等變張本《劉公幹集》收文次第,以詩、賦、文為先後,並在全書之後附有關資料,是迄今集原作與研究資料為一體的唯一單行本《劉楨集》。

(三)本「輯撰」於原著各篇所做工作,包括輯佚、校勘、注釋、直譯、新解、集評六個方面,據每篇不同情況或有減少。各篇校勘,完篇有底本者以

底本為正文；輯補文字後以（）注出處，加［］標記。雜錄諸書之條文各以（）注出處。本書各篇、段校勘均出校記，注釋側重字詞、典故，一般對原文不作串解。

（四）本「輯撰」與諸本對原（佚）文的處理有所不同：一是在前此諸本基礎上，輯佚諸篇除進一步求全求準之外，對諸本作《清慮賦》一篇改題《清廬賦》，諸本作《答太子書》或《答曹丕借廓落帶書》一文改題《答魏文帝書》，以及增入存疑《京口記》輯佚等，並各有相關說明。二是諸本於賦之輯佚諸篇片斷，雖見有少量有意的連綴，但貫通實難，故大都堆列而已。本「輯撰」則就所見一篇全部佚文嘗試綴為一篇，肯定與原作相去甚遠，但能從堆積雜亂無章中尋出一種勉強可讀的狀態或不為無益。

（五）本「輯撰」的「今譯」採取「直譯」形式，即折衷於《三國志通俗演義》「文不甚深，言不甚俗」的原則，基本上是就原作字對字、句對句，僅改易其艱澀難懂者，使從內容到形式近乎胡適所謂唐釋王梵志「白話詩」（《白話文學史》）的那種，並謂之「直譯」，既使今人能夠讀懂，又略存不同於今文的古風。其中劉楨詩本質直淺切，這種「直譯」的益處或不明顯，但對於其賦與文尤其是賦來說，則對原文接受的幫助可能大一些。

（六）主要是關於詩的「集評」附該作之後，其他各種有關劉楨研究的資料，也儘量搜羅提供節錄或目錄附錄於編末，這些或相互印證或互相矛盾的資料，無疑是讀者專家參考的方便，但輯撰者才疏學淺，又在前後只有七十日中完成此稿，誠不免倉促出錯和未能過細打磨，其中謬誤或缺陷，謹請讀者專家不吝賜教。

附說本書「輯撰」中的一個感慨，即後世論古，建安時代實有兩「曹劉」，而比文學上曹植、劉楨並稱「曹劉」名氣更大的，則是「逐鹿中原」中曹操、劉備互為「敵手」的「曹劉」。兩「曹劉」相比，後者經《三國志演義》的渲染婦孺皆知、膾炙人口，前者至今似乎只在古典文學圈內為人所知。其實曹植、劉楨也都是有故事的人。單就劉楨說，其留存作品固然不多，但如「劉楨平視」「磨石問答」等等早成典故，而且早在《三國志·魏書·周宣傳》（見本集附錄一）、南朝梁《殷芸小說》和唐代牛僧孺《玄怪錄》（見本集附錄三）中，就已經有關於劉楨的志怪故事或傳奇小說了。寧陽是「周公居東」和「周公東征」〔註14〕

〔註14〕見本集附錄五《周公「居東」「東征」與寧陽古國考證——從李學勤先生釋小臣單觶銘「在成師」說起》一文。

之駐地，自古蟋蟀之鄉，近年文風大盛，出了杜煥常〔註15〕、石玉奎（愚石）等優秀作家，而愚石著《天蟲》〔註16〕與蒲松齡《聊齋誌異‧促織》同一題材，是我國第一部寫蟋蟀故事的長篇小說。循此以往，焉知將來不有關於劉楨的戲曲、小說問世傳奇，繼往開來，再賦寧陽文學新篇！

　　最後，本書所參考諸本和論著大都列入了注釋或參考書目，謹此對所有相關作者致以衷心感謝！祝願泰山、曲阜之間地靈人傑的寧陽文化，再接再厲，有更大開拓，更多收穫！

原載《劉楨集輯撰》，山東文藝出版社，2023 年

〔註15〕杜煥常，山東省寧陽縣人。曾任山東省寧陽縣縣委書記、原山東省萊蕪市（地
　　　　級）政協主席。中國作家協會會員。著有散文集《汶水西流去》、三卷本長篇
　　　　小說《汶水灘》等。
〔註16〕愚石著《天蟲》，山東文藝出版社，2018 年。

一代詩宗　名齊李杜
——《高啟詩選》導言

　　中國詩歌史上，讀者公認高啟為「一代詩宗」〔註1〕，或說「天才超逸，實居明一代詩人之上」(《四庫全書總目提要》)，或說「天才絕特，允為明三百年詩人稱首，不止冠絕一時也」〔註2〕，以為是很高的評價。但很少有人注意，當明洪武七年 (1368) 高啟遇害屍骨未寒之際，就有與他同為「北郭十友」和「吳中四傑」之一的詩人，張羽稱其「漢家樂府盛唐詩」〔註3〕，徐賁更盛稱其「有名齊李杜」(《附錄》第1016頁)，推重至與「詩仙」「詩聖」並尊的地位。須知「文人相輕，自古而然」〔註4〕，又在高啟作為欽犯剛被處死的敏感時刻，高啟的這兩位友人當不會故為虛譽以涉犯上之險，而應是痛惜其才，敢說真話。因此，這是值得重視的意見，當然也有待辨析和形成共識。這固然不是本書的主要任務，但因此更應該努力對其人其詩做新的更加全面的思考。

一、家世與身階

　　高啟生於元順帝至元二年丙子 (1336)，遇害於明洪武七年甲寅 (1374)，

─────────────────────

〔註1〕都穆《南濠詩話》，丁福保輯《歷代詩話續編》(下)，北京：中華書局，1983年，第1355頁。

〔註2〕陳田《明詩紀事》(一)，上海：上海古籍出版社，1993年，第163頁。

〔註3〕金檀《高青丘集·附錄》，上海：上海古籍出版社，2013年，第1017頁。以下引《高青丘集》均據此本，或僅說明或括注卷次詩題，或「《鳧藻集》卷X」；凡引此《附錄》均括注《附錄》並頁碼。

〔註4〕魏文帝《典論·論文》，蕭統編《昭明文選》，李善注，北京：中華書局，1977年，第720頁上。

與他以「千年遺恨泣英雄」（卷十五《岳王墓》）的詩句憑弔的岳飛一樣，都冤死於 39 歲的年紀上。

恒自署「渤海高啟」或「齊人高啟」，謂為北齊神武皇帝高歡之後。高歡，渤海蓨（（今河北景縣））人。世本漢族，但「累世北邊，故習其俗，遂同鮮卑」〔註5〕。金檀《高青丘集》附《高青丘年譜》（以下簡稱《金譜》）云：「先生係出渤海，世為汴人，南渡隨蹕家臨安，後趨吳，居郡之北郭，遂為吳人。」即吳縣（今江蘇蘇州吳中區）人。其在吳「郡之北郭」位置，有《暫歸鳴珂裏舊宅》詩曰：「故廬在東里。」（卷六）

上溯五世無聞人。祖父本凝，父一元。呂勉《槎軒本傳》（以下簡稱《呂傳》）云：「考順翁以上俱裕饒。有田百餘畝，在沙湖東。」（《附錄》第 995 頁）「順翁」即高啟父之字，或以為號。有一兄名諮，即詩中多稱之「家兄」。侄二：庸，常。有一姊，兩甥。卷十二有詩《送錢氏兩甥度嶺》曰：「東送投荒去，應歸下瀨營。一家十口散，萬里兩身行。」三女，一子。次女名書，卒於元末蘇州十月圍城中，子祖授亦於高啟生前早夭。故方彝《祭文》曰：「遺二弱息。」（附錄》第 1015 頁）。又據其《喜從兄遠歸》詩（卷十六）有從兄某。

字季迪。因其曾客居甫里之青丘，故號青丘子。《元和唯亭志》：「戶部侍郎前翰林國史院編修高啟第：在青丘浦大樹村。」〔註6〕甫里，明屬長洲。故一說高啟為長洲人，實誤；又號槎軒。高啟《槎軒記》云：「槎，浮木也。予嘗居淞江之上，濱江之木當秋為大風所摧折者，隨波而流，顧而有感，因以名所居之軒。及遊京師，翰林學士金華宋公，為篆二大字，自是或仕或退，東西旅寓，所至則匾於室。」（《鳧藻集》卷一）又號吹臺。吹臺，汴（今河南開封）之繁（pó）臺，以紀其「世為汴人」；又因曾與修《元史》，晚署青丘退史。

年十八，娶於青丘巨室周仲達之女。甚賢慧，高啟有詩曰：「妻能守道同王霸，婢不知詩異鄭玄。」（卷十五《秋日江居寫懷七首》其六）能詩，高啟《答內寄》曰：」風從故鄉來，吹詩達京縣。」（卷七）不久，家中落。《呂傳》云：「稍長，兄諮戍淮右，繼失怙恃，即綜理家政，往來江城以居。」故宅經亂毀棄，「景物亂後非，行觀一愴然」（卷六《暫歸鳴珂裏舊宅》）。遂至於「辛苦中年未有廬」（卷十五《遷城南新居》），「無祿無田最可悲」（《附錄》張羽《哀悼》）。

〔註5〕李百藥撰《北齊書》，北京：中華書局，1973 年，第 1 頁。

〔註6〕沈藻採編撰《元和唯亭志》，徐維新點校，北京：方志出版社，2001 年，第 78 頁。

　　因此，日本學者吉川幸次郎稱高啟「作為以蘇州為根據地的張士誠統治下的一個市民，度過了自己的青年時代」〔註7〕，是一個事實。即使入明以後，他一度被召修《元史》，教授諸王子，雖賜官戶部右侍郎不受，也算是登上了社會的高層，卻終因曾經做官被禍於辭官之後，折翼雲天，殞命金陵，實際只是一位幾乎逆襲成功的「草根」，卻最後如「濱江之木當秋為大風所摧折」，成為「一代文人有厄」（吳敬梓《儒林外史》）最慘烈悲劇的典型。

二、人生五幕

　　以洪武元年（1368）為界，高啟一生有 32 年在元朝，入明後只生活了 7 年。但他畢竟做了明朝的官，所以無緣是元朝最後一位詩人，而有幸成為了「明朝最偉大的詩人」〔註8〕。他 39 歲的亂世人生，曲折起伏，倘以其少年時代為序曲，則有如元雜劇一本四折加楔子的五幕場景：

　　（一）天才少年（1～15 歲）。高啟自幼聰穎，「未冠，以穎敏聞。所交以千言貽之曰『子能記憶否？』君一目即成誦，眾皆歎服」（《附錄》張適《哀辭》）。喜談兵，其《草書歌贈張宣》詩曰：「嗟餘少本好劍舞。」（卷八）「尤好權略，論事稱人中，言不繁而切中肯綮」（《呂傳》）；有大志，曰：「顧余雖腐儒，當年亦崢嶸。小將說諸侯，捧檄定從盟。大欲千萬乘，獻策登蓬瀛。」（卷四《感舊酬宋軍諮見寄》）又曰：「我少喜功名，輕事勇且狂。顧影每自奇，磊落七尺長。要將二三策，為君致時康。公卿可俯拾，豈數尚書郎？」（卷六《贈薛相士》）好遊俠，曰：「結交原巨先，共作緩急投。」（卷七《次韻包同知客懷》），又曰：「少年客名都，狂遊每共呼。」（卷十二《寄錢塘諸故人》）負氣好強，曰：「余少未嘗齷齪，負氣好辯，必欲屈座人。」（《鳧藻集》卷二《送倪雅序》）「無書不讀，而尤邃於史」（《附錄》謝徽《缶鳴集序》）。但高啟本人和他人記載中都無提及其師承。當學無常師，主要以自學成才。

　　（二）客饒十年（16～26 歲）。高啟美風儀，「身長七尺，有文武才」（《列朝詩集·高太史啟》），「氣貌充碩，衣冠偉然，言論誦讀，音韻如鐘」（《附錄》周立《缶鳴集序》），名聞鄉里。其間行事可述者，主要有四。第一，受知於饒介。《呂傳》云：

〔註7〕〔日本〕川幸次郎《宋元明詩概說》，李慶譯，鄭州：中州古籍出版社，1987 年，第 230 頁。

〔註8〕梁琨《毛澤東因何評價高啟為「明朝最偉大的詩人」》，《黨的文獻》2007 年第 6 期。

年十六，淮南行省參知政事臨川饒介分守吳中……聞先生名，使使召之……強而後往。座上皆鉅儒碩卿，以倪雲林《竹木圖》命題，實試之也。且用次原詩「木、綠、曲」韻。時先生……侍立少頃，答曰：「主人原非段干木，一瓢倒瀉瀟湘綠。逾垣為惜酒在樽，飲余自鼓無弦曲。」饒大驚異……諸老為之撃肘，自是名重搢紳間，縱前輩靡弗畏之。

此記《金譜》辨為至正十六年21歲事。但《呂傳》以徒傳師，當更可信。況且若至21歲可考進士中狀元的年紀為此詩，以饒之高官和文壇盟主地位，或不至於「大驚異」。因此，饒介被處死，高啟哭以詩說：「無因奠江上，應負十年知。」（卷十二《哭臨川公》）「十年」當自至正十一年他16歲起，至至正二十一年他26歲止。

第二，客饒身份。張適《哀辭有序》載，其初「饒介……延之使教諸子」（《附錄》），當即饒私人聘用的塾師；後為「記室」或「著作」〔註9〕，則成為饒府的幕客了。又，高啟《匡山樵歌引》（《鳧藻集》卷一）、《陪臨川公遊天池三十韻》（卷五）、《贈醉樵》（卷十一）等，均言及與楊基等客饒陪遊及詩酒往來之事，可見賓主相得，過從頗密。

第三，吳越之遊。高啟《吳越紀遊十五首並序》（卷三）所稱「至正戊戌、庚子間」，即至正十八年（1358）冬至至正二十年春歷時一年有餘的「吳越遊」，似乎遊山玩水的「自由行」，其實是負有使命的「行役」。這從其第一首《始發南門晚行道中》開篇說「歲暮寒亦行，征人有常期。辭我家鄉樂，適彼道路危」，和第三首《次錢清江謁劉寵廟》中有句云「我方東征急」等，皆言身不由己可以確認；其數年後又有詩曰「昔年偶失路，覊役戎馬間。南行越重江，歲晏不得還」（卷七《冬至夜感舊二首》其二）云云的回憶，更進一步證明其「吳越遊」是與當時「戎馬」爭戰相關的一次「行役」，是令其沮喪難忘的一次「失路」，即大非所望，一無收穫。至於具體情形，詩人諱之，今亦難考。但應該是因此，他在至正二十年春結束「吳越遊」回到平江以後，就從饒介處離任，「違群遠寓荒江岑寂之濱」（《鳧藻集》卷二《贈胡生序》），攜家依外舅隱居青丘去了。此後雖時往來於江城，與饒介乃至元朝和張士誠在吳的某些將領、官

─────────────────

〔註9〕楊基《眉庵集》（巴蜀出版社，2005年）卷八有《懷高著作季迪》；《四部叢刊》本徐賁《北郭集》卷五有《喜高記室了上人見過》，張羽《靜居集》卷一有《次韻答高記室春日寄懷》等。

員還有聯繫，但他既沒有做元朝或張士誠的官，也沒有再回饒介之幕。

第四，「北郭十友」，或稱「十才子」。高啟客饒十年間，除得以結交饒介等官紳名流外，又「家北郭，與王行比鄰，其後徐賁、高遜志、唐肅、宋克、余堯臣、張羽、呂敏、陳則皆卜居相近，號北郭十友，極一時詩酒之樂，十子之名肇始此數年」（《金譜》）。按高啟《春日懷十友詩》之「十友」有僧道衍、王彝，無高遜志、唐肅，茲不具論。但需要指出的是，這實際是以饒介為後臺勢力的一個詩人團體。所以饒介死於被明太祖殺害，「十友」後來的命運也多悲慘。但僧道衍（姚廣孝）後來成為朱棣的「黑衣宰相」，把朱元璋傳位建文帝的遺算打成粉碎，與其曾為饒介之方外友和「北郭十友」中人的經歷，未必不有心理上潛在的聯繫。又高啟與楊基、張羽、徐賁被比「初唐四傑」之「王、揚、盧、駱」，並稱「吳中四傑」，也應該是基於這一時期諸人共積的聲望。

以上諸事或同時，或先後，或錯綜發生，深刻影響了高啟「客饒十年」及其後來的詩歌創作。

（三）張吳五年（27～32 歲）。至正十六年（1356），張士誠攻佔平江，高啟被「屢以禮招之不就」（《附錄》周忱《鳧藻集原序》，第 1026 頁），而饒介為張請出受右丞之職。高啟居青丘，來往江城，與饒和張吳官員仍有聯繫，但沒有正式隸屬關係。而高啟詩文中以元廷為「國朝」，以鎮壓農民起義為「戡亂」（《鳧藻集》卷三《送蔡參軍序》），稱頌一度降元封太尉的張士誠「鎮吳之七年，政化內洽，仁聲旁流」（《鳧藻集》卷三《代送饒參政還省序》）等，卻對張士誠稱「吳王」一字不提，可見其始終恪守對元朝「君臣之義」，而對反元勢力，包括張士誠不奉元朝正朔的情況下，均持不合作立場。但到至正末元朝大勢已去，張士誠、朱元璋先後稱吳王，在兩吳王之間，高啟顯然選邊張吳。這突出體現在至正二十六年（1367）十一月，至第二年九月朱元璋大軍圍平江，平時多居城外青丘的高啟，卻不知何故回去到圍城中了〔註10〕。而且不幸他的二女兒高書在圍城中患病驚悸不治死。卻又似乎僥倖的是城破之後，其恩公饒介被逮處死，兄長高諮和許多友人如楊基、張醇、張憲、余堯臣等等，都因為附饒或附張流亡藏匿，或被逮遷戍，而高啟得免於禍，仍回青丘隱居。大概就

〔註10〕張羽《靜居集》卷二《續懷友五首並序》記曰：「予在吳圍城中作《懷友詩廿三首》，其後題識四人，乃嘉陵楊孟載、介休王止仲、渤海高季迪、鄌郡徐幼文也。時予與諸君及永嘉余唐卿者，遊皆落魄，不任事，故得流連詩酒間若不知有風塵之警者。」《四部叢刊》本。

由於他從饒氏幕中抽身及早的緣故吧。

值得注意的是，元以至正為號的二十七年間，朝廷和張吳都有過多次科舉，而且從高啟寫於至正十八年（1358）的《送張貢士祥會試京師》詩末說「我今有志未能往，矯首萬里空茫然」（卷十），可知其並非無意科舉，卻各種記載都無其曾經參加科舉和有任何功名。反而張羽應是寫於張吳覆亡之後，高啟被召修《元史》之前的《續懷友詩五首》中，稱諸友均以其在元舊職或身份，而稱高啟為「高徵君」（《靜居集》卷一）。那麼是否高啟入明前曾受過元朝廷的徵召，而不必參加科舉了呢？待考。

（四）仕在南京（34～35歲）。洪武二年（1369），高啟34歲，應召修《元史》。二月到任，寓南京天界寺。八月，《元史》成。「授翰林院國史編修官，覆命教授諸王。三年秋……擢啟戶部右侍郎……啟自陳年少不敢當重任……賜白金放還」（《明史·高啟傳》）。三年（1370）八月歸至青丘。計其仕在南京，包括「去年歸鄉過重午」（卷十《京師午日有懷彥正幼文》）在內，前後約一年半。高啟本不欲仕，所以在南京不屑鑽營，「袖無投相刺，篋有寄僧詩」（卷十二《京師寓廨三首》其三），卻在不時隨侍中被朱元璋看好，先後提拔他為翰林院編修、戶部右侍郎（正三品）。這就是那時所謂「皇恩浩蕩」了，但高啟卻託故拒絕了。其拒任的理由，《明史》本傳說是「自陳年少不敢當重任」，張適《哀辭有序》稱「自以不能理天下財賦」（《附錄》）。前者是明顯的託詞（詳後），後者則似乎高啟的一個私見，即做官的話，也「莫掌官錢穀」（卷七《真氏女並序》）。但是，縱觀其言及仕隱的詩，深層原因一是他對歷史人物「鼎食復鼎烹」（《贈薛相士》）悲劇的心懷恐懼；二是他醉心於詩，極度厭倦「漏屋雞鳴起濕煙，蹇驢難借強朝天」（卷十七《風雨早朝》）的趨朝生涯；三是與癡願做一個詩人相聯繫的，是他還沉湎於張吳治下「十年離亂如不知，日費黃金出遊劇」（卷八《憶昨行寄吳中諸故人》）的記憶，而不曾燃起對朱明新朝真正認同與合作的熱情。

（五）歸隱遇害（36～39歲）。洪武三年秋八月，高啟辭官歸青丘，雖身心解放，但「無祿無田」，只好仍教書為生。又他早曾害眼病（卷十二《病目》《病目不飲》），不知何時起「詩人亦有相如渴」（卷十五《贈醫師王立方》）即糖尿病。另有最大的不便是居無定所，不時搬家。適有他在京結識的國子監祭酒魏觀轉任蘇州知府，興文事，主動為高啟「徙居城中夏侯橋，以便朝夕親與」（《呂傳》）。高啟生子，魏觀也親至道賀；魏觀葬母，則請高啟撰寫銘文（《鳧

藻集》卷五《魏夫人宋氏墓誌銘》），頻有過從。所以當魏觀移修郡治上樑時，就請了高啟作《上樑文》。不料魏觀移修郡治是在張士誠舊宮地基上新建，被誣「興既滅之基……遂被誅」（《明史·魏觀傳》）。而「帝見啟所作《上樑文》，因發怒，腰斬於市」（《明史·高啟傳》）。可見高啟之死，直接因於《上樑文》。但《明史·高啟傳》卻說還因為「嘗賦詩，有所諷刺，帝嗛之未發也」，並無實據，而是受了野史傳聞的影響。對此，朱彝尊等已辯之甚詳（《附錄·諸家評語》）。其實可想而知，朱元璋為人雄鷙，「金樽共汝飲，白刃不相饒」（《明史·茹太素傳》），若果以其有詩諷刺，何以「嗛之」還要提他官職？但這個問題還可作兩點補充：

一是雖說朱元璋賜官高啟之前不會有因詩而「嗛之未發」者，但朱元璋比高啟才大 8 歲，根本不會相信高啟「年少」云云的託辭，唯是畢竟強扭的瓜不甜，所以仍「乃見許……放還」。高啟當時慶幸，卻不知在朱元璋看來，其實是給高啟臉面不要，正是使自己碰了（軟）釘子，失了臉面，在普通人近乎絕交，君臣間性質上就是「忤旨」，從而埋下了他後來被殺的禍機。因此，所有關於高啟死因另有隱秘的說法，只有張適《哀辭有序》所說「力辭迕旨，仍賜白金一鎰，以酬訓誨之勞」（《附錄·哀誄》），最為可信。原因即在張適是高啟同鄉，自幼至高啟遇害前「周旋久，而相知為深」。又從其說朱元璋「仍賜」之勉強意，頗似從高啟生前口角得之，並因「以解世之疑」公布出來。否則高啟才死，以張適退職水部郎中的身份，如非確有把握，斷不敢臆造涉及皇上之事，他不怕砍頭嗎？因此，筆者很奇怪修《明史》諸公，居然不取張適此說，而信從錢謙益輩所據之《吳中野史》等無根之談。

二是儘管朱元璋對高啟辭官或有舊憾，但是若非他又牽連入魏觀案，也應該不會主動翻舊賬殺他。至於高啟被牽連入案的前因，卻是魏觀為其「徙居城中夏侯橋」。而高啟若非「未有廬」和「無祿無田」，則魏觀固然不必，高啟也就不會接受魏觀為其「徙居」，從而就不一定有因《上樑文》被殺之事了。因此，高啟固然是為魏觀所累，為朱元璋所殺，但更深層次上也是其生活困頓的處境，迫他「不得已為魏觀客」（《附錄·群書雜記》），從而一步步走上了死路。張羽悼其「無祿無田最可悲」之深意，可能即在於此。

以上高啟生平雖大致清晰，但其客饒經歷、吳越之行、拒仕張吳、被害始末以及「徵君」身份等，仍都有可疑之處，尚待深入考索。

三、名齊李杜

　　從高啟《叢竹圖贈內弟周思敬就題》（卷十六）可知，高啟擅繪畫，但無畫作傳世。其文字著作今收集最全的清金檀輯注《高青丘集》，有《鳧藻集》五卷各體文 119 篇，《扣舷集》詞 32 闋，各體詩十八卷並《補遺》共 2011 首。近有學者從《詩淵》輯得 29 首〔註 11〕，共 2040 首。或有誤收，但也可能仍有待發現者。從而大體還是景泰中徐庸（用理）編《高太史大全集》所稱「詩凡兩千餘篇」（《列朝詩集·高太史啟》）。雖如汪端云「《青丘大全集》本非手定，中有自加刪潤之作，編詩者兩存其稿，故多複句」（《附錄·諸家評語》），但那是詩人之不幸，而非其過錯。何況大醇小疵，不害其為琳琅滿目，美不勝收。

　　（一）題材廣泛。高啟生當元末亂世，曾有詩說：「臥思三十年來事，一半間關在亂離。」（卷十七《夜中有感二首》其一）又身經兩朝，以布衣之士時隱時出，並曾置身張吳和為官明朝的政治漩渦，交遊廣泛，而不屑鑽營，「平生無事迫，辛苦為尋詩」（卷十三《臨頓里十首》其四）。從而其詩題材廣泛，內容豐富。不僅在山程水驛，而且在待人接物，睡臥起居。幾於無時不可以有，無事不可以入。汪端曰：「青丘詩……施於山林、江湖、臺閣、邊塞，無所不宜。」（《附錄·諸家評語》）今參酌時賢見解，分為以下十類：

　　感寓：各種即事生情關乎出處生死人生終極思考之作。如《悲歌》《寓感二十首》《擬古十二首》《秋懷十首》等；

　　自述：各種自道身世閱歷之作。如《青丘子歌有序》《臨頓裏十首》《別江上故居》《亂後經婁江舊館》《詠夢》等；

　　詠史：各種讀史、論人、弔古之作。如《讀史二十二首》《詠隱逸十六首》《劍池》《詠荊軻》《閶闔篇》《十宮詞》等；

　　紀遊：各種山水勝蹟遊觀登覽紀事抒情之作。如《吳越紀遊十五首》《天平山》《龍門》《太湖》《天池》《舟歸雨中》《渡吳淞江》《登金陵雨花臺望大江》等；

　　風物：各種以風俗、景色、物象為題之作。如《採茶詞》《鬥鴨篇》《烹茶》《竹枝歌六首》《梅花九首》《端陽十詠》《軍裝十二詠》《秋柳》等；

　　音畫：各種有關音樂繪畫之作。如《夜飲丁二侃宅聽琵琶》《聽教坊舊妓郭芳卿弟子陳氏歌》《客舍雨中聽江卿吹簫》等；《明皇秉燭夜遊圖》《題倪雲

〔註 11〕司馬周《〈高青丘集〉輯佚》，《古籍研究》2002 年第 3 期。

林所畫義興山水圖》《宮女圖》等。作者亦擅畫，題畫詩為多；

親情：各種有關家人親戚之作。如《古別離》《喜家人至京》《答內寄》《夢鍾離兩兄》《悼女》《子祖授生》等；

交遊：各種友人、同事、上下屬唱和、贈答、懷友、悼亡之作。如《春日懷十友詩》《哭臨川公》《雨中就陳卿飲酒醉歸聞丁二臥病客樓賦此安慰》《閒理篋中得諸友詩存歿感懷悵然成詠》《雨齋獨坐寫寄友》《得亡友周履道記室在係所詩次韻》《江上晚過鄰塢看花因憶南園舊遊》《郡治上樑》等；

田園：各種有關農田、農人、農事之作。如《郊墅雜賦十六首》《看刈禾》《東園種蔬》《種瓜》《田園書事》等；

時事：各種涉及戰爭、時局、朝政、社情之作。如《塞下曲》《聞朱將軍戰歿》《吳城感舊》《奉天殿進元史》《封建親王賜百官宴》《江上見逃民家》等。

鑒於每詩題材內容都不可能純粹，以上分類難免削足適履或可此可彼，似可分而實難分。卻不得不分，甚至還有可能進一步細分，實因高啟之詩千門萬戶，而且即使同題（材）異作，也多彩多姿，絕無雷同，而可以關為專題閱讀研究。例如不僅其題畫、詠史、田園、紀遊等類詩可作專題研究，而且其寫送行、梅花、飲酒、中醫等，乃至其時常搬家的移居詩，都有品類特徵突出的特點，可類析以見其別出心裁，戛戛獨造。

其次，諸體皆工。中國古代詩歌之有體裁，既因為漢語表義的特點，也因為敘事抒情內容有體量大小要求形式繁簡和整飭度的不同，包括詩人寄意的單純或繁複等。詩人相題而為，因事、情、意而作，從而詩有諸體，猶小說家或擅長篇，或喜短製，往往各有偏長。對此，高啟早有發現並設為兼諸體而登峰造極的目標。其《獨庵集序》云：

> 夫自漢、魏、晉、唐而降，杜甫氏之外，諸作者各以所長名家，而不能相兼也。學者譽此詆彼，各師所嗜，譬猶行者埋輪一鄉，而欲觀九州之大，必無至矣。蓋嘗論之，淵明之善曠而不可以頌朝廷之光，長吉之工奇而不足以詠邱園之致，皆未得為全也。故必兼師眾長，隨事摹擬，待其時至心融，渾然自成，始可以名大方，而免夫偏執之弊矣。（《鳧藻集》卷三）

為此，高啟苦心「相兼」，以求「大方」。張適《哀辭》說：

> 君淬礪於學，尤嗜詩。詩人之優柔、騷人之淒清、漢魏之古雅、晉唐之和醇新逸，類而選成一集，名曰《效古》，日咀詠之。由是為

詩，投之所向，罔不如意，一時老生宿儒，咸器重之，以為弗及。
（《附錄》）

其苦心孤詣，渾然自成，則如李志光《鳧藻集本傳》所云：

> 高啟……詩，上窺建安，下逮開元，大曆以後則蔑之。天資秀
> 敏，故其發越特超詣。擬鮑、謝則似之，法李、杜則似之。庖丁解
> 牛，肯綮迎刃，千匯萬類，規模同一軌。山龍華蟲，如其貴也；象
> 犀珠玉，如其富也；秋月冰壺，如其清也；夏姬、王嬙，如其麗也；
> 田文、趙勝，如其豪也；鳴鶴翔雲，如其逸也。仍和陶、韋大羹元
> 酒之味，不聞二宋粟布之徵。所謂前齒古人於曠代，後冠來學於當
> 時者矣。（《附錄》）

而舉凡三、四、五、六、七言，長短句、回文無體不備；樂府、琴操、辭、
古詩、近體律絕，幾無體不備，有作皆工。其同郡人同修《元史》同辭官歸里
之好友謝徽序其詩云：

> 季迪之詩，緣情隨事，因物賦形，縱橫百出，開合變化，而不
> 拘拘乎一體之長。（《附錄》）

清代著名女詩人汪端《明三十家詩選凡例》曰：

> 樂府，高青丘清華朗潤，秀骨天成，唐人之勝境也。五言古得
> 柴桑之真樸，輞川之雅淡。七言古沉鬱宕遠，兼太白、杜、韓之長。
> 五言律，上法右丞，下參大曆十子。七言律超妙清華。五言絕得王、
> 韋之髓。七言絕有唐人風度。（《附錄》）

至於《四庫全書總目提要》說「其於詩，擬漢魏似漢魏，擬六朝似六朝，
擬唐似唐，擬宋似宋，凡古人之所長無不兼之，然行世太早，殞折太速，未能
鎔鑄變化自為一家，故備有古人之格，而反不能名啟為何格，此則天實限之」
云云，則乾嘉詩注家目迷五色，看朱成碧之見而已。事實上高啟詩所謂「兼師
眾長」，乃杜甫之「轉益多師」；所謂「時至心融」，則必然自成一格。故所謂
「不能名啟為何格」者，實是其「渾然自成」，如杜詩之得「兼」，「渾」一前
人之種種格而自為之「成」。這也是後世編其詩題「大全集」的主要原因，在
中國詩歌史上是一個特異的現象。

其三，堪稱「詩史」。李白詩曰：「哀怨起騷人。」（《古風五十九首》其一），
高啟詩即多寫亂世之作，全篇為之如《過奉口戰場》（卷三）、《兵後逢張孝廉
醇》（卷八）《兵後出郭》（卷十二）等；更多作為敘事抒情的背景或插話，如

寫元末亂階：「金鏡偶淪照，干戈起紛爭。中原未失鹿，東海方橫鯨。」（卷四《感舊酬宋軍諮見寄》）寫兵民死傷：「千村殺戮雞犬無，骨肉誰家保相共。」（卷八《廣陵孫孝子愛日堂》）「頗聞原野多殺傷，風雪呻吟苦無那。」（卷八《答余左司沈別駕元夕會飲城南之作時在圍中》）寫城鄉殘破：「亂後城南花已空，廢園門鎖鳥聲中。」（卷八《憶昨行寄吳中諸故人》）「故園經亂後，蔓草日已稠。」（卷四《尹明府所藏徐熙嘉蔬圖》）乃至寫入明數年仍流民遍野：「清時無虐政，何事竟拋家……四海今安在？歸來早種麻。」（卷十三《江上見逃民家》）讀這些詩，可以見元末明初亂世之象，並深味作者如杜詩「窮年憂黎元，歎息腸內熱」的悲慨。尤其若干涉及蘇州十月圍城的長篇，得之親歷，有實錄之價值。

其四，「反戰」意識。李白《戰城南》曰：「始知兵者是兇器，聖人不得已而用之。」杜甫《洗兵馬收京後作》曰：「安得壯士挽天河，淨洗甲兵長不用。」高啟目睹戰爭給人民生命財產帶來的巨大破壞，詩中多方面地繼承發揚了李杜詩的「反戰」傳統。如曰：「年來未休兵，強弱事併吞。功名竟誰成，殺人遍乾坤。愧無拯亂術，佇立空傷魂。」（卷三《過奉口戰場》）又曰：「何人為我揮天戈，乾坤多難俱平勘。」為此，他待時欲出：「所以不苟出，出則時當平。」（卷四《感舊呈宋軍諮見寄》）等等。儘管其「反戰」的呼籲也如李杜無能改變災難深重的現實，但同樣如長夜燭光，體現出人類良知向黑暗勢力的反抗。

其五，內蘊深永。高啟學識淵博，心思細密，用筆奧妙，比喻多方，故其詩每有事，多有所指，或寓意深永，往往似淺而深，似直而曲，大都需涵詠再三，方可見意。加以其自16歲步入蘇州政治文化圈，大半生在蘇州和南京的政治漩渦中度過，時局翻覆，世情變幻，危機重重，詩人為自保計，詩之本事背景往往隱晦，又大量作品無法編年，也增加了解讀的難度。例如上述《吳越紀遊十五首》之例，又如詩中多次用蘇秦曰「使我有洛陽負郭田二頃」之典，以及多次寫及「廢宅」「故將軍第」等，皆非泛泛之作，而當有其個人身世遭際之感慨寓焉，從而形成作品內涵豐富、耐人尋味的特點。這一特點固然給閱讀造成一定困難，卻是詩學家尋幽探勝的諸多秘境。

其六，追求「自適」。高啟雖曾有大志欲做一番事業，其在客饒十年中某些諱莫如深的經歷，也似乎就是這方面的努力，但都沒有成功。其後來雖於元朝持守「君臣之義」，於張吳保持政治上的距離但心實近之，乃至入明後即為

朱明政權唱讚歌，但總而言之，他既然不想做官，一生追求和自命的是一位詩人，那麼其各種政治的表態，都不可十分認真看待。例如，他在入明之前始終尊元，而無「華夷之別」的觀念，似不可解。其實，即使朱元璋也說過「元主中國百年，朕與卿等父母皆賴其生養」（《明史・太祖本紀》）的話。而自豪於「係出渤海」的高啟，未必不留意其祖上「遂同鮮卑」的傳統，從而似乎只在乎與元朝的「君臣之義」，而少有「華夷之別」的想法了。又如其雖曾為明朝的建立歡呼「從今四海永為家」（《登金陵雨花臺望大江》），但在「辛苦中年未有廬」的處境中，他豈不知「四海一家」只是皇帝的家，沒有他高啟的份。反而「勝國時，法網寬大，人不必仕宦」（《附錄・群書雜記》王世貞語），他不接受元甚至張士誠的「禮聘」還能逍遙度日，「幸逢聖人生南國」平定了禍亂，連他不做官的自由以至於生命都被剝奪了。因此，相對於高啟沒有選擇的歷史處境，今天討論評價其政治立場和態度如何沒有任何意義。而且從高啟不時流露之「鼎食復鼎烹」的恐懼看，他早就看透了皇權制度絞肉機似的「吃人」（魯迅語）本質，後半生一直都在尋求避開官場以率性而為，做最好的自己。李志光《鳧藻集本傳》記其不附張士誠曰：「獨絜家依外舅周仲達居吳淞江上，歌詠終日以自適焉。」（《附錄》）「自適」一語若不經意，卻畫龍點睛，道破高啟人生最後的感悟與追求。這在李白是說：「安能摧眉折腰事權貴，使我不得開心顏！」（《夢遊天姥吟留別》）而高啟則曰：「安能效群女，倚市鬥妍妙。」（卷五《答衍師見贈》）可見高啟對個性自由的追求，固然無李白之傲，但仍有李白之剛。其「自適」的本質，與李白追求個性解放的精神一脈相承。

最後，「明詩主真」的先驅和典範。筆者在《明詩選・前言》中曾說：「楊慎《升菴詩話》謂『唐人詩主情』，『宋人詩主理』，我們可以加一句說『明人詩主真』。」〔註12〕高啟最先意識到並開「明人詩主真」風氣之先。其《缶鳴集序》云：

> 古人之於詩，不專意而為之也。《國風》之作，發於性情之不能
> 已，豈以為務哉。後世始有名家者，一事於此而不他，疲殫心神，
> 搜刮萬象，以求工於言語之間。有所得意則歌吟蹈舞，舉世之可樂
> 者，不足以易之，深嗜篤好，雖以之取禍，身罹困逐而不忍廢，謂
> 之惑非歟？余不幸而少有是好，含毫伸牘，吟聲咿咿，不絕於口吻。
> 或視為廢事而喪志……故日與幽人逸士，唱和於山巔水涯，以遂其

　　所好。雖其工未敢與昔之名家者比，然自得之樂，雖善辯者未能知
其有異否也。故累歲以來所著頗多……凡歲月之更遷，山川之歷涉，
親友睽合之期，時事變故之跡，十載之間，可喜可悲者，皆在而可
考。(《鳧藻集》卷三)

又其《婁江吟稿序》云：

　　故竊伏於婁江之濱，以自安其陋，時登高邱，望江水之東馳，
百里而注之海，波濤之所洶洑，煙雲之所杳靄，與夫草木之盛衰，
魚鳥之翔泳，凡可以感心而動目者，一發於詩；蓋所以遣憂憤於兩
忘，置得喪於一笑者，初不計工與不工也。(《鳧藻集》卷三)

　　上引高啟二序自謂其詩之「皆在而可考」「初不計工與不工也」表明，《四
庫全書總目提要》說「其於詩，擬漢魏似漢魏」云云，實乃明七子聲口，完全
不合高啟詩「兼師眾長，隨事摹擬」之實際。事實上詩無古今，而只有真偽。
高啟雖師法古人，但在具體創作中皆從實景得句，除形式上「學古而化、不泥
其跡」(《附錄·諸家評語》汪端評)之外，其格、意、趣皆自我得之，於唐、
宋人之後獨創一「明詩人主真」之格。試以其《村居》詩曰「呼童莫斸籬邊筍，
留取清陰蓋四鄰」(《遺詩》)二句，與杜詩「安得廣廈千萬間」云云對比，即
可見同一「惠人」(《論語·憲問》)之意，高啟只從能做到處說起，而與杜甫
的表達何等之不同。故知高啟有「名齊李杜」之譽，實因其於李杜等前人「兼
師眾長，隨事摹擬，待其時至心融，渾然自成」的刻苦實踐，而核心則在於處
處從實事、實景、實情得句，故越六百年而仍能於李杜之後標新立異。

四、關於本書

　　高啟詩自明清至今在中國大陸、臺灣和日本各種明詩、明清詩或歷代詩歌
選本中都有入選，並佔有較突出地位。清以來單行選本有康熙間黃昌衢《高侍
郎詩》，同治間汪端《高季迪詩選》；在日本有齋藤拙堂、菊池溪琴合編《高青
丘詩醇》、廣瀨淡窗選編《高青丘詩抄》。近今中國臺灣有仁愛書局編輯部編《高
啟詩選》，大陸有陳沚齋選注《高啟詩選》錄詩123首，李聖華選注《高啟詩
選》錄詩338首。但由於高啟詩可編年大約僅及其半，且編年未必皆無誤，所
以本選擬不勉強為之。除最後《蘆雁圖》一首之外，一自清金壇輯注《高青丘
集》依體裁、篇目次序選出，而於每篇評析文字中儘量說明作年背景等。選詩
自然唯好是選。但鑒於高啟遠非李、杜那樣為人所熟知，故為見其全人，也略

體其作為「大全」意，適當注意了作者一生各時期、各主要經歷、家庭與社會關係，以及主要題材等各方面有代表性作品的選取，乃至與「抗疫」中操筆不無關聯，還採入了《贈劉醫師》和《驅瘧》兩篇，共得 235 首。比陳選增新 179 首，比李選增新 119 首，比兩書合併增新 103 首，即選目有一定差異。注釋稍詳。評析從簡，並有話則長，無話則短。參考諸書，已隨文有注，謹此致謝。感謝叢書主編、策劃的邀約，感謝厚豔芬主任、張鵬編輯的指導。希望本書對高啟其人其詩的閱讀研究有所幫助。書中不當之處，請讀者不吝賜正。

原載《高啟詩選》，商務印書館，2022 年

杜貴晨四十年著作簡目（1983～2023）

一、已出版書目

1.《小豆棚（校注）》，中州古籍出版社，1989。

2.《愛情文學叢書》（第一主編，5種）山東文藝出版社，1990。

3.《中國古代短篇小說史》，中州古籍出版社，1991。

4.《李綠園與歧路燈》，遼寧教育出版社，1992。

5.《中國古代小說散論》，山東文藝出版社，1994。

6.《大宋中興通俗演義》（校點），《明代小說輯刊》第二輯之二，巴蜀書社，1995。

7.《「三」與〈三國演義〉》，中國文聯出版社，1999。

8.《剪燈三話》，春風文藝出版社，1999。

9.《中國古代文學作品選（下）》（主編），山東大學出版社，2000。

10.《傳統文化與古典小說》，河北大學出版社，2001。

11.《明詩選》，人民文學出版社，2003。

12.《唐宋詩選》（二人合著），太白文藝出版社，2004。

13.《羅貫中與〈三國演義〉》，山東文藝出版社，2004。

14.《儒林外史》（校點），河北大學出版社，2004。

15.《數理批評與小說考論》，齊魯書社，2006。

16.《紅樓夢人物百家言叢書》（主編，6種7冊），中華書局，2006。

17.《齊魯文化與明清小說》，齊魯書社，2008。

18.《〈水滸傳〉與山東資料彙編》（與人合編），（臺灣）花木蘭文化事業有限公司，2016。

19.《〈水滸傳〉中的山東鏡像研究》（上、下冊，主編）（臺灣）花木蘭文化事業有限公司，2016。

20.《杜貴晨文集》（12 卷 14 冊），（臺灣）花木蘭文化事業有限公司，2019。

21.《李綠園與〈歧路燈〉》（增改本），中州古籍出版社，2019。

22.《古典小說論集》，中國社會科學出版社，2021。

23.《高啟詩選》，商務印書館，2022。

24.《明詩選》（修訂本），人民文學出版社，2023。

二、論文代表作

（一）文學理論

1. 天道與人文，《曲靖師範學院學報》2001 年第 1 期。

2. 中國古代文學的重數傳統與數理美——兼及中國古代文學數理批評，《中國社會科學》2002 年第 4 期。

3. 關於《易傳》美學——文學思想的問題——兼論《易傳》是我國最早作專書批評的文章——文學理論著作，《孔子研究》2004 年第 6 期。

4.「文學數理批評」論綱——以「中國古代文學數理批評」為中心的思考，《山東師範大學學報》2004 年第 1 期。

5. 論《儒林外史》為「儒林」、「寫實」小說——兼及對「諷刺之書」說的思考，《求是學刊》2012 年第 3 期。

6.「羅學」新論——提出、因由、內容與展望，《內江師範學院學報》2013 年第 1 期。

7. 中國古代小說婚戀敘事「六一」模式述略——從《李生六一天緣》、《金瓶梅》等到《紅樓夢》，《學術研究》2018 年第 9 期。

（二）古代小說

1.《〈歧路燈〉簡論》，《文學遺產》1983 年第 1 期。

2. 古代數字「三」的觀念與小說的「三復」情節，《文學遺產》1997 年第 1 期。

3. 人類困境的永久象徵——《嬰寧》的文化解讀，《文學評論》1999 年第 5 期。

4. 論《三國演義》的文學性及其創作性質，《復旦大學學報》2002 年第 3 期。

5. 唐僧的「紫金缽盂」，《光明日報》，2005 年 3 月 25 日《文學遺產》。

6. 關於《金瓶梅》為「偉大的色情小說」──從高羅佩如是說談起，《明清小說研究》2009 年第 1 期。

7. 試說《紅樓夢》所受《肉蒲團》「直接的影響」，《南京師大學報》2013 年第 2 期。

8.《水滸傳》的「血腥描寫」及其文化闡釋──「梁山泊好漢」食人、虐殺與濫殺描寫淺議，《河北學刊》2016 年第 1 期。

9.「永恆之女性，引領水滸上升」──《水滸傳》對女性與婚姻的真實態度，《河北學刊》2020 年第 1 期。

（三）古代詩歌

1. 明詩論略，《中國文學研究》2001 年第 2 期。

2. 錢鍾書以史證詩簡說，《光明日報》，2002 年 8 月 21 日 B2 版《文學遺產》。

3.「為天強派作詩人」──袁枚外放江南的「前因」及其婉拒乾隆臨幸隨園考論，《華中師範大學學報》2005 年第 3 期。

4. 杜甫《茅屋為秋風所破歌》獻疑，《學術研究》2012 年第 6 期。

5. 讀樂府詩箚記，《南都學壇》2014 年第 1 期／《樂府學》2014 年第 1 輯。

6. 全唐牡丹詩概觀──基於電子文獻檢索計量分析的全唐牡丹詩史略，《銅仁學院學報》2015 年第 2 期。

7. 讀《樂府詩集》箚記之二，《南都學壇》2016 年第 1 期。

8. 一代詩宗，名齊李杜──高啟及其詩歌新論，《河北學刊》2021 年第 4 期。

（四）文學地理學

1. 孫悟空「籍貫」、「故里」考論──兼說泰山為《西遊記》寫「三界的地理背景」，《東嶽論叢》2006 年第 2 期。

2.《西遊記》與泰山關係考論，《山東社會科學》2006 年第 3 期。

3. 試說泰山別稱「太行山」──兼及小說戲曲之讀誤，《文學遺產》2010 年第 6 期。

4. 論「梁山泊遺存」──從《讀史方輿紀要》看「梁山泊」並未完全消失，《菏澤學院學報》2013 年第 3 期。

（五）現代文學

1. 「三而一成」與魯迅小說的敘事藝術——兼及中國現代文學的數理批評，《清華大學學報》2003 年第 2 期。

2. 魯迅文學與古典傳統，《山東師範大學學報》2004 年第 6 期。

（六）外國文學

1. 「流浪漢小說鼻祖」《小癩子》敘事的「七」律結構——試對楊絳先生「深入求解」的響應，《福州大學學報》2015 年第 5 期。

2. 世界小說「倚數」編撰的傑作——米蘭·昆德拉《不能承受的生命之輕》數理批評，《南都學壇》2022 年第 5 期。

（七）史學

1. 黃帝形象對中國「大一統」歷史的貢獻，《文史哲》2019 年第 3 期。

2. 周公「居東」「東征」與寧陽古國考證——從李學勤先生釋小臣單觶銘「在成師」說起，《濟寧學院學報》2020 年第 1 期。

（八）研究方法

1. 近百年《三國演義》研究學術失範的一個顯例——論《錄鬼簿續編》「羅貫中」條資料當先懸置或存疑，《北京大學學報》2002 年第 2 期。

2. 古代小說考證同名交錯之誤及其對策，《學術研究》2011 年第 10 期。

3. 試論中國古代小說「雅」觀「通俗」的讀法——以《水滸傳》「黑旋風沂嶺殺四虎」細節為據，《東嶽論叢》2012 年第 3 期。

二○二三年三月二十二日